國王遊戲

王様ゲーム 滅亡6.08

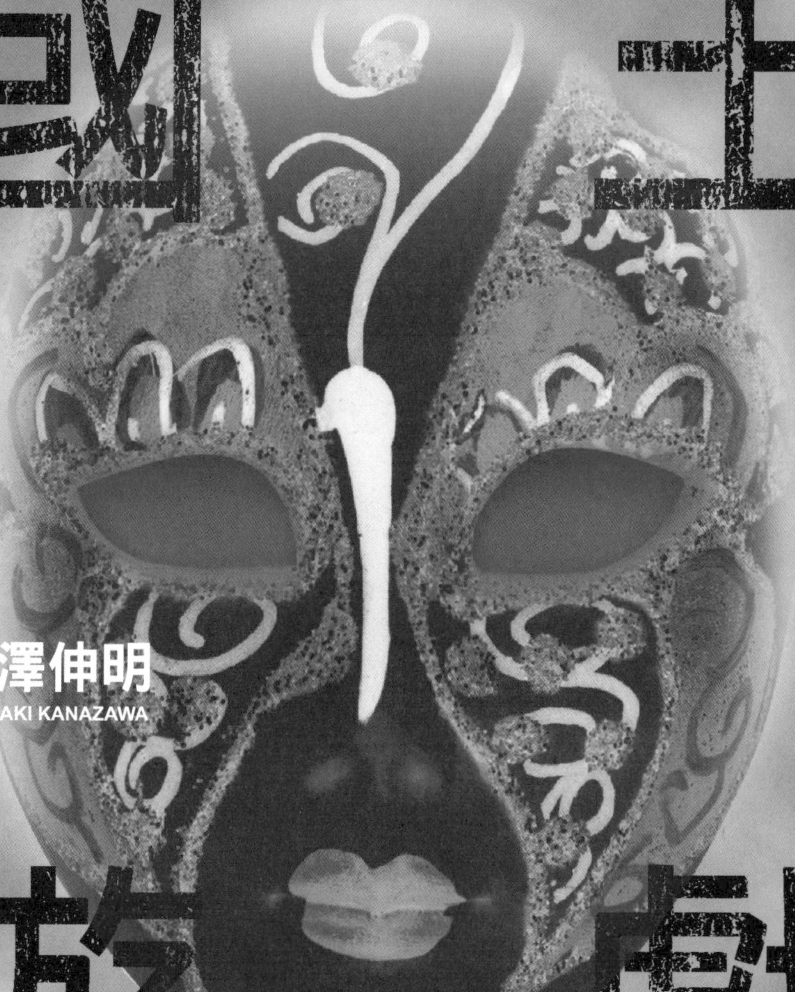

金澤伸明
NOBUAKI KANAZAWA

滅亡
6.08

國王遊戲〈滅亡6.08〉

國王遊戲 滅亡6.08 ◆目次◆

【政府內部聯絡文書】

警戒層級1——沒有發生任何事件的狀態。

警戒層級2——發生事件，預測有可能危及生命的狀況。

警戒層級3——發生事件，預測有可能大範圍危及生命的狀況。必須劃定、公布有必要提升警戒之地區，並進行避難之準備（因應狀況來判斷警戒地區的範圍）。

警戒層級4——預測有可能在日本國內造成重大損害，甚至是國家等級的危害時，必須將暴露在危險之中的人留置在國內，與他人隔離。

警戒層級5——預測有可能導致人類滅亡的狀況。

2010年6月8日上午11點45分。

日本政府決定將【警戒層級】提升至第3級。為了預防混亂、失序、暴動，開始進行資訊控管行動，意圖將損害縮減到最小限度。

一旦遭遇難以預測的事態，或是預測到可能發生的最壞狀況——為了避免災害擴大，必須將暴露在危機之中的人留置在日本國內。

並且增強警力以及增派自衛隊，準備對應前述各種狀況。

政府內部聯絡文書（機密等級警戒一級）

務必注意不得洩漏情資。

結束就是開始。

所謂的「終極」——就是指事物的「盡頭」。

所謂的「盡頭」——就是指永無止盡的擴散。

——而那個，就是人類即將面臨的威脅。

序章

6/7 [MON] PM 11:53

【6月7日（星期一）晚間11點53分】

那是如同脈搏一般，毫無止息的強烈鼓動。在漆黑的夜空中，散發出靛藍色混合著血紅色的五彩彎月漸漸升起。

過去的夜空中，曾經升起如此詭異的月亮嗎？

走在街上的人們，並沒有注意到這輪彎月的奇特光芒。

早早就寢的人——還有在房間裡打電話的人、玩電視遊樂器的人，以及明天就要交報告，而在書桌前拼命用功的人，全都沒注意到。

妖豔的月亮，彷彿是即將帶領人們走向毀滅的路標。

日本的廣島縣，人口總數有287萬人，縣政府所在地廣島市是政令指定都市（擁有較高自治權的大型都市）。廣島市同時也是和平紀念都市，以追求和平、廢除核武為目標，經常發起相關的反核活動。

原爆穹頂和日本三景之一的安藝宮島（嚴島神社）這兩座被聯合國教科文組織認可的世界文化遺產，都位於廣島市，因此常有國內外的觀光客前來遊覽。

流經廣島平原的一級河川太田川，在中游的兩岸河濱，有著井然規劃的住宅區，豎立了許多棟高層公寓大廈。

高層公寓大廈的住戶們，平日就連鄰居長什麼模樣都不知道。

和鄰居交流這種事，在公寓大廈裡幾乎很少發生。偶爾在入口大廳或是電梯裡碰上面，也不會互相打招呼。人與人之間沒有任何聯繫。

因為覺得和別人交流很麻煩，所以在不自覺之間，就這麼自然地切斷了和他人的聯繫吧？或者，是因為不希望別人干涉自己的生活？

雖然都住在同一棟大廈裡，人際關係卻像是街上的陌生路人一樣。就算有誰死了，也不會感到一絲悲傷吧？畢竟那是毫無關聯的外人。說不定，根本沒人會注意到哪個住戶已經過世很久了。

說得極端一點，假使有哪個住戶遭到殺害——恐怕也得要等到傍晚看電視新聞的時候，才會驚覺吧。

入口大廳的自動門和圍繞著公寓大廈的圍牆上，貼了幾張這樣的標語：

【冷酷的傢伙！快點支付天線的材料費和工資！你們有錢住這麼高級的公寓大廈，怎麼可能拿不出錢！快付錢！】

由於這棟高層公寓大廈的遮蔽，使得附近低矮住宅區的住戶長期以來飽受困擾，如果家裡沒有安裝數位天線，電視的訊號接收就會非常微弱。

這個問題引發了居民之間的爭執。

高層公寓大廈的住戶認為「這跟我們沒關係，所以沒有義務替你們支付天線的安裝費，多花那筆冤枉錢」。另一方面，周邊的住戶則主張天線的材料費和安裝費用都應該由這棟大廈的住戶來負擔。雙方的意見就像平行線一樣，毫無交集。

就在這時，發生了刑事案件。

高層公寓大廈的其中一個住戶，被人用菜刀刺殺身亡。

殺人嫌犯——是「支付天線費用」的社區運動主導人的兒子，目前就讀高中一年級。

這起事件被電視新聞報導出來之後，引起社會一片譁然，也冒出了各式各樣不同的聲音。

——怎麼會為了這點小事就殺人呢。也不過就區區幾千或幾萬圓而已啊。

——聽說嫌犯還未成年呢。

——應該要補償周邊住戶才對，可是，也犯不著用到殺人這種手段吧。

——這世界變得越來越可怕了。

後來，高層公寓大廈的居民們支付了天線的材料費和安裝費。

諷刺的是，這次的事件，終於讓公寓大廈的住戶們採取行動了。

第1章

命令1

6/8 [TUE] AM 00:00

遊戲規則

1 住在日本的所有高中生強制參加。

2 收到國王傳來的命令簡訊後，絕對要在24小時內達成使命。

3 不遵從命令者將受到懲罰。

4 絕對不允許中途退出國王遊戲。

【6月8日（星期二）午夜0點0分】

高層公寓大廈最頂樓的4LDK公寓裡，就讀私立三和高中二年級的工藤智久，正躲在關了燈的房間內哭泣。

「爸……」

——嘟嚕嚕嘟嚕嚕嘟嚕嚕。

智久的手機響起了三次鈴聲。收到簡訊時就響三次是他早就設定好的。幾秒鐘後，手機又響了起來，這次是智久的女朋友——今村友香打來的。

「幹什麼啦，友香！每天都打來，煩不煩啊……」

『你還在哭嗎？——打起精神來吧。智久一直沉溺在悲傷裡，我也會連帶感到悲傷啊！來學校上課吧，大家都在等著你呢。』

「被殺的人是我爸啊——他之前在大廈裡，每一間公寓都去按電鈴拜訪，呼籲大家『一起拿出錢來補償對方吧』。不但犧牲自己的假日，連平常下班回來，就算再累，也還是這樣四處拜託！可是，他們卻都說『跟我們無關』，就這樣把他給趕走！但是我爸不肯放棄，一直說『是我們給周邊住家造成困擾的』！我爸拼命想要說服大家——結果呢，為什麼被殺的人是我爸！這太不公平了吧！」

對話暫停了好一會兒，伴隨著凝重的沉默。幾秒鐘後，友香打破了沉默。

『智久——你快點看電視。』

「我沒心情看電視啦。」

『別說那麼多了，快點看！電視上出現了奇怪的字幕耶，就像緊急地震特報那樣的跑馬燈，而且，每一台都有出現！』

智久半信半疑地拿起遙控器，按下電源開關。

【國王遊戲：這是住在日本的所有高中生一起進行的國王遊戲。國王的命令絕對要在24小時內達成。※不允許中途棄權。＊命令1：廣島全部的高中生移動到岡山縣　END】

智久皺起了眉頭，盯著電視畫面上一串陸續跑過的文字瞧。

「這是在搞什麼鬼啊？國王遊戲？——蠢斃了，是電視台在惡作劇吧！這是什麼線路故障，還是播出意外嗎？」

『手機也收到了同樣內容的簡訊呢。』

「手機也有？」

智久把手機從耳邊拿開，確認一下剛收到的簡訊。

【6／8星期二00：00　寄件者：國王　主旨：國王遊戲　本文：這是住在日本的所有高中生一起進行的國王遊戲。國王的命令絕對要在24小時內達成。※不允許中途棄權。＊命令1：廣島全部的高中生移動到岡山縣　END】

「這……這是在開什麼玩笑啊……」

困惑圍繞著智久。這時，電視上正在播映的深夜動畫節目突然中斷，螢幕上出現一位女性播報員，應該是負責深夜新聞的記者。

「準備好了嗎？」錄影現場傳來助理導播高亢的喊聲，將現場那一股帶有慌張的異樣氣氛傳達給觀眾。

接著女性播報員抬起頭來，雙眼直視著攝影機。

「抱歉在節目播出中途打斷各位收看——現在，電視螢幕上出現的跑馬燈字幕並非電視台的播出意外狀況，有可能是電波遭到入侵干擾，當局仍不明瞭發生的原因為何，目前正在緊急調查當中。為了避免突發的混亂狀況，節目將暫時中斷播出。抱歉打擾各位的收視，在此致上最誠摯的歉意——各家電視台目前正在互相聯繫，瞭解狀況中。」

畫面上的跑馬燈字幕還是沒有消失。智久說道：

「這是怎麼回事？是大規模的惡作劇嗎？」

『我也不知道。我也是第一次看到這種情況。』

接著，助理導播拿了一份稿子，遞給心神不寧的女性播報員。

「根據剛才收到的資訊，電視畫面上出現的跑馬燈字幕，也以手機簡訊的方式傳送出去了。雖然無法肯定是否僅限於高中生——但是，目前已知的情報顯示，收到簡訊的都是15歲至18歲的年輕男女。這是某種大規模的惡作劇嗎？過去未曾有過先例，一等我們收到更詳細的消息，將會立刻為您報導。」

當女性播報員照著稿子唸出文字時，智久關掉了電視的電源。

「蠢斃了！我要去睡覺啦！」

『等一下！智久，你都不會擔心嗎？』

「友香，是妳太過神經緊張啦。沒錯，我們的確是住在廣島縣，而且是高中生，簡訊上說，要我們24小時之內移動到岡山縣去。可是，又沒說清楚目的是什麼！我們要是沒去，難不成會發生什麼事嗎？我敢發誓，一定什麼事都不會發生。我倒還真想看看，有哪個蠢豬會照著這種沒頭沒腦的命令去做呢。」

『說得也是。』

這樣閒聊了一會兒之後，智久說了聲「晚安」就結束了手機通話。

【確認服從】

不知過了多久，電視畫面上再度出現了跑馬燈字幕。不過，智久和友香因為都已經關掉了電視，所以沒看到這一幕。

女性播報員歪著頭，不解地說：「剛才，電視畫面上出現了【確認服從】的字幕。這究竟是什麼意思呢——難道是有人從廣島出發，抵達岡山了嗎？」

掛了電話之後，智久來到佛壇前，對著父親的遺照雙手合十。

——我絕對饒不了那傢伙。雖然不知道他會在少年觀護所裡關多久，但是，等他哪天被放出來，我一定要親手懲罰他。

緊握著拳頭的智久，立誓要替父親報仇。

那位殺害智久父親的少年，目前被收容在廣島縣東廣島市八本松町的廣島少年觀護所裡。少年觀護所位於廣島縣內，而那名少年也是高中生。

——那傢伙，也是剛才那個意義不明的跑馬燈命令對象之一嗎？

「哼！無聊透頂！」

智久抹去臉上的淚水，鑽進棉被裡去。

【6月8日（星期二）上午7點3分】

比平日更早起床的智久，到洗臉台前洗了把臉，「呼」的嘆了一口氣。照入室內的朝陽，把白色的廚房照得一片光亮。餐桌上放著早餐和一張字條。早餐是麵包、炒蛋和沙拉。

字條上是這樣寫的：

【媽媽有重要會議要參加，會晚一點回家，你記得自己買東西吃喔。 媽媽留】

字條底下壓著三張千元大鈔。意思是，今天的午餐和晚餐就自己解決吧。

打從智久念中學開始，母親就經常這樣，把晚餐的錢壓在字條下，要智久自己去張羅。而父親也總是工作到很晚才會回來。

【有重要會議要參加，會晚一點回家。】

過去，這樣的字條不知道看過多少次了。因為總是重複同樣的內容，每次都要寫紙條，寫著寫著，連父母都嫌麻煩，還曾經想過乾脆買一塊白板和油性筆來留言。這樣一來，就可以免去老是要找紙條的麻煩，如果有必要，直接寫在餐桌上也可以。

念中學時，剛結束社團活動、滿身疲憊回到家的智久，總是見不到父母的身影。就連餐桌上都沒有預先準備熱騰騰的晚餐，當然也沒有聽過那句「你回來啦！」的親切回應。

眼睛所看見的，常常是放在餐桌上那幾張長方形的紙片——還有紙片上冷酷的面容。那傢伙永遠不會露出微笑，也絕對不會說「你回來啦！」。畢竟只是鈔票罷了。

或許有人會說，至少還有錢可以吃晚餐，很不錯了。學校裡甚至有些同學很羡慕他。可是，智久並不喜歡這樣。他希望社團活動結束後，回到家時，家裡會有人等著他，對他投以溫柔的笑容。

智久打開落地窗，走到陽台上，把三張千元鈔票扔向空中。

「什麼都想用錢來打發我！」

三張紙片在空中飛舞飄落。

在父親葬禮的時候，母親這樣對他說：

「還好被殺的不是智久。」

智久實在無法原諒這句話。

「難道爸死了就沒關係嗎？」

不顧葬禮正在進行的智久，這樣怒吼道。

母親的心情，其實也不是那麼難以理解。假使說智久和父親兩個人之中，必定有一個人要死，那麼，的確會慶幸死的人是父親——這句話應該是這個意思吧。

智久也明白這點。可是，心裡這麼想也就罷了，偏偏在葬禮的時候說出這種話，難怪智久會生氣地破口大罵。

此後，智久和母親的關係就漸漸疏遠，智久甚至不再叫她「媽」了。

智久看著空中飄舞的千元鈔票。

鈔票已經飛到伸手無法觸及的遠處，就像是要逃離自己似的，拚命逃得遠遠的——

「再也回不來了……父親也是。」

智久看向地面，就在這一瞬間，他驚訝地睜大了眼睛。

國道2號線公路上，塞滿了車輛。雖然平常偶爾也會塞車，但是今天的車輛多到不尋常。望向更遠方，公路周邊的道路也塞滿車輛，還聽到警笛聲四處響起。

從公寓大廈的陽台望出去，廣島市的市區陷入了一片騷亂之中。

智久把上身探出陽台，朝天上看。上空發出啪噠啪噠的聲響，是直升機，而且不只一架。是電視台的採訪直升機嗎？

「喂喂喂！真的有人當真，要趕去岡山啊？連直升機都出動了——真是難以置信。」

既然電視台派出直升機了，那麼，電視應該會播出相關新聞才對。智久趕忙回到屋內，打開電視機。

「今天凌晨，內閣官房長官內田茂夫先生突然宣布辭職，並沒有召開官方記者會發表任何聲明。」

新聞播報員正在徵求滿臉正經、端坐在一旁的大學教授的意見。

誰管這種小事啊。智久趕緊轉台，看到了昨天半夜那位女性播報員。

「……強制接收簡訊的對象是高中生，也就是從15歲到18歲的年輕男女。但是，曾經留級、現年19歲的高中生，也一樣收到了簡訊。根據當局提供的資訊，這場混亂的主因，是有人在網路上大肆散播謠言，說【不服從命令將會受到懲罰，而懲罰就是死亡】。這個謠言引起民眾恐慌，於是出現了趕往岡山的人潮。據說，從廣島縣出發、抵達岡山縣的人，手機會立即收到【確認服從】的簡訊。

另外，大眾交通工具目前仍正常行駛。本縣教育委員會表示，不希望學生們任意聽信謠言，呼籲大家返回學校上課。這究竟是什麼人發起的大規模惡作劇呢？

這次的事件，就彷彿1973年爆發的豐川信用合作社事件，在短時間之內，民眾大量提領現金高達26億圓。該事件的起因，是一名女性散播謠言所致。日本政府瞭解事態的嚴重性，因此決定在今天中午發表正式聲明。」

「……還真的有人聽信這種命令啊？白痴！」

智久拿起餐桌上的麵包，咬了一口。

智久接到了同班同學渡邊修一的來電。智久和修一是感情很好的同學，下課時間也總是在一起打鬧。

『蹺課大王智久同學！你有看電視新聞了嗎？好像很有趣耶。我們也湊熱鬧跑去岡山吧？這樣就可以名正言順蹺課啦。』

「我才不要。」

『喂，你怎麼這麼冷酷啊。我們以前不曉得一起幹過多少件蠢事了，不要扔下我嘛。一起參加這場慶典呀。』

「抱歉，我今天實在是沒有那個心情。」

『沒辦法，這次就放過你吧——快點來學校啦，大家都很擔心你耶，友香也是。你一個人悶在家裡，很寂寞吧？東想西想的，只會讓自己鑽牛角尖罷了。還不如到學校來，跟大家一起鬧一鬧，把煩惱都拋開。你還要這樣閉關在家裡多久啊？我們兩個惡棍伙伴，還要一起做好多好多蠢事呢。』

「謝謝，不過，我恐怕還需要一段時間。」

『是嗎，我明白了。不過，你要快點回來喔。等你想要上學的那天，我會準備好特大號的驚喜派對的。』

「真的很謝謝你，修一。」

『拜託，別跟我客氣啦！我只是希望智久能夠快點來上課罷了，可不是在擔心你喔！我只是想要找你一起幹壞事，說穿了，其實是為了我自己啦。』

「修一，你還是沒變呢——有空再聯絡啦。」

『那我要去上課囉，真是的，沒有你的學校，讓人覺得特別無聊呢。』

【6月8日（星期二）上午11點55分】

智久橫躺在客廳的沙發上。他用手臂墊著當作枕頭，閉上眼睛，什麼也不去想。這是他唯一能夠放鬆心情的時刻。

落地窗全部開啟，初夏的清爽微風灌入室內，拂過全身，他就這樣無所事事地度過了平穩的上午時光。

到了中午，智久突然想起，之前看電視時，提到政府好像要發表什麼聲明的樣子，這讓智久感到有點好奇，於是按下了電視遙控器的開關。

電視螢幕上，出現的是內閣官房長官廣瀨敏也。廣瀨是個40歲出頭的人，由於前任官房長官突然辭職，他才被緊急拔擢為官房長官。據說，首相的內閣班底有不少人批判他，說廣瀨是個冷血無情的傢伙。

如今，他接下這個爛攤子，負責危機管理。舉凡與國家安全相關的事項、國民的生命與身體遭受重大威脅，以及有可能發生這類緊急狀況時，官房長官必須迅速立案，提出重要對策，並且協調各部會共同應變。

「請各位冷靜地聽好我接下來要說的話。現在的日本，極有可能正遭遇某種威脅。」

電視台和報社的記者、拍照的攝影師，以及所有記者會現場的人，聽到這番話後開始一片譁然。廣瀨則是把視線投向面前演講桌上的文稿。

「或許各位會覺得我是不是瘋了，但是，關於電視螢幕上出現的跑馬燈文字，我想現在應該還沒有消失吧，那並不是任何一家電視台造成的機械故障，或者播送意外。

我就單刀直入地說吧，全天制的高級中學、夜間部的高級中學、通訊教學的高級中學、5年制的高級專科學校，凡是在這些學校上課的學生，以及年齡在15歲至18歲的青少年，還有因為留級而仍在就讀高中的19歲青年，以上提及的所有人，現在都統稱為高中生。現在，請人還待在廣島縣的高中生，立即前往岡山縣。我再重複一次，正在上課的高中生請立即返家，並且移動到岡山縣。

政府已經要求各方提供協助。包括JR、私營電車等大眾運輸工具，以及山陽新幹線在內，都暫停收費，可以免費搭乘。另外，加班車和公車也會加入，協助運輸。從廣島縣通往岡山縣的國道2號線高速公路，現在禁止一般車輛駛入，唯一能夠通行的，只有搭載高中生的車輛。請家中有高中生的家長們，立刻帶著您的孩子前往岡山縣。高速公路和都市快速道路都暫停收費，不過，為了避免塞車，還是期望大家能夠盡量利用大眾運輸工具。由於廣島縣還有許多離島，我們會派遣高速渡輪前往各個離島，協助運輸。詳細資訊請立即與各地區的鄉鎮市公所洽詢。另外，也請岡山縣的居民能夠盡速接納前來的人群，提供各項協助。

現在還有12個小時。沒有必要驚慌，希望大家能夠冷靜並且正確地採取行動。一旦事態有所進展，敝人將繼續為各位報告最新的進度。完畢。」

廣瀨拿起手稿，轉身就從講台上離去。記者群一擁而上，爭先恐後地詢問道：

「什麼完畢？記者會就這樣結束了嗎？」

「【國王遊戲】到底是什麼東西？」

「原因呢？」

「不前往岡山縣的話，會發生什麼事？」

「簡訊是從哪裡發送出來的？」

廣瀨在這一瞬間突然停下腳步，轉頭向記者們鞠躬致意。

「目前仍在調查當中——人類在科學發達的同時，經濟也不斷向上成長，同時因為有著悠久的歷史，累積起來才有今日的成果。」

再度行禮之後，隨即步出記者會現場。

智久愣然地張大了嘴巴，呆呆地看著電視。

「這算什麼？這是……電影嗎？接下來到底會發生什麼事啊？」

廣瀨快步來到走廊。

「真是的！怎麼會這樣！」

他邊走邊罵，一旁的秘書官們全都無言以對。

在記者會開始前3個小時，也就是早上9點時，廣瀨被叫到首相辦公室。

「廣瀨，記者會的時候，你就照著這份稿子唸吧。」

仔細看過一遍手稿的廣瀨，對首相的指示感到不解，抬起頭來問道：

「……首相，這是怎麼回事？要我遵從這樣荒誕無稽的命令，總該給我一個理由吧？」

「你只要照著稿子唸就行了，沒必要知道太多。」

「這個國家，到底發生了什麼事？難道不應該清清楚楚地告訴全體國民嗎？」

「當然，我們正在擬訂能夠拯救全體國民的方案，但是你的任務就只有這樣。」

首相丟下這句話之後，便站起身來，離開了辦公室，只留下廣瀨一人楞在原地。

在此同時，其他人也和智久一樣，呆呆地張大嘴巴，楞在原地，不知道剛才那一段電視直播是在耍什麼把戲。

——這是什麼？我才不相信呢。

——開玩笑嗎？

全日本都陷入了困惑之中。接下來會發生什麼事呢？大家心中都懷抱著不安。

凡是聽到廣瀨剛才那段聲明的人，都被不安與恐懼所籠罩。最驚愕的，當然就是命令的下達對象——廣島縣民了。尤其是高中生，反應更是激烈。

有人直覺認為「這是開玩笑吧？」，不過，也有人半信半疑，不知該如何是好。

——有些高中生沒有手機，他們怎麼辦？有些高中生家裡沒電視，他們怎麼辦？

——難道說，手機和電視機，是唯一能夠傳達命令的媒體嗎？

最讓人在意的是，假如不遵從命令移動到岡山縣的話，又會發生什麼事呢？

剛才的記者會中，政府官員並沒有明講。不，應該說沒辦法明講。

即使在政府內部，也只有少數幾人知道關鍵情報——也就是不遵從命令，一旦遭受懲罰，下場極有可能是「死亡」。

要是把這件事情完全攤開來，必定會造成極度的混亂，甚至暴動。可是，不公開說明可能的後果，就是有些人不會遵照指令行動，到頭來反而會有更多人受害。

剛才官房長官的記者會，實在是不得已的措施之一。

畢竟現階段難以明瞭的內幕實在太多了。

把所有住在日本的高中生，全都送到外國去避難，這個方法可行嗎？可是，那些住在日本的外國人又該怎麼辦？假如政府動點手腳，在戶籍上把全部的高中生都列為死亡人口，這樣可以躲過一劫嗎？

——不允許中途棄權。

這句話有什麼含意？

只能一邊觀察局勢，一邊做出反應了——這是目前唯一的方法。

可是，政府的對應方法，其實是很殘酷的。為了保護多數，不得已必須犧牲少數。說得難聽一點，這個政權到時候肯定會被追究失職等過失責任——

就在全日本都陷入不安之時，那些無法自主行動的人，也就是被收容在廣島少年觀護所的少年少女們，正搭上專用的護送巴士，啟程前往岡山縣。

滅亡迫在眉睫——這個賭上人類存亡的命令巨輪，已經開始轉動了。

【6月8日（星期二）中午12點13分】

全日本的行動電話都一起響了起來。質問和抗議的電話瞬間湧入電視台和鄉鎮市公所。網路上的討論區和推特、SNS上的留言迅速暴增。有些伺服器因為處理不了如此龐大的資訊量，就這麼當機了。

【好像很好玩耶！雖然跟我無關，不過，也跟過去看看好了。】

【喔！好耶好耶！】

【政府給我說清楚講明白啦。】

【國王遊戲不是那個很色的遊戲嗎？】

【wktk（非常期待）。】

【日本完蛋了。】

【不服從命令的話就會死，那就都去死吧。上帝降臨了。】

【怎麼有人還笑得出來？要是真的死掉該怎麼辦？】

【居然有人相信www】

【去時雨舞的網站上看看吧，輸入人肉模型就找得到。噁心到會吐出來喔，上面有記載國王遊戲的事情。】

之後，又有更多伺服器當機了。

智久的手機接到來電，是修一打來的。

『你看過電視了嗎？學校陷入一片恐慌了！老師們也不知該如何是好，現在正在召開緊急會議呢。』

修一的語氣充滿了慌張，同時，電話另一頭傳來了鬧哄哄的聲音。大概是班上同學沒人管，在大吵大鬧吧。

簡直就像是一邊逛夜市，或是一邊打著小鋼珠一邊講電話一樣，幾乎聽不清說話聲了。

智久小聲地說道：

「你不覺得這樣很蠢嗎？」

『我旁邊太吵了，聽不清楚，你剛才說什麼？』

「我說，你不覺得這樣很蠢嗎？要是我們不去岡山，又會發生什麼事呢！」智久用沙啞的嗓音大喊。

『……你也覺得很焦躁吧？』

「嗯，好像被人耍得團團轉一樣。」

『等一下，老師來了！』

電話並沒有掛掉，此時班上同學全都回到自己的座位上，仔細聽老師在說些什麼。

過了一會兒，耳邊才又傳來修一的說話聲。

『我們全班都要去搭新幹線耶！智久，你也來吧！你有看到電視了吧？這絕不是什麼普通的事件。』

「我才不要。」

『怎麼這樣啦?——你想成為悲劇的主角嗎?你心裡一定在想,父親被殺之後,根本就沒有人瞭解我的心情,對吧!其實,你要是感到傷心難過,大可以找朋友尋求安慰啊!』

「我並沒有這麼想!」

『快點恢復到以前的你吧!你要這樣鬧彆扭到什麼時候呢?』

「你很囉唆耶!」

片刻沉默之後,修一首先開口打破寂靜:

『抱歉,我說得太過分了。我們1點過後就要搭上新幹線了,智久,你一定要來喔,友香也會一起去。』

「……好啦,知道了,我去就是了。」

『我會等你,你一定要來喔。』

按掉手機之後,智久又倒回沙發上,深深地嘆了口氣。

——沒有那麼簡單啊,修一。我也很想恢復到以前的自己啊。

智久自己也很希望能夠跟以前一樣,當個開朗的人。這個總是躲在房間裡的他,連他自己看了都覺得越來越厭煩。

寂靜的屋內,沒有與人接觸的機會,時間也毫無變化可言。正因為如此,更讓人感受到強烈的孤獨感,回想起傷心的過往,將自己逼向苦惱的死角。

把自己關在房裡,什麼都無法解決。如果能夠到學校去,跟同學們有所接觸,轉移自己的注意力，說不定才是最好的治療方法。漸漸的，智久也想通了這點。

可是，偏偏自己就是無法到學校去。

為什麼會這樣呢？

——因為同學們都太耀眼了。那些充滿幸福的表情，耀眼得讓人睜不開眼睛。他打從心底羨慕那些沒有煩惱，內心充實的同學和朋友們。

所以，智久就像是在盛夏的大太陽下，必須戴上太陽眼鏡一般，把自己關在房間裡。

其實每個人都有煩惱，只是有些人選擇埋藏起來，有些人則是選擇說出來。這世上的每一個人都有各自的煩惱，比如戀愛、學業、人際關係等等，根本沒有那種毫無憂慮的人。

好友的加油打氣之聲，在他耳裡聽來像是同情與憐憫——說不定這才是智久遲遲不肯再回去學校的最重要因素。

——我的心情根本沒有人能夠理解。因為，你們沒有經歷過失去最重要的人的那種痛苦。

【6月8日（星期二）下午1點12分】

——時間差不多了，友香和修一他們搭乘的新幹線，就快要出發了吧？

「大概有人會把這次的全班集體活動當成是校外教學旅行吧。嘴上說著『只是做做樣子嘛』，然後順便買些紀念品回家。」

智久這樣自言自語道。

電視上，正在實況轉播著廣島車站的月台狀況，許多穿著制服的高中生擠在月台上，有些人發現了電視台的攝影機，開心地比出V字手勢，也有人在攝影機前蹦蹦跳跳，大喊萬歲。

通知下一班新幹線即將抵達的警鈴聲，在月台上響了起來。

這時，突然傳來了一陣驚呼聲。被高中生擠滿的月台上，突然多出一塊空位，大家都退開一步，遠離站在那裡的兩名學生。

「你剛才撞到我的肩膀了吧！不要擋路！」

「很痛耶……是你的錯吧？笨頭笨腦的傢伙，給我乖乖排到隊伍後面去！」

「嗄？好大的口氣！」

口頭爭執終於演變成扭打，一人揮拳打了對方的臉，另一人則是飛撲上去。被飛撲的人一個踉蹌，結果倒在周圍的高中生身上。

四周的高中生就像推骨牌一樣，被這突如其來的撞擊力接連推倒。

跌倒的波浪一直延伸到月台邊緣。站在月台邊上的兩名男學生和三名女學生，就這麼摔落到鐵軌上。

「喂！有人摔下去啦，快下去救人啊！」

「不、不會吧……」

「不要下去！不要引發二次災害！」

「快點通知站務員，叫新幹線煞車！」

「不要下去！」

大家七嘴八舌地大吼大叫，月台上瀰漫著一股緊張的氣氛。

摔落鐵軌的5個人，有4個人交疊在一起，另一個人——一個女孩子，額頭冒出大量鮮血，好像失去了意識，一動也不動。

新幹線正毫不留情地朝這摔落的5人接近，警示的喇叭聲和煞車聲尖銳地刺入耳膜。

如果是平常，若是有人從月台跌落軌道，電車一定有辦法及時煞停。可是，今天的新幹線加掛了比平常更多的車廂，導致車重增加，所需的煞車距離也變得更長。再加上臨時發車的緣故，完全沒有正確的時刻表可以遵行，這從未遭遇過的意外狀況，讓人難以迅速應變。

這列新幹線的駕駛員，家裡說不定也有小孩。如果他的小孩剛好就是個高中生……他也會擔心自己的孩子吧？也有可能他的孩子已經打電話告訴他「我要去坐新幹線了」。說不定，摔落在鐵軌上的高中生之中，有一個就是他的孩子——

一名男子跳下月台，想要幫助那些摔落的同學。

「混蛋！你找死啊！」
趕上前來的站務員大聲斥喝。
「她是我死黨的女朋友啊！」
「管他什麼死黨的女朋友，先顧好你自己的命吧！」
「我一定要救她。」
其實，新幹線的鐵軌旁邊，也就是月台下方，另外設有通道，那是清理新幹線車廂的專用通道，站務員們從這裡搬出垃圾、並且搬入下一趟車次所需的物資。那名男子大概是想把女孩子拉到那個通道去。
男子抱著意識不清的女孩子大叫道：
「喂！快醒醒！其他人快點躲到通道那邊去！」
可是，倒在一旁的4個人卻動彈不得，雖然慌張地想要站起身子，卻只能在原地掙扎。沒辦法了，白色的巨大車頭急速接近，這可比馬路上的汽車要大得多了。
「啊……啊……」
「呀啊啊啊啊！」
「快點暫停實況轉播！不要播出！」
新幹線再一次拉響了警笛，令人渾身戰慄，月台上一片騷動。車頭距離那些跌落的高中生，只剩下10公尺了。
那名男子抱起失去意識的女孩子，想要逃到鐵軌旁的通道內。只是，他才一站起身子，腳踝就好像扭到了似的，沒辦法站直起身。

前方一個小個子的女生，單膝跪在地上，精神陷入了恍惚的狀態。

可能是已經明白，自己躲不過這一劫了吧，她甚至沒有發出慘叫聲，只是凝視著遠方。

「……我就要死了嗎？」

下一瞬間——

喀啦。

新幹線的車輪把她的身體捲入車廂底下，輪子把她的骨頭和肌肉絞成碎片，鮮血朝四面八方飛散，身體在這時斷成兩截。

新幹線的車體只有稍微浮起一些，往前衝的力道絲毫沒有減弱。

男子瞪著快速接近的新幹線車頭，咬緊牙關。如果他這時拋下那名昏迷的女孩子，自己就還有機會逃生。

「啊啊啊啊！我怎麼可能拋下妳不管——」

——咚！

就像是鐵鎚重擊水泥地的聲響，往四周傳了開來。那股聲音殘留在耳中，遲遲不肯消失。男子的臉正面撞上新幹線的車頭，猛然往後倒下。

還留在軌道上的高中生們，除了那個失去意識的女孩子之外，全都被新幹線輾斃了。

那名女孩子奇蹟似地被推到月台下方的通道空隙內。只可惜那個前來救她的男子，已經渾身是血倒臥在一旁了。

電視上只有大略敘述，說明山陽新幹線因為意外事故而暫停行駛，需要視情況再決定是否繼續運行。

這起意外事故，讓狀況有了轉變。

在東京都市區，看著廣島車站實況轉播的少女，斜著嘴笑了起來。

「又一個白痴的男人死了。你會上天堂？還是下地獄呢？——真是有趣。這是怎麼回事，是興奮的顫抖嗎？真是催情呢。話說回來，還是早點死比較好——我是那個人的信徒，你的意志和意識，就由我繼承下去吧。」

幾乎爬到天頂的太陽，被厚厚的雲層掩蓋，廣島市區突然暗了下來，彷彿是在預告不祥的事件即將發生。

不知道廣島車站內發生意外事故的智久，正在房裡悠閒地看著報紙。當他把報紙折好，準備起身時，突然聽到了對講機的鈴聲。

——誰會在這個時間上門啊？

望向對講機的螢幕——只見到修一和友香的身影。

修一露出一口白牙笑著，一旁則是拿著便利商店買來的便當、無聊地亂晃的友香。

『快點開門啦！我們來找你啦！』

友香接著說：『你一定肚子餓了吧？』看到他們兩人，智久按下了通話鍵。

「你們不是應該到廣島車站去嗎？我以為你們已經搭上新幹線了呢……」

『我們想要找你一起去，所以特地來接你啊。反正時間還很多嘛——你啊，真的有很要好的朋友和女朋友呢。』

『我也是來接你的喔。』

『快點開門啦，不然便當就要冷掉了。』

智久深深地嘆了一口氣，按下按鈕，打開樓下大廳的門。

3分鐘後，修一和友香終於來到玄關前，兩人把智久推進家裡，然後把脫下的鞋子隨手一扔。

「……你們……」智久一面把翻面的鞋子重新拾起，整齊地擺好，一面說道：「好歹有點禮貌行不行？每次都這樣——還有，修一，你說什麼我有很要好的朋友，還不就是在說你自己嗎？臉皮也太厚了吧。」

「那種細微末節的小事，別在意啦！你什麼時候變得這麼小心眼了——喔喔，這裡的風景真棒，不管看幾次，都覺得視野好好喔。」

修一把所有的窗戶全打開來。

友香打開冰箱的門，說道：「啊、這個不錯。」然後拿出果汁來。在這之前，她已經先把3個杯子擺在餐桌上了。

這兩個傢伙，簡直就把別人家當成自己家一樣。

——和平常……不太一樣。

如果是以前，他們兩人不管智久的父母在不在家，進門時都會先喊一聲「抱歉打擾了」，然後小心翼翼地走入屋內。只有到了智久的房間裡，他們才敢這樣放肆。

「你們來做什麼？」

修一回過頭來，臉上掛著從未見過的認真表情。在敞開的落地窗前，修一背對後方的藍天，注視著智久的雙眼。

「我從來沒有失去過生命中最重要的人，所以不瞭解智久你的心情。我很努力想要體會——可是卻還是做不到。因為，我並沒有真正失去最重要的人。我唯一的期望，是智久能夠恢復到以前的模樣，並不是要你忘記那件事，而且，我想你父親應該不希望你一直這麼頹喪下去，我和友香的想法也一樣。

我並不打算同情你，因為你很厭惡別人的同情。當然，最主要的理由是，你以前就不是個需要他人同情的人。智久，你也很希望恢復到以前的自己，對吧？

所以，快點變回以前的模樣吧，智久……你也悶太久了吧？不要再把自己封閉起來了，這是一面倒果汁一面哭泣的友香要傳遞給你的訊息。我再說一次，不是我想說這些，而是友香要我告訴你這些話的喔。」

友香一面啜泣、一面倒著果汁，儘管果汁早已溢出杯緣，她還是沒有注意到，繼續倒著。

智久看著這兩人，說道：

「講這種老掉牙的話，難怪有股酸臭味……你打開全部的窗戶，就是要讓那股臭味被風吹散，對吧？」

「喔，你果然聽懂啦，不愧是智久！最瞭解我的人，就只有你了。」

「……因為我們是朋友啊。」

「不止不止，我們是一輩子的好朋友。」修一接著說道：「我吃壞肚子了，要去廁所拉一下。其實，最擔心你的人還是——」話還沒說完，修一就吐吐舌頭，閃進廁所裡去了。

智久歪著頭，看著一旁眼淚早已奪眶而出的友香。

——那傢伙，是故意要讓我們兩人獨處的吧。鋪了一個梗，就跑得不見蹤影，真差勁。我這個人最不擅長應付這樣的情境了。

友香好像在等待智久先開口說話似的，用溫柔澄澈的眼神望著智久。

智久滿臉通紅，抓了抓頭髮，不知道該說什麼才好。因為太尷尬了，實在很難坦白說出心裡的話。

友香踮起腳尖，把自己的臉靠向智久的臉，然後，一語不發地讓自己的嘴唇吻上智久的嘴唇。

智久無法用言語來表達他的心情，不過，他用力抱緊了友香。謝謝妳，抱歉讓妳擔心了。智久想要在這一吻中傳達這樣的心意。

只有悲傷能夠蓋過悲傷。就好像有人說過，治療失戀唯一的方法就是再談一場新的戀情。他想要從這個幽閉自己的環境中走出去，就必須在無邊的黑暗中，重新找到自己。

智久小聲地說：

「我肚子餓了。吃飽之後，我們就一起去岡山吧。」

「嗯！」

——再來就輪到那個笨蛋了。

智久走到廁所前面，用腳尖踢了踢門。

「修一，你上廁所也上太久了吧？臭死人啦！」

「等一下！為了我的名譽，我要澄清一下，我並沒有在上大號喔——我把耳朵貼在門上，可是，一直沒聽到你們在交談。已經解決了嗎？如果還沒的話，我就要繼續待在廁所裡，假裝在上大號。我要把自己關在廁所裡。」

居然說這些沒頭沒腦的話！「快點給我滾出來！」智久索性把廁所的燈給關上了。

「喔喔喔喔喔！——你以為這招能把我趕出來嗎？哼哼哼，可惜啊，我剛才急忙跑進廁所，忘了開燈，正覺得不方便呢，現在燈亮了，謝囉！」

「…………」

「你這個悶騷又害羞的傢伙，不好意思把心裡的話跟我說，對吧？——你幫我把燈打開之後，現在廁所裡面一片光明呢。你把光明帶給了我——這麼一來，智久心裡有沒有感到一點點光明啊？」

「……嗯嗯，有一點點光明了。」

「那我這次就原諒你吧。」

廁所傳來馬桶沖水的聲音，接著門打開了。穿著花俏圖案大內褲的修一，一面穿上外褲、一面走了出來。

「呀啊！」友香趕緊用手矇住眼睛。智久喃喃地說：

「既然沒上廁所，你幹嘛脫褲子……我真的搞不懂你的思考模式耶。」

「沒關係啦，我自己也無法說明，無法理解。」

3人都張大嘴笑了起來。智久的內心，就像被一陣暖和的春風吹過，感到一陣輕鬆。

接著，3人圍著飯桌，把冰箱裡的剩菜拿出來，配著便利商店的便當一起吃，然後聊起了智久沒來上學的這段期間，學校裡發生的種種趣事。

其實，那些都不是什麼能夠引人大笑的事，但是，修一用極為誇張的語氣敘述這些事，弄得很搞笑，所以智久忍不住笑了出來。而修一也非常努力，不讓智久的笑聲中斷。

不知過了多久時間，桌上的食物全都吃光了。

智久站起身來。

「差不多該出發啦。」

修一和友香都點頭表示同意。

智久來到父親的遺照前跪坐下來，雙手合十。修一和友香也坐在智久的旁邊，對著遺照合掌膜拜。

終於，智久對父親說出了心裡的話。

——我有很好的朋友，隨時在一旁支持著我，真的很幸福，這是我一生的寶物。我再也不要讓我的朋友擔心了。他們都是在最艱困的時候，還願意伸手幫助我的人。我以後一定要變成像老爸這樣的人。我會去尋找我的人生，踏上新的旅程，所以請您在天上看顧著我。

智久起身返回自己的房間，換上制服。因為其他兩人都是穿著制服來的，所以為了配合他們，他也做了同樣的打扮。

3人走出智久所住的公寓——臨走前卻忘了打開電視看看新聞報導，確認外面的狀況，畢竟時間已經過了好一陣子了。

第2章

命令1

6/8 [TUE] PM 04:03

【6月8日（星期二）下午4點3分】

有好些日子沒穿上制服的智久，感覺到這身制服的格格不入，卻又同時有一股懷念的感受。

「去岡山吧！」

他深呼吸一口氣，刻意提昇自己的意志力。這時的智久，只把這一趟岡山之行當成是自己和好朋友一起去外縣市逛逛，認知只到這種程度而已。就好像朋友邀約他說「咱們去玩玩吧」，而他也隨口回答「喔，好吧」。

走出大廈的大廳時，智久看到前方停了兩輛腳踏車，一輛是母親的買菜車，另一輛是粉紅色的小型腳踏車，是修一和友香騎來的。

智久自己的腳踏車，如今還停在學校的停車棚裡，因為當他聽到父親的死訊後，便直接從學校搭計程車去醫院，所以腳踏車沒有騎走。

智久覺得有些困惑，不知道三個人該怎麼分乘這兩輛腳踏車。看到智久站在腳踏車前如此猶豫，修一於是用眼神向他示意。

——你去騎友香那一輛吧。

智久點點頭，跨上了友香的腳踏車。

「我來騎，友香就坐在後面吧。」

友香於是把飄逸的裙子夾在大腿內側，側坐在後方的載台上。她用雙手環抱住智久的身體，把臉頰貼在智久的背上。

「我要去廣島車站，請小心駕駛喔，司機先生。」

「瞭解！」

於是3人出發，一同前往廣島車站。

周遭的景象和平日大不相同，馬路上到處都在塞車。從路旁瞄到平行的國道2號線高速公路，也同樣是嚴重塞車。

到處都響起尖銳刺耳的警車和救護車警笛聲。政府明明宣布『國道2號線禁止一般車輛駛入，只有載著高中生的汽車能夠使用公路』，卻還是塞得動彈不得——

發生悲慘死亡意外事故的山陽新幹線廣島車站，工作人員正加緊清理遺體和屍塊，用水沖洗軌道和車體上的血跡，打算盡快讓列車恢復行駛。

但是，輿論就難以打發了。畢竟事故發生當時，電視台正在實況轉播，全國都看到了當時的慘況。

——五個年輕的生命才剛剛逝去，卻又急著要讓新幹線恢復行駛？為什麼高中生非得要從廣島移動到岡山不可呢？難道政府把那個愚蠢的遊戲當真了嗎？

——政府在想什麼啊！新幹線別再開啦。發生了那麼悲慘的事故，還硬是要讓列車復駛，真是沒血沒淚，這個政府的官員們都是冷血動物，毫無人性可言。

結果，JR西日本公司決定，山陽新幹線暫時停駛，視狀況再做後續決定。

另一方面，害怕【國王遊戲】的人們，和認定【國王遊戲】是一場不好笑的惡作劇的人們，發生了嚴重的衝突。

——一定要盡快趕到岡山！

——別相信那種毫無根據的事，蠢斃了！居然還因此封閉國道高速公路，害我們承受這麼大的損失。

——不要妨礙我們！

——是你們在妨礙大家吧！

雙方都各持己見，毫不退讓，口角逐漸升溫。

在廣島車站前的噴水池廣場上，兩派人馬開始咒罵鬥毆起來，簡直就像是暴動，廣島縣警察也因此而趕往現場。

當然，也有些人決定避開衝突。那些人在廣島車站搭上JR山陽本線或吳線、藝備線電車，想用轉車的方式前往岡山縣。可是，在極度混亂的狀況下，有些既定路線的電車早已停駛，想走也走不了。

兩輛腳踏車抵達了廣島車站前的郵局旁，緊急煞車停了下來。不知道早先發生什麼事的三個人，看到站前一片混亂的模樣，都驚愕地楞在當場。

「發生什麼事了？——打群架嗎？」智久說道。

「廣島東洋鯉魚隊的球迷，今天怎麼這麼熱情？」修一還是不改他愛開玩笑的口吻。

3人下了腳踏車，一邊對噴水池廣場周邊提高警覺，一邊朝車站走去。

雖然現場已經有許多警察，數量卻仍不足以壓制這場騷動。

修一握起拳頭，把關節弄得喀喀作響，智久趕緊伸長手臂拉住他。

「你不要跑去跟人家瞎攪和喔。」

「我是逗著好玩的啦。」

在打群架的人群之中，不時冒出人們的怒吼。

「我不知道這是怎麼回事，但是好像很有趣呢！來啊！看我宰了你！」

就在3人前方大約5公尺處，有個男人雙手撐在膝蓋上，背部劇烈地起伏喘息著。他的鼻子流出大量的鮮血，腳邊則橫躺著一位年輕女性。

他們大概是想要制止打群架的學生吧。

那男人拉開嗓門大喊：

「住手！你們這些混蛋！不怕被記過停學啊！」

照這樣看來，那個人應該是老師吧。可是，卻沒有人聽他的話。

智久說完「我先過去看看情況」之後，就避開鬥毆中的噴水池廣場，繞到車站裡頭去了。

過了10分鐘，智久回到兩人身旁，右臉頰腫了起來。

「我看到車站裡的班車資訊螢幕了，上頭寫著新幹線和一般電車都暫停行駛，要視情況再決定是否復駛，好像是新幹線鐵軌上發生了意外事故。還有……我莫名其妙就被打了，那個打我的人還罵我，說我幹了什麼好事之類的！」

「你、沒事吧？——噯，現在怎麼辦？」友香用手揉著智久的臉頰，然後往腳踏車的方向望去。

「不可能騎腳踏車去岡山啦——搭巴士嗎？還是搭飛機呢？真傷腦筋。」

智久也停下腳步，望著腳踏車。

修一看了看這兩人臉上的表情，突然間，他的臉上浮現出一絲詭異的笑容。

「咱們開車去吧。」

「嗄？」智久和友香異口同聲地發出疑問。

「我記得你家裡有一輛很高級的ＬＥＸＵＳ，而且是售價超過１０００萬圓的ＬＳ，對吧？」

「車子是有……可是我沒有駕照啊！」

「可是我有啊。」

修一說著，從錢包裡拿出一張駕照，炫耀似地拿給兩人看。

【輕型機車駕照】

智久和友香都深深地嘆了一口氣。

修一是說真的還是鬧著玩的？看他那副表情，不像是在開玩笑。意思是說，他是真的想要開車嗎？

一般來說，駕照上的照片，通常都是一本正經的表情。可是修一那張輕型機車駕照的照片中，卻只看到他嘻皮笑臉的模樣。大概是剛考上駕照，所以拍照時非常開心吧。

「汽車和輕型機車是兩碼子事！」智久一把將駕照搶了過來。
就像玩具被人拿走的小孩一樣，修一嘟著嘴瞪著智久。
「可是，我真的很想要開開看那種高級的轎車嘛。」
——很想開開看？你幾歲啦？跟這種蠢蛋對話，還真的很累人呢。
修一這種個性，一定有很多人覺得他很煩吧。他就是那種要不就是很討人喜歡、要不就是很惹人厭的類型。幸好，智久很欣賞修一這個朋友，他那天真的模樣，的確帶來許多快樂，交到這種朋友，也不會讓人覺得後悔。修一的生存之道，就是如此直接而單純地表達自我吧。
至少，跟他在一起，絕對不會無聊。
據修一說，在拍駕照用的大頭照時，拍照的監理所職員跟他提醒過很多遍「你笑出來了，要重拍一次」，可是他還是堅持「要有笑臉才好看」，真是個長不大的孩子。剛才拿出駕照來跟兩人炫耀的時候，修一所露出的笑容，就跟駕照上的照片一模一樣。
智久像是母親在斥責小孩似地罵道：
「不准開車！哪有蠢蛋會拿著輕型機車駕照來開大車啊！」
「可是——50 cc的MONKEY沒辦法三貼載人啊！」
修一還不死心。這時，廣島車站的車站大樓外設置的大型螢幕秀出了即時新聞跑馬燈。
【8日下午3點左右，山陽高速公路上行路段，在尾道交流道附近，發生數輛汽車追撞的意外事故。開車的是18歲的男性，沒有駕照，因為操作方向盤失誤，導致車禍發生。同車的四名男女全部當場死亡。】

——要是修一看到這則新聞，那就糟了……他鐵定會說「真的有人無照駕駛呢！」，即使看到了同樣是高中生的傢伙因為無照駕駛而車禍身亡，他也會厚顏無恥地打包票說：「我來開絕對沒問題！」

智久為了不讓修一看見大型螢幕，於是趕緊擋在修一面前，可是，卻遲了一步，只見修一露出了賴皮的笑容。

「我已經看到啦。還是有高中生自己開車去嘛，有什麼大不了的？」

「可是他們發生車禍，全都撞死啦！你不想發生悲慘的事故吧？」

「就跟你說了，我沒問題嘛。」

「我就知道你會這麼說……」

當兩人爭執不下時，車站的大型螢幕又開始顯示下一則新聞字幕。

【今天中午時分，瀨戶內海打撈到了一男一女、疑似高中生的遺體。男性死者頸部有鋸子切割的傷痕，極可能是致命傷。女性死者的死因為溺斃。警方目前正在深入調查中，不排除是捲入某種事件，或是分手談判不成，演變為情殺事件。】

一位少女皺起眉頭，看著播報新聞的網站。她把新聞的內容一字一句記錄下來，然後拿著手機開始搜尋資料。

——我想知道這兩名高中生的姓名。在我們看不見的地方，有一股來歷不明的力量，正在侵蝕著人類。接下來，究竟會發生什麼樣的事呢？

少女快速地用手指按著手機的按鍵，臉上浮現意義不明的微笑。她的嘴唇像是波浪一樣微微地抖動著。那是風暴來臨前的波浪，隨著時間過去，波浪將會越來越大，把遺留在沙灘上的海藻和垃圾全都捲入海中，將沙灘恢復成原本應有的美麗面貌。

少女對著自己的手背，吻了上去。這不是在吻她自己，而是要傳遞給某個人的、深情的一吻。

——我是我，我是妳，妳是我。當兩條線結合成一條線時，線就會變粗……

「螢！妳看到新聞沒有？……妳、妳在幹什麼啊？」

母親推開門，走進房間裡。

「我跟妳說過多少次了！『無論如何都不要走進我的房間』！我這麼說，都是為了媽好呀！」

母親渾身顫抖著，勉強吐出幾個字：

「那、那是……」

「生命的奧秘真的很令人驚訝，對吧？媽。」

母親雙腿一軟，跪坐在地上，崩潰地哭了起來。在少女面前，整齊地擺放著從貓的體內取出的內臟。

——這孩子，從那天起，就好像被什麼給附身了一樣……

「螢，說不定妳當時死了還比較好。」

「怎麼可以對女兒說這種話呢——雖然是這樣的身體，但是，我還是很感謝妳把我生下來啊。現在的我，覺得很幸福呢。」

這是她對母親說的最後一句話，也是少女和母親最後一次交談。

【6月8日（星期二）下午4點36分】

為了弭平打群架的混亂，陸上自衛隊趕往廣島車站。在站前圓環那裡，停著四輛窗戶貼著黑色反光紙的囚犯押運車。

自衛隊的隊員將鬧事的人一一逮捕，送上了囚犯押運車。

——這也太反應過度了吧。

看到這幕景象，智久的臉色蒙上了一層陰影。但是相反的，修一卻看得目不轉睛，眼中閃耀著光芒。

——難得見到這種景象呢。以前只有在電視播出的紀錄片「警察24小時」看過這樣的鎮暴部隊呢。

「好過癮啊！越來越有趣了！智久，我們去開車啦！」

修一的浮躁心情已經被拉升到最高點。

「你怎麼還在說這個？你這傢伙……要是被警察逮到，你最寶貴的駕照就會被吊銷喔。說不定還會把你關進監獄。」

智久把修一的駕照拗彎，準備對折成兩半。

「哇啊！住手！我好不容易才考到的耶！」修一這下子終於感到慌張了。

兩人爭執著「還給我！」、「才不還你！」的模樣，就像是小貓在嬉鬧一樣。智久把修一的駕照高高舉起，不讓他搶到，同時，想起了自己剛才說過的話。

「關進監獄！」

——那些沒辦法自主行動的人……好比說被收容在少年觀護所裡的人，他們又該怎麼辦？

智久把駕照還給修一，然後瞇著眼睛注視那些囚犯押運車。他的眼神中隱含著憎恨。

——那傢伙！殺了老爸的那小子，現在人在哪裡？

從智久的表情瞥見異樣氣氛的修一，頹喪地垂下肩膀，這麼說道：

「你的表情怎麼突然變得那麼可怕——是因為我的關係嗎？因為我一直無理取鬧的關係嗎？那我跟你道歉，對不起，我開玩笑開得太過火了。」

「不是修一的錯……」

這時，智久的手機響了，是母親打來的。

『智久，你現在在哪裡？』

「……在廣島車站，和友香、修一在一起。」

『你正要前往岡山是嗎？抱歉，沒有早點跟你聯絡，因為我工作很忙，一時抽不出空打電話。』

「我知道媽工作很忙，畢竟工作第一嘛！——即使是發生了這種不尋常的事件……妳真的一點都不擔心我嗎？」

『就是擔心才會打電話給你啊。』

「打電話？都已經這麼晚了才打——我現在在廣島車站，妳要來接我嗎？我打算開爸的車去岡山縣。」

『開你爸的車？別說這種傻話！智久才不是那種會亂來的孩子呢！你說修一跟你在一起，對吧？一定是修一慫恿你這麼做的吧？修一那小鬼，聽別的家長說，他不是什麼好孩子，我以前就跟你說過好幾次了，別跟那種人交朋友！』

「別相信那些人胡說八道！妳又有多瞭解修一了？妳連自己的兒子都不瞭解，還敢說這種話！決定開車去的人是我！——我要去旅行，這是尋找自我的旅行。我想要問妳，妳——算、算了，等我回來之後，再慢慢跟妳說吧。拜拜。」

『等一下！』

智久逕自掛斷了電話，一轉頭，就看到修一和友香兩人一臉擔心地望著他。

「是伯母打來的吧？沒問題吧？」修一提心吊膽地問道。

「嗯嗯。」

剛才那些話，是想要試探一下，看母親會不會因為擔心，而親自來車站接自己。雖然這種做法很孩子氣，但是，既單純又直接，也沒什麼不好。

——真的會擔心我的話，就到岡山去找我吧。

雖然一方面希望母親能夠多給一些自由，但另一方面卻又希望母親會因此擔心。兩種心情是互相矛盾的。

——這是青春期的叛逆嗎？

體驗青春期的叛逆，其實也不是什麼壞事。每個人都會經歷那一段時光，然後成長為大人。從依賴轉為獨立，還有，尋找自己的定位。

智久跨上了腳踏車，對修一和友香說：「到我家去吧。」

「出發吧！請小心駕駛喔，司機先生。」

從廣島市區到縣境的岡山縣笠岡市，還有120公里之遠。

腳踏車騎了20分鐘之後，回到智久居住的高層公寓大廈門口。智久快步跑向電梯。走進寂靜異常、像是開了冷氣一樣涼爽的父親書房內，智久拉開抽屜取出汽車鑰匙，對著書桌默默地辯解。

——要是爸還活著的話，會對我說什麼呢？一定會和媽一樣，大發脾氣、想要阻止我吧。「你自己開車？別傻了！爸開車載你去！」——說不定爸會這麼說呢。

為了確認時間，智久拿出手機來看了一下。母親又打了好幾次電話過來。可是，智久已經不打算回頭了。他回到自己的房間，把儲蓄的所有現金都裝進錢包裡。

「我要出門了！」

在玄關前丟下這句話之後，智久跑出了自己的家。

在搭電梯的時候，電梯突然停在4樓，一名面色凝重的女性走了進來。年紀大概有40歲吧？肩膀上還背了一個大大的皮包。

女人好像有話想對智久說，可是卻沒說出口，又低下了頭。

若有所思的神情、還有那一大包像是行李的東西，不禁讓智久聯想到——

智久忍不住好奇，詢問說：

「您……您的孩子是高中生嗎？」
「……嗯，我兒子在念高中。」
「我現在正要趕去岡山——那個……您相信嗎？……那個【國王遊戲】？」
「我還是覺得難以置信。」
「說得也是。」
電梯抵達1樓，門自動開啟。
「我還有朋友在等我，失陪了。」智久行了一個禮，先一步跨出了電梯。
「請等一下！關於令尊的事，我真的覺得很抱歉，對不起，遲遲沒有向你們家人致歉。當初你父親來找我時，我一口就回絕了他的提議。你父親不斷地挨家挨戶懇求說『應該要補償他們』，說真的，當時讓我覺得很煩。那麼真誠地懇求他人……而我卻拒絕他的提議，心裡真的覺得很鬱悶。」
她難過地低下頭來。智久伸手擋住即將關閉的電梯門。
「您想說什麼呢？」
「我們都太疏遠了，應該多跟別人來往才對。這是我從令尊那裡學到的道理。雖然現在說這個無濟於事，但是，我學會了人們要互相幫助。很久以前，這附近有個老爺爺，會揮拳教訓做壞事的孩子。現在的社會上，已經沒有這樣的老爺爺，也沒有老師敢管教學生了。現在體罰變成禁忌，只要稍微嚴厲一點，就會被冠上教育失當的大帽子，衍生出許多問題。
真是感傷啊！我想說的就是這些，智久，我希望你能變成一個可以打動人心的大人物。現在這個時代，需要的就是這樣的人。我和我的兒子，都從智久你的父親那裡學到了很重要的事，所以我心裡對他有說不完的感謝。」

「希望您的兒子能夠安全抵達岡山。他已經到了嗎？」

「他已經到了。」

「方不方便……把您兒子的姓名告訴我？我想跟他交朋友。」

不知道為什麼，她有些躊躇。不過沒多久，她就抬起頭來，用肯定的語氣說道：

「他叫和田直人。智久，你也快點去岡山縣吧。」

智久點點頭，露出微笑，放開了擋住電梯門的手，走向公寓大廈的大廳。

那個女人依舊站在電梯裡。在電梯門緩緩關上時，她從門縫望著智久遠去的背影，喃喃地說道：

「直人……為了幫助跌落月台的同學——被新幹線撞死了。這些東西，不是要拿給他的。我為我兒子的所作所為感到驕傲，可是，身為母親……卻是無限的感傷啊！」

在電梯中的她，就這麼放聲哭了起來。

當電視正在實況轉播時，她在廚房裡看著電視，想要把手伸進電視裡，大喊著「直人、快逃啊」，可是……最後她的兒子還是被新幹線輾斃了。

那幅光景深深烙印在她的眼底，一輩子都無法忘記。

——為了拯救那些身陷危險的人，寧可犧牲自己，這算是有尊嚴的死法嗎？或者，是毫無意義的死法呢？

她一而再、再而三地告訴自己，這是最有尊嚴的死法。因為，不這樣說服自己，將無法接受自己兒子已死的事實。

——智久，你可不要讓你的母親悲傷難過啊！對父母來說，孩子是最珍貴的寶物。就算是有尊嚴地死去，就算是為了救助他人、勇敢採取行動、令人驕傲地死去——都不是父母親所樂意見到的。就算孩子的死，能夠拯救這個世界，當父母的也難以接受。

即使把全世界所有人的性命，和自己兒子的性命，放在天秤上……父母親也一定會選擇自己孩子的性命。

「身為母親，就是這麼回事——我此刻的心境就是這麼複雜啊。」

【6月8日（星期二）下午5點4分】

智久走出大廳，修一和友香都在外頭等著。智久把鑰匙卡扔向修一。

「拜託你囉，修一！」

「放心交給我吧！——你怎麼一臉凝重啊？」

「是有一點心事啦。好啦，走吧。——對了，等我們到了岡山，要記得去找一個叫和田直人的高中生。」

三個人坐進車裡，修一坐在駕駛座上，智久坐在副駕駛座，友香則是坐在後座。

「高級車的內裝果然不同凡響啊，不愧是1500萬圓的名車！充滿了高級的質感！好啦，鑰匙呢？把車鑰匙給我吧。」修一這麼說道，把手伸向智久。

「鑰匙剛才不是給你了嗎？這輛車用的是鑰匙卡。」

「……我、我是開玩笑的啦，這我當然知道啦——鑰匙卡要插在哪裡啊？」

修一在方向盤周邊東摸西摸，想要找插卡的位置。

「鑰匙卡的插入口在哪裡？我沒找到插鑰匙卡的地方啊。」

「……鑰匙卡不用插，只要你隨身帶著鑰匙卡，就能發動引擎啦。方向盤左邊有個圓圓的按鈕對吧，你先踩住煞車，然後按那個按鈕。」

「我是開玩笑的，這我當然知道啦。我只是故意裝傻而已。」

修一按下按鈕，原本位於後方的駕駛座開始往前移動，方向盤也調整到適合他掌握的位置。

「好厲害！方向盤和駕駛座會自己動耶。」

修一忍不住驚呼出聲。

「可是，引擎沒有發動啊。我沒聽到引擎聲。」

「引擎已經發動啦，這是油電混合車，現在是電力驅動模式，所以沒有聲音。」

「我是開玩笑的，只是想試探一下你懂不懂罷了！你還當真啊——咦？手煞車在哪？」

「這是全自動的，只要你踩下油門，自動會解除手煞車。你一停車，又會自動鎖上手煞車。」

「我知道這樣一直說很煩人，但是，我真的是跟你開玩笑的！我對汽車可是瞭若指掌耶，怎麼可能不知道呢！我只是要試探你知不知道罷了。」

「……你累不累啊？不知道就說不知道，我又不會笑你。」

「智久，抱歉啦，我不懂還故意裝懂，因為我愛面子嘛。對了，我可以問一個問題嗎？」

「什麼問題？無所不知先生。」

「請問領航員，岡山在哪個方向啊？」

智久和友香同時大聲吼道：

「右邊！」

「因為我是個熱愛家鄉的人，沒離開過家鄉，地理成績又不好……」

智久嘆了一口氣，喃喃說道：「這跟地理無關吧……」然後抓抓頭髮，像是要搶過方向盤似的，一把抓住修一面前的方向盤。

「聽好了，修一。到岡山怎麼開，衛星導航會告訴你路線。快要撞上前方車輛時，車子會自動煞車。如果你偏離車道，壓到白線，方向盤會用震動來警告你。如果方向盤打得太猛，導致車身側滑，電子控制系統就會自動調整車體的姿態。

——這輛車會保護我們！可是，畢竟還是有限度的。你開車一定要小心，有不懂的地方就立刻問我，知道嗎！」

「知道啦。我已經不想當什麼無所不知先生了——這輛車會保護我們啊？雖然說，硬要借車的我沒什麼發言權，不過，這是你爸的車對吧？——我覺得聽起來就好像『你爸會保護我們』一樣呢。」

「……別說傻話了。」智久臉上浮現出有點困擾、也有點哀傷的神情。

「呵呵呵，總算讓我扳回一城啦。難得看到你會這麼困擾呢。我們這就出發去岡山吧，剩下的時間已經不多了。」

「啊——對了，這輛車馬力很強，油門要輕輕地踩……」

說時遲那時快，修一已經全力踩下了油門。

「笨蛋！快煞車！」

智久大叫。車子突然嘰的一聲，速度慢了下來。

「這不是50 cc的輕型機車，不要一次踩到底！這輛車有將近400匹馬力耶！有哪個笨蛋會這樣猛踩油門啊！」

「就坐在你旁邊啊！我先打預防針囉！」

「這是常識吧！你到底是裝傻還是真傻啊！」

「常識？當我們決定要開車去的時候，就已經跳脫常識的規範啦！還有，罵別人傻瓜的人才是傻瓜！」

友香突然用手指著前方，大叫道：

「你們兩個別吵了，看前面！牆壁！牆壁！」

就在幾公尺不遠處，水泥牆快速接近，眼看就快要撞上了。

「呀啊啊啊——！要撞上啦！」友香尖叫著，緊閉住眼睛。

牆壁還在不斷靠近。

修一趕忙握緊方向盤，使勁地打向側面，然後用力踩下煞車踏板。「嘰——」一陣尖銳的煞車聲後，車體略微側滑一下，在牆壁前方勉強停住了。

「好險。」鬆懈下來的修一，雙手離開了方向盤，把身體靠向椅背，雙腿則是放鬆伸直。掌心冒出的汗水，把整個手都弄濕了。

「我只是想試試看這輛車的性能罷了，不過這輛車還真聰明，在我踩煞車之前，它已經先啟動煞車了，不愧是高級車呢。」

偵測到過度接近障礙物的微波雷達，在車廂內發出警告的聲音。

智久把身上的安全帶解開，一把抓住修一的領口。

「我還以為這下死定了呢！害我渾身冒冷汗！」

「對、對不起啦！可是，不騙你，這裡最害怕的人是我啊！已經沒事了啦！」
彷彿剛才什麼事都沒發生過似的，修一嘻嘻嘻地笑了起來。他把雙手按在智久的肩膀上，把頭垂下，就像在模仿耍猴戲的那隻「會反省的猴子」，打算嘻皮笑臉矇混過去。
「你這傢伙……裝猴子也沒用！真是氣死人了。」智久沒好氣地說道。
智久把修一的手拿開，長長地嘆了一口氣。
——這樣真的沒問題嗎？真的能夠安全地抵達岡山嗎？都已經傍晚5點鐘了。
智久用威嚇的語氣這樣罵道：
「你比猴子還不如！再讓我感覺到你開車有危險，我就馬上跟你換位置，由我來開！」
「不要拿我跟猴子比嘛。好歹說我比黑猩猩還不如，這樣還比較好一點。」
「這有什麼差別。」
——算啦，隨他去吧。
再一次，修一小心翼翼地踩下了油門。

【6月8日（星期二）下午5點31分】

一車3人並沒有開上高速公路和國道，而是走海岸線的縣道，以避免遇到塞車。

修一開車其實比想像中來得安全，理所當然的，遇到紅燈要停車，遵守法定速限，變換車道時先打方向燈，跟著路上的車流走，這都不成問題。

大概是剛才陷智久與友香於危險之中，內心有所反省了吧？或者，只是單純不想跟智久交換座位，所以才乖乖地開車？

就這樣開了大約10分鐘吧，在一個小小的路口前，被紅燈擋住，只好暫時停了下來。

「沒想到你開車還滿安全的嘛。」

智久看著修一，露出了笑容。

「雖然我的本能要我『用力踩油門』，可是我一直在抗拒，拼命地忍耐著。啊，好想開快車啊。」

「了不起，開始說大話囉——啊、要是碰上警察的話，該怎麼辦？」

「喔，這個啊——智久、友香，你們把頭低下去，不要讓外面的人看到。」

「……為什麼？」

「因為後面真的有警察。有一輛警車就在後面，我從後照鏡看到了。嚇得我差點漏尿呢。我最厭惡公權力了……」

智久和友香趕緊壓低身子，把頭埋進椅背裡。

或許是因為緊張吧，修一的背脊和手臂都挺得硬直，活像是還在上駕訓班的學員一樣。可是，他的雙眼眼角下垂，彷彿快要哭出來似的。之前耍寶的精神，一下子全都不知跑到哪裡去了。

「我要再次聲明，我最受不了的，就是公權力、我爸，還有狗……一看到就會嚇死。還有，我最討厭吃的東西是苦瓜，我也受不了那種嘰嘰喳喳尖叫的辣妹。順帶一提，我最愛的食物是拉麵，喜歡的理想女性是像綾瀨遙那種清純型的女孩子。目前正在徵求女友，希望有人願意溫柔地收養我。」

「你腦袋壞啦，笨蛋！不要用這種快哭出來的聲音自我介紹啦！……你有什麼打算？」

「要是被發現，我就加速逃逸。我寶貴的輕型機車駕照不能被吊銷啊……」

「冷靜一點。」智久拼命想要安慰修一，這時友香插話說道：

「在下一個紅綠燈的地方轉彎，怎麼樣？」

下一個紅綠燈就在前方200公尺處，是個比較大的路口。

修一說：「我知道了。」並且連續點了好幾次頭。

可是──後面那輛警車，居然開到了3人乘坐的LEXUS旁邊，並排行駛。大概是害怕過度吧，修一不敢再把油門往下踩，反倒減慢了車速。在限速60公里的路上，以30公里的速度慢行。

智久用手指著儀表板上的車速，叫道：

「速度快一點！時速30公里是輕型機車的速限吧？多踩一點油門啊！我現在准許你用力踩

油門！」

智久盯著修一的臉。不知道修一的腦筋在想什麼，居然轉頭看著警車副駕駛座上的警察，很努力卻又哭喪著臉地擠出了一個笑容。

智久不禁愕然。

修一把駕駛座那邊的窗戶打開，這麼說道：

「天氣真不錯呢。今天還要值勤，真是辛苦了。我會小心開車，不會發生意外的。」

「這樣會越描越黑啦……你白痴啊！比黑猩猩還不如！」

坐在副駕駛座的警察，把頭轉向這一邊，用訝異的眼神上下打量著。

——糟了！我們身上穿著制服啊！

「修一，快點踩下油門，超過警車！不要跟他們並行！」

彷彿沒聽到智久的聲音似的，修一臉部還是維持著僵硬的表情，並沒有踩下油門。

——真沒用！剛才的氣勢到哪去啦！

智久想著，有什麼辦法可以讓修一回過神來。既然修一是頭腦簡單的傢伙，那麼——

「友香說要幫你介紹女朋友喔！在女子高中念書的清純女孩喔！是名門大小姐那一型的喔！」

一聽到這些話，修一的臉頓時恢復了生氣。

智久回頭看著後座的友香，用眼神示意，要她勸勸修一。

「有些女孩子正在徵求男朋友呢，對吧，友香！」

「啊、嗯嗯……是非常可愛的女孩子呢。下次我找她一起出來玩，我們四個人一起去約會吧。」

「女子高中？清純？大小姐？真的嗎……」修一又出現了嘻皮笑臉的表情，拉長了鼻子下方的人中。

——好單純，這傢伙未免也太單純了吧……

智久和友香不禁感到一陣悲哀，同時嘆了口氣。

在高中入學典禮過後的幾個禮拜，3人雖然早已是同班同學，卻沒有什麼交集和情誼，只知道對方叫什麼名字而已。

有一天，修一忘了帶午餐的便當，所以，當午休時刻其他同學嘻嘻哈哈地吃便當時，修一只能靜悄悄地坐在自己的座位上，感覺相當落寞。這可不是誇張的說法，因為當時修一所釋放出的負面能量，幾乎讓教室的氣氛整個黯淡下來了。

於是，友香站了起來，走到修一的桌子旁邊，把自己便當盒裡的一塊炸雞送給修一吃。看到友香這麼做，智久也跟進，把他在學生餐廳買的三明治分一半給修一。

修一一面說「謝謝」，一面吃這份午餐，臉上那副快要哭出來的表情，轉眼間變成了既天真又開心的小孩模樣。

——怎麼會有這麼單純的人啊。

當時，智久覺得相當訝異。

隔天的午休時刻，修一親手做了兩個便當，回送給這兩位幫助他的同學。打開盒蓋一看，裡面添了八分滿的白飯，剩下的兩分是焦黑的煎蛋。在白飯上面，還用海苔拼出了【謝謝】的字樣。

智久和友香都覺得很困擾，畢竟他們已經有帶便當了，不可能吃得下兩個便當。而且，上面還有【謝謝】的字樣——這是在玩愛妻便當那一套嗎？

兩人苦笑著，不知該如何是好，修一卻露出滿足的笑容。

「這是為了答謝你們昨天的恩情！今天早上我媽教我做的喔。」

但是，兩人都有帶自己的午餐來學校，實在是吃不下兩個便當。修一難道事先都沒有想到這一點嗎？他想不出其他的感謝方法嗎？

智久原本想直說：「我吃不完啦！」可是，最後敗給了修一的笑臉。既然是人家好心做的，那就不能浪費，於是他夾著煎蛋，吃了一口。

稍微甜了一點。不過，還算好吃。大概是失敗了好幾次，才終於做出能夠入口的成品吧？可是那些失敗的煎蛋該怎麼辦？自己全吃掉了嗎？

修一的邏輯似乎很簡單，欠了什麼就該還什麼。吃了別人的便當，就該用便當回報對方。他大概是想用親手做便當這件事，來表達自己的感謝之意吧。他在做便當的時候，一定很篤定智久和友香會開心地接受回禮吧。

智久吃掉了煎蛋，轉頭面向修一。

「很好吃呢，謝謝！你叫修一對吧，真是個有趣的傢伙。」

「好吃是當然的囉。因為我將來想要當廚師啊。」
「真的假的？」
「跟你開玩笑的啦。我將來的夢想——還沒仔細想過呢。」
那天，3人圍著桌子一起吃便當，從此以後，就成了好朋友。
——雖然修一既單純又愚蠢，但是他是個很直率的人。只不過是忘了帶便當，就陷入情緒低潮，這就是他的性格。只要送他一塊炸雞和半個三明治，他就開心得不得了。
盯著這個人看，就會不知不覺感受到一股幸福的氣氛。雖然有時候做事情很胡來，但是在重要時刻，卻又會變得無比專注。對智久來說，自己個性中缺乏的特質，居然能在修一的身上找到，也因此兩人才能夠成為朋友，而且是能當一輩子的朋友。
智久內心感到一陣溫暖。他用和藹的眼神看著修一，在修一那一側，則是與他們並行的警車。在這短短的一瞬間，讓人忘了現在正處於緊張的狀況之中。
就在此時，一旁並行的警車突然亮起紅色的警示燈，並且啟動警笛。
——被發現了嗎？我應該對修一說什麼才好？「乖乖地束手就擒」？還是「快逃」？如果是朋友——正常來說，應該會勸他「乖乖地束手就擒」吧。畢竟，如果是真正的朋友，就不能讓好友犯下越來越多的過錯，要適時阻止他錯下去，才是朋友的意義所在。
智久看著修一的臉。他還是跟剛才一樣，拉長了人中，臉上泛著害羞的紅光。
他的腦子裡大概還被「大小姐」、「清純」、「介紹」這幾個字眼佔據著吧。智久忍不住笑了出來。

——的確很像是你的個性呢。抱歉，要是我沒有把鑰匙卡給你，你也不必承擔這樣的罪過……可是，你絕對不會怪罪我，甚至會嘴硬地說「全都是我的錯」。一想到這裡，就不禁讓人難過。

智久深深地吸了一口氣，用手拍了修一的大腿一下，然後說道：

「馬上就到下一個路口了，快點踩油門逃走吧！怎麼能讓警察毀了我們的幸福呢！」

修一點點頭，踩下了油門。汽車馬上加速前進，智久坐直身子，看著被拋在後方的警車。

「好，跟警車拉開距離了，一定逃得掉！在路口那裡左轉！」

「交給我吧！」

修一高速衝向交叉路口，然後把方向盤朝左方打。

那一瞬間，修一突然大叫道：「嗄？」

智久看向前方，有個騎著腳踏車正在通過斑馬線的人，面容僵硬地望著直衝而來的車子。那個男孩子穿著制服，是中學生嗎？可是路旁的行人穿越燈號還是紅燈狀態啊，難道是闖紅燈嗎？

修一和智久同時瞪大了眼睛。

時間的河流突然遭到扭曲，流動的速度變得好慢好慢，就像是慢動作的世界一樣。天上開始落下的小雨滴，彷彿慢到可以輕易用手抓住。

修一趕緊踩下煞車，轉動方向盤。可是來不及了，沒有時間讓他們後悔。

2噸的重物朝中學生急速接近。

——這下完了。

智久和修一都閉上了眼睛——兩人都聽到了撞擊聲。

兩人呼吸停止，不敢喘氣。時鐘的秒針向前移動了一格，從59秒推進到00秒。

滴答、滴答、滴答、滴答。聽到4次秒針的轉動聲，時間的扭曲才再度恢復正常。

修一把額頭靠在方向盤上，渾身顫抖著。智久想要確認一下那個男孩子有沒有出事，於是伸手握住門把。可是，在即將打開車門的那一瞬間，他猶豫了。

「你和友香一起逃走吧……修一、友香，你們一起逃吧！所有的責任都由我來扛！」

「……嗄？」

智久把身體從副駕駛座挪向駕駛座。

「快點跟我換位置！」智久這麼喊道，然後一把抓住修一的領口，將他拉到副駕駛座去。自己則是坐上了駕駛座，假裝車是自己開的。

「友香，妳和修一快逃吧！——修一，我有件事要拜託你，等你到了岡山，記得去找一個叫和田直人的高中生。」

「……我才不要扔下智久自己逃跑，我們一起逃吧。」

「沒用的，一定要有人出來頂罪才行！你們快逃吧！拜託！」

修一「啊啊啊啊啊！」地大叫出聲，抓著自己的頭髮。拔下好幾根頭髮之後，他才抬起頭來，輕輕說了一句「抱歉！」，然後打開車門走了出去。接著，他走向後方，要打開後門，打算把友香給拉出來。

可是友香卻在車內緊緊拉住門把，不肯開門。

「你真的要把智久扔在這裡嗎？是嗎？」

「因為我不想被警察抓，不想被吊銷駕照啊！我還這麼年輕就要被關進監牢，我真的不想變成這樣。一旦留下前科，我就交不到女朋友了！」

「還在講交女朋友的事……修一，我真是看錯你了。我還以為，你們的友情沒有那麼脆弱。你們不是一天到晚一起打鬧的好朋友嗎？彼此互開玩笑、做一些蠢事，打造一個你們男人的世界。那是我們女生絕對不可能構築的獨特世界，所以我很羨慕你們。難道那些對你來說，都沒有意義嗎……」

「是智久要我們快逃的啊！聽從朋友的建議，才是最重要的啊！友香是女孩子，不會懂的！」

「……看不見的友情，這麼輕易就被摧毀了。我才不想聽這種……明哲保身、只顧自己的藉口！」

友香放鬆了抓住門把的力道，趁著這一瞬間，修一把友香拉出車外。看到他們兩人還在爭執，智久開口說道：

「如果，你們遇到那個殺了我爸的傢伙，記得幫我朝他臉上狠狠地揍一拳——喂，你們有沒有聽到啊？」

修一把友香拉離汽車，越拉越遠。

智久喃喃自語道：

「這樣就行了。不知道我會有什麼下場呢……」

智久非常在意那個被他們輾過的中學生，於是惶恐地打開車門，把一隻腳跨出車外。

那個人還是中學生，說不定連骨頭都還沒長硬呢。這樣的一個孩子，被車輪輾過的話……身體——身體流出的血液，要是把白色的斑馬線染紅的話——

他的腦海裡轉過一幕又一幕悲慘的光景，內心萌生的不安與恐懼，迅速地佔據了全身。

心臟的鼓動速度加快。身體僵硬不聽使喚的智久，不敢跨出下一步，看清楚車禍現場的狀況。

「一瞬間的錯誤，讓人後悔一生。」——這句話深深地烙印在他的內心。

智久握起拳頭，狠狠地搥在方向盤上。

忽然間，腦海中的惡魔這樣跟他說：

——快逃吧。開車撞死人的是修一。快逃吧，沒必要替他頂罪。你真想為了那傢伙，毀掉自己的一生嗎？朋友終究會離你而去的，會因為一些小事情就背叛你。什麼恩情和感激，只有在當下才會浮現，不久之後就會被人遺忘，變成塵封的過去。

只要換個班級、換個學校，就無法跟老同學取得聯繫了。人與人之間的聯繫就是這麼脆弱。朋友這個字眼，只是裝飾品而已，就像花朵一樣，雖然綻放的時候很美麗，可是一旦枯萎就毫無價值了。朋友關係也是這樣——和愛情相似，總有消退的時候。

「不對！閉嘴……修一才不是那種人。」

智久這麼對自己說。

「必須拋下朋友的人，心裡更難過。背叛他人的人，心裡更難過。我是這麼認為的。現在內心最痛苦的人是修一。我說得沒錯吧，修一。」

——警車卻偏偏在這種時候姍姍來遲。

智久抬起頭，這時，車身周圍已經出現了一些圍觀的人，想逃也逃不掉了。

智久看著後照鏡，那一瞬間，他張大了嘴巴。

「你在幹什麼，修一！」

修一張開雙臂，站在警車前方。他右手高舉著駕照，用力揮舞，想吸引警察的注意，同時大聲喊道：

「引起車禍的人是我！我以為輕型機車駕照可以用來開車！我就是那個笨蛋，快點逮捕我吧！」

在不遠之處，友香默默地看著修一。她也不知道現在該怎麼辦才好，只能抽抽咽咽地啜泣。

這一刻，在友香的心裡，是不是把智久和修一放在天秤的兩端，衡量兩者孰輕孰重呢？究竟她會選擇哪一邊呢——

智久一邊流淚一邊怒罵：

「你真的是個大笨蛋！我不是叫你和友香一起逃跑嗎？你寶貴的駕照會被吊銷，還會被送到監獄去啊……會交不到女朋友喔，即使這樣也沒關係嗎？」

一股灼熱的感覺，從智久的心底升起。

——朋友，究竟是什麼？在我的身邊，有幾個這樣的人，能夠讓我肯定地說：「這傢伙是我朋友」呢？

這時，他的手機響了起來。

【收到簡訊：1則】

【6月8日（星期二）晚間6點5分】

【6／8星期二18：05　寄件者：友香　主旨：　本文：以下是修一要我轉告的話。如果你犯了罪，要我頂罪，我也絕對不會生氣。理由是什麼，等你到監獄來會客時，我就會告訴你。所以，你想知道的話，一定要記得來會客。所謂的朋友，就是即使遭到背叛，也毫無怨尤，不管發生什麼事，都不會怨恨對方——只有相信的人，才能擁有朋友。我們的關係就像是豆腐，不管怎麼用力搖，也不會碎裂、不會壞掉。再見啦。豆腐小子。END】

修一朝向警車，對窗戶裡頭大喊：

「不快點把我帶走的話，我會憋不住小便，尿在警車裡喔！我最受不了的，就是公權力、我爸，還有狗！還有，我最討厭吃的東西是苦瓜，最愛吃的食物是豆腐！我目前正在徵求女友，不行嗎！聽到沒有？公權力！」

看到修一沙啞的吶喊，智久靜靜地走出車外。

「什麼愛吃豆腐——把我也列入豆腐渣腦袋的伙伴啦！算了，當個笨蛋也沒啥不好啦！」

引擎蓋前方，有個大嬸把購物袋放在地上，正準備把那個男孩抱起來，可是旁邊有人出聲說：「不要亂動比較好喔。」

「……真的很對不起，我馬上就回來，請在這裡稍等一下，抱歉。」

智久這麼說完，把眼光從那個男孩身上移開，邁步走向警車，並且用非常輕的力道，溫柔地拍了拍修一的肩膀。

「是我們的錯。我們最先要做的——並不是劃清界線說是誰開的車、誰引起車禍、以及誰該出來頂罪。我們應該先去看看那個男孩的傷勢，這才是最優先該做的事。我們兩個人一起去看看他，一起向他道歉，這才是最重要的。」

修一突然變得正經八百，警車裡的兩名警察看著這邊，感到一臉困惑，好像還沒弄清楚發生了什麼事情。

智久看著駕駛座上的警察，冷靜地說明現況。

「我們借了我爸的車，正要開去岡山，而且是無照駕駛——結果在這個路口撞到人。請原諒我們魯莽的行為，真的很對不起——修一，我們走吧。」

總算理清了事情的來龍去脈，坐在駕駛座上的兩名警察趕忙開門下車。

「你們都跟我過來！」其中一人用嚴厲的語氣這麼說道，然後走向智久他們所開的車。兩人跟在警察後面走著，這時，警察腰上配掛的無線電發出了帶有雜訊的通報聲。

「軋軋……正在巡邏中的員警，一旦發現高中生，立即帶到指定地點，送上巴士。現在已經有七成的高中生移動完畢。另外，在縣境附近，狀況依舊相當混亂。——關於本日中午過後，從海中打撈上來的一對疑似高中生男女遺體，已經被人領回了。軋軋……」

——只有七成的高中生抵達岡山縣嗎？想來也對，當然還是有人不當一回事，所以遲遲沒有出發。至於……遺體被領走了？遺體就是屍體不是嗎？我才不敢碰屍體呢。誰把遺體領走了？死者的家屬領走的嗎？……不，就算是家屬，警方也不至於會輕易讓人領走遺體才對。

智久抬起頭來，警察一路走向車頭前方的那個男生。這時——他緩緩地站了起來，抓了抓頭髮，勉強擠出笑容，好像深怕受到懲處一樣。

「你沒事吧？」警察問道。

「對不起，我沒看燈號就過馬路了。補習班今天要舉行模擬考，要是我考的成績很差的話，我爸媽會宰了我的——我不能遲到，得趕去補習才行，抱歉先走一步了。」

那個男生劈里啪啦地說完這一長串的話之後，跨上那輛骨架扭曲，輪圈變形的腳踏車，打算逃離現場。

「喂！等一下！」

「我真的沒事！我沒有受傷！還有……那輛超級貴的轎車修理費，我絕對不會付半毛錢的！」

那個男生頭也不回地穿過斑馬線，這麼大叫道，然後一下子就不見蹤影了。智久和修一看到那個男生越來越小的背影，不禁感到愕然。

剛才那股絕望和恐懼到底算什麼？一點意義也沒有嘛！

「既然對方這麼說的話，就當作沒發生這起撞車意外吧，可以嗎？當然，我們也可以把他追回來……」

警察雖然這麼說，但是卻很懶得節外生枝。

「……啊、不！這樣就行了。」智久馬上回答。

「可是，無照駕駛這件事，你們都還是高中生吧？關於這方面，我有些事情要問問你們，請你們坐上警車吧。話說回來，今天已經不知道遇到多少起了，全都是無照駕駛……」

智久和修一跟著警察，乖乖走回警車那邊，坐到後座去。副駕駛座那邊則是坐著一位年紀較大的警察。

友香跑上前來，敲了敲副駕駛座的玻璃窗。

「我也要一起上車。我也要寫筆錄，請讓我上車。」

「結果，我們三個人又黏在一起了。」智久無奈地說道。

駕駛座的警察確認了3人就讀的學校名稱，然後走出車外，用無線電和警局聯繫。過了大約1分鐘左右，他又回到駕駛座上，啟動了警車的引擎。

「筆錄以後再寫吧。得先把你們三個人送到岡山縣才行——岡山那邊現在到處都是人，很混亂呢。」

載著三名高中生的警車快速奔馳，前座的兩名警察則是一臉凝重。

智久在修一耳邊小聲說道：

「警察還真可怕呢！修一，你可別說什麼無厘頭的話，招惹到警察喔——對了，你說『如果你犯了罪，要我頂罪，我也絕對不會生氣』這句話是什麼意思？」

「……以後有機會再跟你說吧，我不好意思在你面前說。不過，沒有去岡山的話，究竟會發生什麼事啊？」

「我也不知道……可是，有三成的高中生都沒有去啊，我想，應該什麼事都不會發生吧。」

內心懷抱著不安的3人所搭乘的警車，就這麼一路駛向岡山縣的笠岡市。

行車途中，智久向警察詢問「我們接下來該怎麼辦？」，可是，副駕駛座上的警察只曖昧地回了一句「放心吧」，就這麼點點頭矇混過去。

車子就這樣開了2個鐘頭，逐漸接近笠岡市了。路旁的光景有了改變，到處都看的到鎮暴部隊的身影，還有些電視台記者夾雜其中。

這異樣的氣氛，讓人感到疑惑和擔心。內心緊張的3人，都不禁嚥了一口口水。

車子又開了10分鐘左右，這時看到街道兩旁的電線桿與電線桿之間，被警方拉上了黃色封鎖線。到處都有鎮暴部隊和警察站崗，市街儼然進入了警戒狀態。

通過笠岡市的路標之後，此時3人的手機同時響了起來。

「【確認服從】？這是什麼意思？」

「簡直就像是發生了恐怖分子攻擊事件呢。」修一這麼說道，但是智久認真地看著窗外的情景，彷彿沒聽到他說的話。

副駕駛座的警察轉身過來，對著他們3人說：

「現在要帶你們去古城山公園。」

「請問……其他同學也都在那裡嗎？」

「廣島縣內的高中生，都被集中在笠岡市周邊的幾個地點。有些學生集合在恐龍公園，還有……」

「我比較喜歡去恐龍公園，那裡擺放了很多大恐龍的模型，一定很好玩。」

修一還是老樣子，又開起了無聊的玩笑。警察狠狠地瞪著他。

智久趕忙用手摀住修一的嘴。小聲對他說：「我們不是來玩的，別說那些無謂的話。」

「對不起，別理我。」

警車終於停了下來，望著窗外，到處都是人、人、人——公園裡全都是穿著制服的高中生。

除此之外，公園裡還有警察、鎮暴部隊和自衛隊員的身影。許多人正忙著搭設臨時帳棚，還有穿西裝的人來來去去。

不管是誰，都看得出來這絕對不是普通的事件。這裡除了高中生之外，沒有一般的市民。這個環境就像完全與外界隔絕一般，外人應該也無法任意進入吧。

突然間，友香開口說話了：

「啊！你看，是我們學校的制服耶！大家都在那裡！」

警察關掉了警車的引擎。

「集合的場所是依照學校來區分的——你們先在車子裡等著。」

警察走出警車，把他們3人留在後座。

【6月8日（星期二）晚間9點43分】

太陽已經下山了，不過，公園內的路燈、還有臨時設置的大型照明燈，把古城山公園照得如同白晝一般光亮。

賞夜櫻專用的美術燈也一併打開了。只不過，那微弱的光線，完全比不上探照燈的強光，結果就像被一張大嘴吞噬一般，不留一絲蹤影。

修一把額頭靠在警車的車窗玻璃上，環顧著周遭，活像一個好奇的小孩。

「為什麼要分這麼多地方安置呢？把所有高中生都集中在一起，不是比較好嗎？你覺得呢，智久？」

「這個嘛，那些大人物有他們的考量吧，我們是不會懂的——集中在同一個地方……」

智久突然沉默了下來，開始用理性的角度思考今天遇到的種種事情。

「你怎麼突然不說話了？」修一把額頭沾在車窗上的油脂給抹掉，這麼問道。

「啊，抱歉。可能是為了以防萬一吧。」

「以防萬一？拜託你用簡單一點的方式解說給我這個白痴聽吧。」

「你想想廣島車站前面發生的事，不是有人打群架嗎？聚集的人越多，就越容易引發混戰，鎮壓也越不容易。所以，把高中生的集合地點分成多處，應該是要預防這類情況再度發生吧。還有，把人群打散的話，就不太容易出現示威遊行的情況——用意大概是這樣吧。

可是，真的把所有人都打散，區隔開來，反而很難確認誰抵達了岡山縣。照理來說，同一個學校的人，會自然地聚集在同一個地點，因為是同學，所以很快就會互相聯絡，集結起來。也因此他們才會以學校為單位，分別安置，人數比較容易掌握，也比較方便說明事情原委吧。」

「要預防發生打群架和暴動……所以才會搞得這麼戒備森嚴，把高中生完全和外界隔絕開來是嗎……」

「這樣想就很合情合理了。我想應該會發生什麼事吧。那些大人一定知道，所以先做好準備。」

「別說得這麼嚇人啦。真是越聽越恐怖了。」修一絲毫不掩飾內心的動搖。

「我、我也覺得……」友香縮起了肩膀。

突然間，有人叩叩叩地用手指敲了敲車窗。

「哇啊啊啊啊啊！」

修一驚嚇得大叫起來，原本有氣無力的智久和友香，也跟著大叫出聲。

車窗開著一道大約20公分的開口，有個女孩子正朝警車裡張望。

那個女孩子臉髒髒的，頭髮也相當凌亂，就像是在深山裡遊蕩了好幾天的模樣，脖子上還掛著雙色的三層項鍊。

由於她渾身髒兮兮的，反而把項鍊襯托得更為閃耀奪目。

那個女孩子臉上的表情，像是被什麼給附身似的。那是一種令人嫌惡的表情。

她眼神空虛地望著車內，然後用毫無感情的語氣說道：

「血雨即將落下，所有人都會死。沒有人能逃得了。命運是無法違逆的——即使如此，你們還是想逃嗎？你們以為逃得過咒怨的束縛嗎？」

——這個女孩子是誰啊？她在說什麼啊？

3人都訝異地望著她，這時修一開口了。

「我們當然逃不出警車啊。妳說的咒怨，是指警車嗎？如果是的話，我們也很想從警車逃出去啊。可是，警車的後門內側是沒有門把的！」

「不是這個意思。」她用極為認真的表情說道。

「那是什麼意思？」

「我已經完成了被賦予的使命。有個男生，即使知道明天朋友將會死去，他還是期望能活到最後一刻。有個女生，為了早日從痛苦中解脫，打算殺了朋友。這兩人的想法，直到最後一刻，依舊水火不容。就像對安樂死的看法一樣，贊成派和反對派的意見，永遠不會有交集……有個一心想要保護那個男生的人說過『總有一天心願會得到報償』，可是，那個女生能夠得到報償嗎？

那個【國王遊戲】的最後，留下了一行訊息。一個悲劇的女孩，向她所愛的男朋友說謊，故意讓她的男朋友下手殺了她。那個女孩想要把這個訊息傳達給他，在訊息中蘊含著期待和希望——不，這個訊息就像是未完成的情書，這樣解釋或許比較正確。

『希望伸明能夠連同大家的份過著永遠幸福的日子，我相信這樣的未來。』

我必須把這個情書，轉交給金澤伸明，不管有多麼困難。那是犯下過錯、改變歷史的我所背負的使命。當我完成這項使命、把情書交給伸明之後，我才能夠從我給自己下的咒怨中獲得解脫。」

修一對著那名轉身離去的女孩子喊道：

「妳叫什麼名字？告訴我妳的名字！」

「兒玉葉月。」

「我叫渡邊修一！希望以後還能見到妳。」

葉月沒有回答，就這麼消失在人群之中。

「她叫葉月啊？雖然髒兮兮的，可是好可愛喔。長相剛好是我喜歡的那一型呢！這種帶有神秘感的女生，說不定也很不錯，真想再見到她。」

智久用力地抓住修一的雙肩，猛力搖晃著。

「還有很多事情可以問她啊！笨蛋！光是問名字有個屁用！白痴！她說的『血雨即將落下，所有人都會死』是什麼意思？還有【國王遊戲】，她提到了伸明這個人……他是誰？還有很多可以問的啊！你的腦袋裡怎麼只有交女朋友這個念頭而已啊！」

「對、對不起啦。」

智久露出難以置信的神情，嘆了口氣。

——話說回來，修一，你居然知道警車的車門無法從內側開啟。難道你打算要逃跑？這件事我就暫且不提了。

表情僵硬的警察回來了，他從駕駛座那邊望向後座的3人。

「你們之前所犯的錯，是不可原諒的。雖然做壞事就要接受懲罰，但是，這次因為有狀況，所以暫且保留，不做處分。好啦，下車吧。」

智久擔心修一會突然大喊「太棒啦！」，所以用惡狠狠的眼神瞪著修一。大概是感受到智久眼神中的殺氣吧，修一乖乖地向警察低頭道謝。

3人走出警車，朝開闊的地方前進。好不容易得到解放，離開窘迫的警車後座，智久用力撐開雙臂拉拉筋骨，同時做了個深呼吸。

——得到解放？什麼解放？必須面對現實的瞬間，終於要來臨了……

故事即將展開。朝著最終一幕倒數計時的沙漏，已經開始落下一顆顆沙粒了。

3人開始在擠滿了高中生的公園裡，尋找班上的同學。

公園裡喧鬧不已，充滿了年輕人的活力。一波波的人潮走向臨時帳棚，扛著電視攝影機的攝影師和拿著麥克風的記者，逐一詢問那些站在臨時帳棚裡的人，活像是在採訪元旦參拜的盛況。

在有涼亭遮蔽的長椅上，還有鐵絲網圍欄周邊，許多高中生聚集成一個又一個的小集團，手上拿著配給到的茶水。有些人拿起手機熱衷地按來按去，有些人像是睡著了似地發著呆，也有些人玩手機遊戲玩得不亦樂乎。

「我完成了皇家怪盜的蒐集寶物任務啦！」

到處都聽到人們開心的嬉鬧聲和說話聲。至少，在古城山公園這裡，高中生們絲毫沒有感受到危機即將來臨。到處充斥著散漫卻又等得有點不耐煩的氣氛。

修一伸長了脖子，到處張望搜尋著。

「葉月在哪裡啊……？」

智久對他說：

「你還是別跟那個女生扯上關係比較好。的確，她是長得很可愛，可是，看起來很像是個極度自我中心的人。說什麼『改變歷史』、還有『使命』和『咒怨』之類的話，好像對那些邪教魔法深信不疑的樣子。她那麼喜歡詛咒之術，說不定每天晚上都在詛咒她討厭的人快點死掉呢。還有，她的制服弄得那麼髒，就好像連續好幾天躲在深山裡，半夜拿鎚子釘稻草人偶一樣，我說的對吧？」

「你這樣從外表去論斷別人很不應該喔。而且你說的話帶有偏見。」

「我也同意智久說的。那個女生好像帶有一股危險的氣息，還是別靠近她比較好……」

聽完智久和友香這麼說，修一口沫橫飛地大聲反駁：

「你們怎麼可以破壞別人的戀情呢，戀愛是個人自由啊。如果說，葉月是個跟你們的預測完全不同的人，你們願意負起責任嗎？你們敢斷言，我跟她交往絕對不會得到幸福嗎？」

「我當然不敢斷言……那只是我個人的想像罷了。算了，也沒錯啦，你想談戀愛，我的確沒立場干涉你。」

「就是啊。什麼叫『別跟她扯上關係比較好』？朋友之間可以說這種話嗎？我們的友情就只有到這種程度而已嗎？」

「哈哈哈，說得也對——不過，那個女孩子提到安樂死這件事，你有什麼看法？假如真的發現已經沒救了，你贊成用人為的方式造成他人死亡嗎……」

「我贊成。假如遲早都要死，與其在痛苦中掙扎，還不如死得痛快一點。」

聽完修一的答案，友香皺起了眉頭。

「我還是希望能夠活到人生的最後一刻，所以我反對──智久呢？」

「我也是反對派。該怎麼說呢……生命並不是單單屬於一個人的東西，而是屬於曾經和自己有過交集的人的東西。

我爸去世的時候，我真的很難過。我真的很希望他能夠活久一點，因為我覺得，我爸的生命，並不是專屬於他而已。」

修一歪頭傾聽著。

「好難懂喔。不過，跟我們沒關係啦。我們都很健康啊！想那些事情一點用處都沒有，別浪費時間啦！」

【6月8日（星期二）晚間11點52分】

在距離30公尺遠的地方，有人拿起擴音器開始說話，突然引起公園的人一陣騷動。人群實在太吵了，完全聽不清楚擴音器在說些什麼。但是，周圍的警察和鎮暴部隊、自衛隊員臉上的表情，卻變得更加凝重了。

智久想起自己剛才說的話。

『先做好準備。』

打群架、暴動……在人群這麼密集的地方，一旦發生什麼意外的話——

沒有服從命令的人，會變得怎麼樣呢……？我們三個人已經抵達了，可是，一股厭惡的預感始終悶在胸口，揮之不去。

古城山公園位於視野極佳的高地上。智久暫時離開修一和友香，走到公園的一角，往山下俯瞰夜晚的市區。現在這個時間，還有很多民宅是亮著燈的。

居民們是否在關注【國王遊戲】的發展，正打開電視收看新聞呢？

他把視線移向海的那一邊。在海岸線上，有幾個發出燈光的區域，和周圍的陰暗相比，那幾個地方特別明亮。或許，就跟這座公園一樣，架設了許多大型的探照燈吧。

由此可見，在海岸線那邊，也設有讓高中生集合的地點。

「……我們離開這裡吧。」智久走回修一和友香站著的地方，抓起兩人的手。

「喂！要去哪裡啊？」

「別管了，跟我來！我突然想到那個叫葉月的女生所說的話，她說『血雨即將落下，所有人都會死。沒有人能逃得了』，假如，這邊下起血雨的話，該怎麼辦？要是我們沒辦法逃離這裡，該怎麼辦？所以，在那之前，我們一定要先逃走！」

他拉著兩人的手，鑽出人群，想要離開廣場。

「送我們來這裡的警察也說過『雖然做壞事就要接受懲罰，但是，這次因為有狀況，所以暫且保留，不做處分』，雖然不知道他說的狀況是什麼……不過我認為絕對不是什麼小事！一定會發生大事！」

離開人群的3人，朝著離開古城山公園的下坡車道走去，可是，馬上就被好幾名站崗的鎮暴隊員攔住了。

鎮暴隊員身上穿著深藍色的制服和褲子，戴著深藍色的頭盔，頭盔前方有一整片透明保護鏡，腳上穿著鋼頭的軍靴，防彈背心上則是印著「POLICE」幾個非常醒目的白色字母。他們3人以前從來沒見過這麼重裝備的鎮暴隊員。

鎮暴隊員的眼神透過保護鏡，注視著他們3人。

「請返回公園。現在還不能讓你們出來。」

智久向鎮暴隊員大吼道：

「你們把我們關在這裡要做什麼！難道……要把我們殺了嗎……住手……哇啊……」

智久被身後的鎮暴隊員摀住了嘴巴。

「請不要做出任何有可能引發不安與混亂的言論和舉動！」

鎮暴隊員怒斥道。修一則是舉起拳頭，準備要毆打鎮暴隊員。

「你們究竟要對老百姓……而且還是高中生做什麼！」

「請放心，我們絕對不會傷害各位。」

「所以呢？你們還是對我們使用暴力啊！雖然我最討厭公權力，可是，你們想對智久不利，我是不可能放任不管的！」

智久轉頭看著那個摀住他嘴巴的鎮暴隊員，感覺心情漸漸平靜了下來。他輕輕地拍拍鎮暴隊員的手臂，於是鎮暴隊員鬆開摀住他嘴巴的手。

「接下來到底會發生什麼事？有個女生說……這裡會降下血雨，請你們一定要救救我們。或許有可能是我想太多了，可是，我真的很怕我們會死在這裡……」

智久一面用手背抹抹嘴巴，一面這樣問道。被智久瞪著的那名鎮暴隊員，別開了臉。

他還是閉口不語，但是另一位鎮暴隊員說話了：

「我們絕對不會加害各位的——雖然，我們也不明白會發生什麼事。不、說不定根本沒有人知道會發生什麼事。要是知道的話，就不必這麼辛苦了。」

「還剩下5分鐘是什麼意思？」

突然從廣場那邊傳來了這樣的叫聲。另外有個男生則是用手機上網，看著某個網站的留言板，這麼說道：

「自從地球誕生後，生命的大滅絕已經重演了18次。最為嚴重的一次發生在2億5千萬年前，滅絕的生物超過95％——以下是製作這個網站的人留下的感想。他認為第19次大滅絕必定會到來，這絕對不是什麼邪教或是空想。這是現實生活中會發生的事。你們憑什麼認為，這樣的事絕對不會發生在自己身上？你們能夠斷言嗎？」

智久抬起頭，望著黑漆漆的天空。

——人只要活著，內心永遠存在著恐懼。打雷、地震、颱風、火山爆發、咒術、黑暗，以及死亡……鬼很可怕，可是真是如此嗎？鬼是人類想像出來的產物，在現實中是不存在的，可是為什麼人會偏執地認定鬼很可怕呢？

因為那是人類本能所畏懼的事物——也就是死亡與黑暗、以及自己的幻想。正因為人害怕黑暗，才會升火照明，或是打開燈光。

「不管會發生什麼事，我們就這樣等著看吧。」

智久說完之後，吞了一口口水，把視線移向人群。

【6月8日（星期二）晚間11點57分】

古城山公園的廣場上，有許多人都等著看接下來會發生什麼事。就像是要見證歷史的重大轉捩點一般，人群中不斷冒出興奮的氣息。

接下來即將看到的，不是幻想，而是百分之百的現實。既然是必定會發生的現實，現在也只有靜靜等候了。

電視上，原本的節目都被取消，改成了特別節目。評論家、大學教授、以及記者們，都在探討這個【國王遊戲】。

「這是非現實、科學上無法證實的。假如說，真的像社會上流傳的那樣，沒有遵從命令的人要受到懲罰，那就表示懲罰會對人體造成影響，甚至引發死亡。但是，這是不可能發生的，因為沒有任何引發死亡的要件。」

著名的大學教授如此發表高論。隨後，又將問題焦點轉向「政府到底在想什麼」，批判起當今的政權。

放在攝影棚內的數位時鐘，上面的數字跳到了23點59分。電視畫面上，則同時出現了【還有60秒】的跑馬燈字幕。倒數計時開始了。

「59」、「58」、「57」……「30」……「20」……「10」……「3」、「2」、「1」。

下一瞬間，電視螢幕上浮現了【不遵從命令者將受到懲罰】這樣的一段不祥的文字，而這些文字都是象徵不幸與死亡的黑色。

民營電視台正在做實況轉播，在廣島和岡山的縣境上，採訪一對頭髮染成金色的高中生情侶。兩人站在鏡頭前，以山中的國道和樹林為背景，隔著縣境，男生站在廣島縣那邊，女生站在岡山縣這邊。兩人手牽著手，就像是要證明給大家看，什麼事都不會發生，根本不會有什麼懲罰降臨。

「明天他要帶我去吃高級料理呢！是大飯店最頂樓的高級餐廳喔！」

那個女生說道。

「是啊是啊，要是我受到懲罰，我就請客！妳這醜八怪！拼命吃吧，吃到胖死為止。」

「我真的會拼命吃喔！對了，還要買香奈兒的皮夾給我喔！要是什麼事都沒發生的話，我一定要狠狠地嘲笑那些信以為真、跑到岡山縣的人！——啊、攝影師先生，時間是不是快要到啦？」

「……時間……已經過了……」

「時間已經過了？什麼？」

她皺起眉頭，用訝異的眼神望著攝影師。攝影師瞪大了眼睛，卻噤口不語，好像被眼前的景象給嚇壞了。

攝影師開始渾身顫抖，結果連攝影機也跟著搖晃起來。

「你怎麼啦？」女生對著攝影師這樣問道。

「大家看到沒！那些聽從命令跑到岡山縣的人，真是有夠蠢，什麼事都沒發生嘛！」

攝影師的耳朵根本聽不進她所說的話。他用顫抖的手，指著男朋友所在的那個方向。

女生還是緊緊抓著男朋友的手，可是，這時卻覺得比剛才沉重許多，就好像單手拿著重物一樣。這是重力在往下拉嗎？

她轉頭看著男朋友。男朋友還是跟剛才一樣，好端端地站在旁邊。

「你們是怎麼啦？」女生不解地再度轉頭看著攝影師。

攝影師用沙啞的聲音說道：

「手……臂……」

「手臂？」

她把視線移向男朋友的手臂。他的手臂──已經和軀體分開來了。被整齊切斷的缺口處，湧出大量的鮮血。

雖然還是手牽著手，但是感覺不對勁。其實，她是拿著男朋友的手──這樣解釋比較恰當。

兩人的手臂，變成了一條長長的手臂。加長的手臂垂掛在她的膝蓋處搖搖晃晃。

「這……是……這是什麼啊……呀啊啊啊啊！」

女生尖叫出聲，把手一甩，拋開了男朋友的手臂。男朋友的手臂在空中飛舞，灑出一片血跡。

男生則是無聲無息地倒落在地上，雙手雙腳早已分家，只有軀幹摔落在地上。

人只要活著，內心永遠存在著恐懼。

死亡，還有屍體——透過電視螢幕，全國觀眾看到的絕對不是幻覺，而是毫無虛假的現實。

網路上的留言板，連續24小時一直有人在貼文——突然停止了。

在特別節目中議論紛紛的評論家、大學教授、還有神秘學專家的說話聲——突然停止了。

圍著桌子、邊吃東西邊看電視的人們的手——突然停止了。

一面吸菸一面看電視的人，嘴上叼的香菸——突然掉下來了。

「【國王遊戲】根本就是一場笑話！」這麼嘻笑著的人，臉上的笑容——突然消失了。

6月9日（星期三）午夜0點0分，就像是忘了計時一般，這一瞬間，這個國家停止了所有的活動。全日本都遭到無比的震撼。恐懼、驚愕、不安、迷惘、顫慄——前所未有的體驗全面席捲而來。

就在雙手雙腳都被截斷、停止呼吸的男生身旁，女生把臉埋在他的胸膛，大聲哭喊著：

「哇啊啊啊啊！為什麼會變成這樣！只因為沒有到岡山縣嗎？誰能告訴我？告訴我為什麼！」

她站起身來，走向攝影師，抓住攝影師的肩膀猛力搖晃，攝影師扛著的攝影機因此重重摔到地上。

「喂！聽到沒！回答我！只因為他沒有到岡山縣嗎？——我不要吃豪華晚餐，也不要香奈兒！……對不起，以前用那麼多難聽的話罵你，我現在……只要你活著……」

說完之後，女生像是全身力氣被抽走似的，噗咚一聲跌坐在地上。

不知道過了幾次眨眼的時間，忘了計時的時鐘，又再度開始運作。

停止貼文的網路留言板，再度湧入大量的文字。

【死掉了。】

【這是開玩笑吧？】

【wktk（非常期待）。】

【我想這不是開玩笑的時候。】

【是電視台搞的特效嗎？】

【瘋了。】

【還有多少高中生留在廣島縣啊？】

【誰知道呢？】

【超過8萬人。】

【國王的命令是不可違抗的！不服從的人就要死。】

【死死。】

【我拒絕這樣活著。】

【不服從的人就要死。】

【大屠殺！】

【我們都會死在現實的世界裡。】

【接下來我們將會體驗到人類從未有過的經驗。】

特別節目裡那些高談闊論的高級知識分子，依舊驚愕得說不出話來。節目主持人為了讓節目繼續下去，不斷地向這些來賓丟出問題，可是，沒有人能夠回答。

剛才的電視畫面，很快就被上傳到YouTube，觀看的人次也急速攀升。

全日本高中生的手機，也在此刻同時響起。擔心孩子的父母親、朋友都拼命地打電話。此外，還有更多電話瞬間湧向電視台和鄉鎮市公所等政府行政機關，一時之間，電話線路全都塞爆了。

「血雨已經降下。有幾萬人流下了鮮血——這就是現實。這樣的命令，每天都會持續！而且會越來越激烈！無法承受的人，就先在這裡自殺吧！」

古城山公園裡，有個女生這樣大喊道。是葉月。在這個到處都是人、陷入恐慌狀態之中的公園內，根本沒有人注意聽她說什麼。

為了吸引人群的目光，葉月採取了大膽的行動。她脫掉制服外套和白襯衫，突然間，大家的目光都集中在她身上。

「繼續脫啊！」

「她在想什麼啊？那個女生……腦筋壞掉了嗎？」

「這個女生是變態嗎？」

「沒有收到『在眾人面前脫衣服』的命令啊！」

聽到人群騷動的智久，朝著葉月的方向望去。可是，友香從他身後遮住他的眼睛。

「不准看！」

就算被當成變態，葉月也無所謂了。此刻的她，完全拋開了羞恥心。脫到只剩下內衣褲的葉月，再一次大聲、而且認真地喊道：

「這樣的命令會每天持續下去！而且越來越激進！無法承受的人，先在這裡自殺吧！政府應該幫助那些決定要自殺的人……」

「不要再說了！」幾名警察衝上前來，把葉月給抓住。雖然葉月被警方牢牢抓住，卻還是放聲大喊：

「我有話要對能夠結束這場惡夢的人說……快放開我！」

修一色瞇瞇地望著全身脫到只剩下內衣的葉月，智久則用毅然的表情說道：

「友香，我不是想看那個女生沒穿衣服的樣子。我可以感覺到她是有話想說，所以拼了命地想要傳達某種訊息。為了讓別人注意聽，她才會做這樣的傻事。可是——她一定是有很重要的事，要傳達給某個人。」

友香聽了智久認真的說明之後，小心翼翼地把遮住他雙眼的手給移開。

「謝謝妳，友香。」

葉月還在不斷地大叫道：

「我在找一個人，一個能夠代替金澤伸明的人……拜託你們放開我！一定要有一個能夠把大家團結在一起的領袖！讓大家的心能夠連結在一起的人，這是現在的我們最需要的！」

然後，葉月就這麼被五名警察架進了臨時帳棚裡。

「下一道命令很快就要來臨了！已經沒有辦法阻止……」

葉月最後的呼喊聲，被周圍高中生的吵嚷聲蓋過，所以沒有人聽得見。

第3章

命令2

6/9［WED］AM 00:00

【6月9日（星期三）午夜0點0分】

【6／9星期三00：00　寄件者：國王　主旨：國王遊戲　本文：這是住在日本的所有高中生一起進行的國王遊戲。國王的命令絕對要在24小時內達成。※不允許中途棄權。＊命令2：男生要逃離女生，女生要逮捕男生。被女生抓到的男生，要監禁在學校校舍內接受懲罰。有多少男生逃過追捕，就以隨機方式挑選出同樣人數的女生接受懲罰。被監禁的男生，只要接觸到沒有被囚禁的男生，就能夠獲得釋放。如果不想要男生逃走，女生就必須守住學校。被女生捉到的男生，若是在送往學校監禁的途中自行逃脫，將會當場給予懲罰。　END】

「快點逃離女生！」

帶著瘋狂、幾乎要撕裂耳膜的吼叫聲，從人群之中傳了開來。

在古城山公園這裡，聚集了男女高中生大約有2千人以上。不過女生人數好像稍微多一點的樣子。

從廣島縣逃到這裡來的高中生，被分隔成數個區域安置，反而讓這道命令更容易執行。從人群望去，男男女女都擠在觸手可及的地方，到處都是人頭。男生非逃不可，女生則是非得抓到男生不可。修一馬上從友香的身旁閃開，往後退了一步。

「友香變成敵人了嗎？葉月也是嗎……」

有個趴在地上、不知該朝何處逃跑的男生大聲嚷道：

「快、快點逃啊！這可不是開玩笑的！快從女生的旁邊逃走！逃離那些女生！就連女朋友也變成敵人啦！」

智久還是搞不清狀況。因為他沒有看電視，不知道發生了什麼事。這一次命令的嚴重性，他也感覺不到。

在古城山公園裡的高中生，有八成的人看到了剛才電視直播的畫面。可是，隨著資訊逐漸傳播，人群裡湧現了前所未見的恐怖與不安。

那一股恐懼，正緩緩地侵蝕身體和心理。

互相牽制的平衡狀態還沒有被打破。很多男生女生都呆呆站在原地，沒有採取行動。似乎只要有一個小動作，這個平衡就會崩潰，只要有人開始動作，就會讓異性的情感瞬間變質。

公園被一股一觸即發的緊迫感包圍著。

要被抓嗎？還是要逃呢？

對方就在自己面前。

要被抓嗎？還是要逃呢？那個人應該不會抓我才對吧？

大家的內心被困惑糾結著。

如果能夠好好地談，說不定能夠取得對方的理解。這種官兵抓強盜的遊戲，還是別玩比較好。大家都在努力思考，希望能找出什麼好的方案，破解這個追逐遊戲的狀況……

只能彼此信任了。大家都是朋友、都是同學，只要好好地談，就能化解分歧，停止爭端……

實況轉播的直升機發出轟隆聲，逐漸靠近。直升機在天上盤旋著，想要拍攝這裡所發生的實況，還有收到命令的高中生的模樣。啪啪啪啪的風切聲噪音越來越吵，旋翼產生的氣流吹得高中生們快要站不住腳。

突然，一個女生推倒了身旁的男生，把他的手臂拗到背後，大叫道：

「我抓到啦！大家快點抓啊！現在正好，馬上就能抓到！」

「等、等一下！」

「大家快點抓住男生啊！」

「哇啊啊啊啊啊！」

「開什麼玩笑！」

平衡在一瞬間崩潰了。

男生們全力狂奔逃竄，女生則是拼了命地追上去。人群一下子散開了，古城山公園裡充滿了尖叫聲和瘋狂的吶喊。男生朝四面八方逃開，女生則是爭先恐後地在後頭追捕，肩膀、手臂、身體全都激烈地互相撞擊著。

「別擋路！閃邊去！」

「那傢伙——把那個穿垮褲的男生抓起來！」

「嗄？我嗎？」

「那裡有個跌倒的！」

「在長椅上面，快看！」

有些男生認為女生爬不上來，所以爬到長椅的遮棚上躲著，有人爬到電線桿上避難，也有人打算翻越鐵絲網圍欄逃出公園。有些女生蹲坐著、握著手機啜泣不已，也有些女生雖然流著眼淚，卻還是拿起手機講電話。

還有一些不知該如何是好的男生和女生，四處張望，看著周邊發生的這一切。

「咲子！妳在哪裡？」

明明應該和女朋友在一起，卻在人群中走散的男生叫喊著。

「這裡，我在這裡！」雖然女生一面跳著一面揮手，但是男朋友卻沒有看到她。女生被湧上來的人群淹沒，被擠得離男朋友越來越遠。

修一拉著智久的手，走向車道，準備離開公園，友香也跟了上來。

「大家都瘋了！快逃啊，智久！你還在猶豫什麼！」

突然間，鎮暴隊員擋在他們兩人面前。

「你們都冷靜下來。」

「嗄？這種狀況還冷靜得下來嗎？快閃開！」

修一用身體猛撞鎮暴隊隊員，把鎮暴隊員掛在身上像是催淚瓦斯彈的筒狀物體，撞落到地上。

智久看著那個罐子。

他們說過，絕對不會傷害高中生。可是，要是發生暴動和打群架事件的話，就非得出動鎮壓不可了——從這項裝備，可以看出他們鎮暴的決心。
「的確，用這個是不會死人啦……」
「快點逃啊！」
友香對站在原地不動的智久這樣大喊道。
「……等一下我會打電話給妳。」
「只要你能平安逃走就好。可是……可是我……該怎麼辦才好呢？」
友香的聲音中帶著一絲哽咽。智久認為，應該盡快離開友香身邊，以確保安全。可是，又不忍心看到友香從眼前消失。
我想要和友香在一起——智久把手伸向友香。
「友香妳也一起來。」
「我不能跟你一起走，我們不要在一起比較好。」
修一趕緊把智久伸出的手給抓回來。
「不可以牽手！說不定牽手就視同被逮捕，我們還是先逃走吧。」

【6月9日（星期三）午夜0點14分】

同一時刻，一對情侶擁抱在一起。

「……接下來，我們該怎麼辦才好？」

「我也不知道。」

男孩被人從背後抓住了雙手。

「不、不要抓我男朋友！求求妳，放開他好嗎？」

智久用溫柔的眼神看著友香。

「我很快就會打電話給妳，妳不用擔心我們。」

「好。」友香這麼點點頭，但是，下一刻她的眼睛卻睜得好大。

「抓到第3個啦！」

修一被身穿制服的女生推倒在地，被壓倒的修一，腹部受到重擊，忍不住疼痛，咳了起來。

「咳咳、咳咳……不會吧……」

把修一壓制在地的女生，還想伸手抓住智久的腳，她心想，能多抓一個男生也好——

友香抓住那個女生的手。

「住手！」

「為什麼要住手，不要阻止我！一定要抓到很多男生，才能減少女生受懲罰的人數啊！要是有一半的男生沒抓到，就有一半的女生會死啊！妳明白這一點嗎？妳到底是站在哪一邊啊？男生是敵人啊！」

「我知道……我知道，可是……妳現在要抓的，是我的男朋友啊！」

「我的男朋友──還留在廣島。不，他甚至連活在這世上的機會都沒了。」

「連活在這世上的機會都沒了？」

「放開我的手！我也要讓妳感受一下失去男朋友的悲痛！這樣我們就可以一起體會同樣的悲傷了！」

那個女生的尖叫聲中帶著殺氣，極力地想把友香的手給甩開。

「要我也體會到同樣的悲傷……妳這句話說反了吧？妳不是因為失去了男朋友而傷心嗎？為什麼要別人也變得跟妳一樣……」

「閉嘴！」那個女生不想聽下去，摀住自己的耳朵大叫。

她之所以不願意聽友香說的話，或許是因為在她內心的某個角落，還存在著一絲良知，不希望還有人像她這麼痛苦吧。可是，她卻否定了自己的良知，希望別人變得跟她一樣悲慘，變得跟她一樣難過。

友香仍舊抓著她的手不放，同時看著智久。

「智久，快逃……我會想辦法救修一的，你現在趕緊逃離這裡吧。」

「……可是……」看到智久還在猶豫不決，修一開口了：

「快逃啊！就算被抓到了，只要有別的男生碰到我，我就可以逃出來啦。現在這裡狀況很不妙！快逃啊！」

智久用力地點點頭，然後就跑走了。看到他迅速遠去的背影，修一像是鬆了一口氣似地喃喃說道：

「這樣就對了。一定要逃掉啊——喂！這位女同學，妳靠得這麼近，我可是會摸妳的胸部喔！」

那個女生對修一的輕佻言語毫無反應，只是坐在原地，動也不動。她的眼眸好像蓄積著淚水，修一又開口問道：

「妳在哭嗎？」

「你在天國要得到幸福喔，直人——我一看到情侶，就會忍不住生氣！我一定要抓到那些有女朋友的男生。只要有男生想要來救你，我就會趁機抓住他們。你就是引誘那些男生上鉤的餌。我要把你們一網打盡——不過，你朋友真的會來救你嗎？」

她說的一字一句，都蘊藏著深刻的恨意。那個女生擦擦眼淚，重新瞪著修一，此時，她的眼中已經沒有淚水了。

修一在腦海中反芻著她剛才說的話。在她的話裡，有個名字似乎有點印象。

「直人」。

那一定是她男朋友的名字吧。這麼說來，在廣島車站的新幹線月台上，有個男生自己跳到鐵軌上，想要搭救朋友的女友，結果被新幹線給撞死了，他的名字好像也叫做「直人」。

智久也說自己遇見了直人的母親。

那個女孩站起身來，拍拍制服上的塵土，重新把領子整理好。她的眼睛似乎在凝望著昔日的時光。

——直人自從那天起，就變了個人。他居住的公寓大廈，因為某些糾紛，導致一名居民被殺。從那天起，直人就變了。過去的直人總是說「朋友算什麼」，但是從那天起，他就突然改口，嘴上總是掛著「友情」和「互相幫助」這些字眼，也變得更加重視和朋友的關係。

要是他沒有這樣的轉變，現在直人應該還會活著才對。為什麼要出手搭救那些身處在危險之中的朋友呢？這麼做卻招來了自己的死亡，真是太蠢了！

這算是有尊嚴的死法嗎？根本是浪費生命！

朋友？友情？彼此安慰？這些全都是沒有意義的垃圾！

【6月9日（星期三）午夜0點42分】

網路留言板上，展開了毫無間斷的留言和對話。

【有看到直升機現場直播的畫面嗎？人群像是螞蟻一樣四處亂竄呢。好像有人朝著螞蟻窩噴了殺蟲劑似的。】

【我有看到、我有看到！跟昆蟲沒兩樣嘛！好好玩。那些高中生反正沒什麼價值，連害蟲都不如wwww。】

【好耶！好耶！快逃快逃！大家都瘋了！社會秩序崩潰啦！】

【男生VS女生。哪一邊會勝利呢？】

【男生！在這種狀況下，仍舊能夠不受混亂的局勢所左右的我們，是完全不同的尊貴階級。】

【討論這麼熱烈啊，但是我有不同的看法。從電視上看，表面上好像是女生佔優勢，但是，我覺得男生其實才佔優勢，難道不是嗎？】

【的確。像我這種自家有請保全警衛的尼特族，一點也不擔心！一點也沒錯，就是我家。只要把房間的門鎖上，誰都動不了我。】

【逃到山裡去躲起來更好吧，只要躲在山裡，根本找不到。】

【就是啊，我們真是天才呢。】

【才不會讓你們稱心如意呢。】

【這些社會的垃圾。】
【社會的吸血蟲。匿名女C。】
【閉嘴！自家有保全警衛？你在作夢吧，好偉大的夢想啊！你現在閒閒沒事就是為了達成這個夢想嗎！】
【只有理想比天高。】
【靠爸靠媽養大的小孩wwww。】
【在現實世界裡一事無成的廢物。】
【將來一輩子當尼特族，好遠大的夢想啊。你們這群只能躲在網路世界裡的可悲人渣。】
【不敢出面，只會虛張聲勢的傢伙。匿名女C。】
【閉嘴！饒不了你們。】
【咦？生氣啦？可是你能拿我們怎麼辦呢？匿名女C。】
【一定要逃到最後！這麼一來，你們這些女人就死定啦。】
在眾多無意義的留言之中，突然有人寫下一則特異的訊息。
【真是不能小看這裡的人呢。你們與眾不同，是最聰明的。可惜不被社會和學校所認同。這裡真是人才的寶庫啊。現實世界的居民，因為太在意他人眼光，而不敢說實話。即使是討厭的傢伙，人們還是會陪笑臉。這個一味壓抑怒氣和不滿的世界，真是太狹隘了，不是嗎？你們不覺得這樣的世界很可悲嗎？現實世界的居民，身體被束縛、心靈被囚禁。可是，這裡卻不一樣。這裡是想到什麼就能說什麼的美妙世界。沒有束縛，所以大家的思考能夠自由飛翔，產生

出現實世界居民們所沒有的創意。】

【你誰啊？】

【我叫亞瑟。凱爾特神話裡有個傳說之島名叫亞法隆，是英雄人物齊聚的島嶼。你們想不想成為英雄，改變這個世界？展現出你們的才華吧，你們一定辦得到。讓全世界知道你們的存在。不、這叫揚名立萬。】

【好大的口氣，這個讓人不爽的傢伙。】

【讓全世界知道我們的存在……要怎麼做呢？】

【這裡應該有人是駭客吧？還有人懂得截聽警方的無線電吧？】

【簡單一點的我沒問題。】

【我也會！】

【你想幹什麼？匿名女C。】

【女人給我閉嘴，別說話。】

【要我們團結起來嗎？網路世界是個快樂的地方，因為喜歡這裡，所以我們才會來這裡。可是，我們討厭和其他人產生連結，因為信不過他人，所以才會選擇這裡。怎麼可以隨便聽信網路上的言論，輕易被說服呢？】

【我想要改變世界看看，我想要讓全世界知道我們的存在。一直這樣躲在網路世界裡說別人的壞話，語帶諷刺，這樣好嗎？什麼貢獻都沒有，連朋友都沒有，只能當個網路的流浪者，這樣好嗎？這個世界需要改變，我們要從這裡跳脫開來，讓這裡變成一個能夠見到陽光的世

界。】

【一旦躲進這個世界，就很難再逃離了。最好不要受到創傷，又縮回烏龜殼裡，不然就好笑了。】

【即使那樣也沒關係！——可是，要截聽警方的無線電很難，因為現在都數位化了，電波訊號每隔1到2個小時就會自動跳頻，沒有專用的接收設備，是辦不到的，所以真的要截聽是不可能的。除非——有當局的人，有警察願意提供協助。還有另一個方法，這麼做比較簡單——就是動動腦筋弄到手。不過詳細的做法不能在這裡公開。】

【我瞭解你要說什麼了，我去想辦法吧。】

【至於入侵他人的電腦，如果是無線網路的加密WEP，只要能攔截到封包，可以解讀的內容從最短20秒到最長30分鐘都沒問題。要竊取資料或是植入病毒都辦得到。可是，這是單指家用電腦的無線網路分享器而言。如果有設密碼的話，還得先破解密碼。破解4位數字的密碼只要1秒，破解4位數字混合英文大小寫的話只需要3分鐘。可是，如果是6位數的密碼，要花5天，8位數要花50年。一般的密碼不可能只有4位數，通常至少有6位數。要加快破解的速度，需要每秒能夠計算1200億次的CPU。這玩意兒可不常見，我知道有些人有，但是我沒有。】

【知道了，我去找找看有誰有這種玩意兒。】

【你叫亞瑟是吧？你說了一個謊話，被我看穿了！你說透過家用電腦，可以很容易入侵他人的電腦。為什麼要說這種謊話？為什麼要騙人？你到底打算做什麼？】

【這是超乎想像的做法，摧毀一切的做法。詳情之後我會再說明，保持聯絡吧。】

【或許，這是一個機會，讓我能夠對那些凌虐我的人、把我逼到只能躲在這裡的人，進行偉大的復仇。】

兩人的網路對話就此結束了。

【哪有人會冒這麼大的危險去幫助別人啊！躲起來不要管閒事最好。】

【我正躲在廁所裡呢。】

【6月9日（星期三）午夜0點46分】

智久在離開古城山公園的蜿蜒車道上全力奔跑著。可是，後頭趕上來的男生，跑得比他更快，一個接著一個地超越了他。

修一的運動神經很好，腳程很快，可是功課卻很糟，每次都是倒數前幾名。反之，智久則很會念書，學年成績都維持在前幾名，問題是智久的運動神經很差，跑得很慢。

兩個人的類型完全相反。

智久在學校舉辦運動會的時候，總是跟友香在一起，搖著旗子給班上的同學加油。

足球？為了球隊好，球最好別傳給智久。

棒球？不想演變成雙殺的話，最好是直接揮棒落空，三振出局。

所以智久開始動腦筋。

——憑我這樣的腳程，真的能逃過女生的追捕，並且成功地救出修一嗎？

後方又傳來了急促的腳步聲，而且速度非常快。一股不祥的預感從內心升起，智久回頭一看，果然，有一群面目猙獰的女生在後頭追趕著。

有些女生甚至脫掉了皮鞋，只穿著深藍色的襪子在跑。

「玩真的啊……也太拼命了吧！」

隨著距離逐漸縮短，看得出來，智久就是被鎖定的目標。

「別過來！放過我吧！」

「怎麼可能放過你！」

一個女生這樣叫道，同時伸長了手臂，要是被她碰到的話，鐵定會被抓走。

「你們去抓別人吧！」

「當然先抓跑得慢的傢伙啊，這還用說嗎！」

——沒救了，要被抓到了。

智久感到大限將至，這時，腦海裡突然閃過一個念頭。

——光靠這雙跑不快的腳，是絕對逃不過追捕的。雖然這樣做危險性很高，但是，現在只能賭一把了……

智久轉動身體，維持同樣的速度，改往橫的方向跑去，一鼓作氣翻過了馬路邊的護欄。

護欄下頭是什麼，他也沒時間確認。根本沒有猶豫的時間。要是一時害怕、往下面張望的話，說不定就更不敢往下跳了。

希望護欄那邊是平緩的山坡……不過，這個願望落空了。護欄那一頭，是非常陡峭的斜坡。

「早知道就不跳了……」

要是平緩的山坡，還可以繼續邁步往山下跑。可是，沒這麼好運。

他的心裡有了覺悟。

智久把身體縮了起來，抱著膝蓋，就這樣順著山坡往下滾。

「哇啊啊啊啊啊啊啊啊！好痛……好……好痛啊……」

他一下子前滾翻、一下子側滾翻，就這麼滾落陡峭的山坡。雖然他想伸手觸碰地面，控制滾落的方向，但是沒什麼效果。

眼前一棵大樹迅速逼近，用這種速度撞上去的話，不死也剩半條命了。

他大喊著，腳用力蹬了地面，雙手同時也朝地面一撐，改變了滾動的方向。

「哇啊啊啊！」

——拜託、拜託、拜託！

他聽到啪嘰啪嘰的聲音，好像是壓斷了斜坡上小樹枝的聲音。最後總算閃過那棵大樹，身體又滾了幾十圈。

好不容易滾到一個被落葉覆蓋的開闊地，停了下來。

「痛死了……」他一面這樣呻吟，一面抬頭望著上方剛才翻越的護欄一帶。可是上面一片漆黑，什麼都看不到，所以他沒辦法判斷自己剛才到底是從哪裡滾下來的。

「……幸好她們沒有追過來。」

制服上沾滿了沙土，長褲的膝蓋部位已經磨破了，雙手雙腳都傳來劇烈的疼痛，身體的每一處關節也都痛得不得了。

智久仰躺在地上，望著天空。可是，樹木伸出的枝枒和樹葉遮蔽了天空，所以看不清。

後來，智久好不容易才把紊亂的呼吸給調整好。

「我還真蠢，要是這樣摔死的話，就算逃得過追捕，又有什麼意義呢。還好，至少躲過一劫了……接下來該怎麼辦——要跟其他人聯絡嗎？得先掌握一下情報，知道誰被抓了、誰還沒被抓才行。」

於是他拿出手機，打電話給修一和友香。可是，兩人都沒有接電話。

「他們兩個不曉得怎麼樣了？」

智久閉起眼睛，等了10分鐘。然後他站起身來，用腳蹭著地面往前行進，看不清楚的時候，就把手機打開，用微弱的螢幕光源照一下地面。

走了大約10公尺左右。

「……不會吧！」

他突然瞪大眼睛，向後退了幾步。

一個穿著制服的男生，倒在他的面前。那個人身上也沾滿了沙土，但是脖子已經折彎成90度角，身體橫躺在地上，雙腿則是不自然地折向背後，彎成L形。

那個人手上還握著一把沙土。

「這個人……也跟我一樣嗎？他也跨越護欄跳下來了嗎？」

智久感到害怕不已，趕緊在黑暗中拔腿狂奔。他已經忘了身體的疼痛，一面跑著，一面左右搖晃著頭。

「啊啊啊啊啊啊啊啊！」

忘我地跑了50公尺左右，手機突然接到來電，是同班的三田幸村打來的。

幸村是一個重視朋友更甚於自己的人，雖然個性太過耿直這點，讓人覺得處事不夠圓融，但是，他重視朋友的性格，的確給他帶來不少人望。在男生的圈子裡，更是一個能夠凝聚眾人意志的核心人物。

『太好了，你總算接電話了！智久，你沒事吧？我以為你還是老樣子，把自己關在家裡，留在廣島呢。真是令人擔心。

既然你能接電話，就表示你沒事了吧？修一和友香昨天沒跟班上的人一起走，你知道他們去哪裡了嗎？他們有沒有跟你在一起？』

「死掉了……有人死掉了！」

『冷靜點！你說修一和友香死掉了嗎？』

「不是，是我不認識的人……我受不了啦！修一被女生抓去了，我該怎麼辦才好！」

『冷靜下來！我瞭解了。我正要打電話給留在廣島的幾個同學，看看……可惡！現在我正在打電話給班上同學，確認大家是否平安。眼前這種時刻，更需要大家團結合作！一定要互相幫忙才行！我希望大家都能平安無事——還有，這話只能跟男同學說，就是要小心女生。拜拜，晚一點再聯絡。』

「等一下！」

對方先掛掉了電話。

——我一個人留在這裡，該怎麼辦才好？我能做些什麼呢？

呆楞在原地的智久，隨即又接到一通電話，是同班的戶澤櫻子打來的。

「什麼事？」

『智久，你也抵達岡山了啊！大家正在討論，接下來該怎麼辦呢！我們要一起討論，尋找解決的辦法！現在最需要的就是大家一起動腦筋，結合我們的智慧。所以，智久快點來這裡吧！我們在古城山公園西邊的某個教育中心。不知道地點的話，可以去問問別人。』

「……我知道了，大家都還好吧？」

『嗯，大家都沒事。』

智久突然掛掉了電話。因為，他的腦海裡突然閃過剛才幸村跟他說過「要小心女生」。

「這該不會是……陷阱吧？」

櫻子說「我們要一起討論，尋找解決的辦法」，幸村則說「要小心女生」。

智久忍不住疑心生暗鬼。

櫻子是想要多抓幾個男生，才會打電話找我過去吧？

在智久的腦海裡，櫻子好像正在這麼說：「嗯，大家都沒事。接下來還要去抓男生呢。」

「我到底該怎麼辦才好啊！」

他們都是過去一直相處融洽的同班同學——好吧，就相信他們吧。

懷疑同學是不對的，這樣等於是踐踏了他們的善意。大家都拼命在尋找能夠拯救全班同學的方法，所以一定要團結起來，才能發揮最大的力量。

於是，智久朝教育中心走去。

他一面躲藏在路旁的樹幹、長椅、電線桿後方，一面慎重地往前走。一路上，比他預料的還要安靜。可是相對的，智久的心臟卻噗咚噗咚地發出巨響。

智久想要找個地圖，查清楚自己目前所在的位置，所以一邊走一邊拿出手機上網，這才發現手機收到了一則不知道誰寄來的簡訊。是垃圾簡訊？還是惡作劇連鎖信？為了保險起見，他還是點選開啟，查看內容。簡訊內貼上了一個沒見過的網址，於是他點了網址想看個究竟。

【標題：看看廣島的現狀。沒有人能救援嗎？政府沒有對策嗎？】

好像是個放影片的網站。影片裡有個浴缸，裡頭的水被染成鮮紅色。在浴缸外頭的磁磚地板上，有兩隻斷裂的手臂，水龍頭的水則是不停地流著。

沒有手臂的軀幹，背部朝上地漂浮在浴缸裡。從頭髮的長度來看，應該是個女生吧。

「真是難以置信……是誰上傳這種影片的？簡直……不是人！」

在畫面下方，寫著上傳者留下的話。

【這個世界上，每天有多少人餓死呢？

在日本，一天之內丟棄的過期食品，究竟有多少呢？

在東京都，一天之內丟棄的殘羹剩飯有多少呢？

答案：一天4萬人、3千萬份、7千萬噸。

感想如何？這個世界上，每天都有這麼多人餓死，可是在日本，還是有很多人每天照樣浪費食物。一旦成為難民、一旦陷入糧食危機，才知道食物的珍貴。

＊我對我的不當發言深表反省。可是，正因為是現在，我才更想知道答案。我有放這把野火的覺悟，而這把野火正是我的目的。知道我為什麼要放這把野火嗎？混蛋政府！仔細看清楚，這就是廣島現在的狀況！還不快點行動嗎？白痴政府！

這個遺體，是我的女兒。她今年才剛上高中，是我最感到驕傲的女兒。有多少高中生，像我女兒一樣死去了……這樣的犧牲，接下來還會繼續下去嗎？我可愛的女兒啊……

只要能夠把這樣的想法傳遞出去，那麼，就算被批判不是人，我也無所謂。】

智久閉上眼睛，揮拳猛擊前方的樹幹。

【6月9日（星期三）凌晨2點4分】

遠方似乎傳來了說話的聲音，智久趕緊躲藏起來。

「快點來抓我啊！」

大約10公尺前方，有個前額頭髮挑染成金色的男生跑了過去，後方則有3個女生死命地追著。

那個男生一邊跑、還一邊回頭，對那些拼命追著他跑的女生喊話。

「鬼在這裡喔！快點來抓啊！妳們該不會是胸部太大，所以才跑不快吧？」

「你少瞧不起人！別以為我們女生好欺負。」

「那就來抓我啊——好痛！」

跑到十字路口時，男生突然被彈飛開來，重重跌落在地。

「哈、哈，就跟你說別以為我們女生好欺負嘛！」

原來有個女生預先躲在路旁，突然跳出來將他推倒。

那個女生接著拿出手機，朝向一屁股跌坐在地上的那個男生。

「只要你協助……聯絡其他男生，事情就好辦了——快點跟我們走吧。」

「哼！哈哈哈哈！真是笑死人了，誰要跟妳們走啊！」

那個男生說完起身之後，把挑染的金髮撥好，又開始拔腿狂奔。

「別想逃！」

「誰怕妳們女生啊！」

男生就這麼越跑越遠了。

——嘟嚕嚕嘟嚕嚕。

智久的手機突然響起，而那個逃跑的男生，手機也同時響起了收到簡訊的鈴聲。接著，只聽到他發出近乎慘叫的聲音。

「為……為什麼！這是怎麼回事！好噁心！」

那個男生的皮膚好像出水痘一般，全身都起了紅疹，而且，那些紅疹越漲越大，於是他開始忍不住用手搔抓臉上的紅疹。

一顆顆的紅疹腫得像高爾夫球一樣大，終於，皮膚無聲地綳裂開來，血液從紅疹中噴出。

那個男生搖晃著頭，跪了下來，向前仆倒，手腳不停地痙攣。

從他身上溢出的鮮血，就像是手臂上的靜脈一樣，分成好幾條路徑，一路流向路旁的水溝。

智久的心臟彷彿被人用力搥了一拳。他感到無法呼吸，趕緊蹲下身子，張開嘴大力地吸著氣。

那些女生看到剛才那一幕，好像也都難掩心中的震驚。

智久的手機還在響著。是同班同學佐佐木楓真打來的電話。

「慘了！會被她們發現！」

——得趕快解除手機鈴聲才行！

回過神來的智久，從口袋裡掏出手機，按下了通話鍵。

『智久！你現在人在哪裡？你有接到幸村和櫻子的電話嗎？不得了啦！就像是惡夢一樣！——喂！你有在聽嗎，智久！』

「能不能放我一馬？」

『你在說什麼啊？』

楓真似乎察覺到智久的情況不妙。

『——電話那一頭是不是有女生的聲音？難道你被抓了嗎？你有聽到嗎？快回答我啊啊啊！』

被手機鈴聲吸引而來的3個女生，盯著智久，為了不讓他逃跑，從四周圍了起來。

這3個女生低頭望著面露不安神色、蹲在地上的智久。3個人都長得很可愛。

還有一個女生，則是站在稍遠的地方，一面哭泣，一面嘔吐。

這還是智久有生來第一次感覺到女生這麼恐怖。他很清楚地聽到自己雙腿打顫的聲音。渾身發抖的智久，從口中勉強吐出了幾個字。

「……對、對不起。」

這句話一點意義也沒有。

「為什麼要道歉？你怎麼哭啦？」

「……我、我在哭嗎？」

「是啊。是因為怕我們嗎？」

「我不知道。我不知道那個男生為什麼會變成那個樣子。我也不知道為什麼非得逃過女生的追捕不可。我不知道，我真的什麼都不知道。」

智久看著那幾個女生的臉，用盡全身力氣喊道：

「這是在作夢嗎？誰能告訴我！為什麼會變成這樣！為什麼非得跟女生敵對不可？友香也是敵人嗎？被抓到的修一會有什麼下場啊啊啊！」

女生們都低頭不語，過了好一陣子，其中一人抬起頭來問他：

「那我們又該怎麼辦才好？非得要一直這樣追捕男生嗎？被抓到的那些男生……那些男生會……可是，不抓男生的話，就會變成我們要接受懲罰啊！」

女生們打算轉身離開現場，這時智久站起身來，問道：

「等一下，妳們不抓我嗎？」

「你想被抓嗎？」

「不想。」

其中一個女生肩膀顫抖著，哭了起來。

「我們也不喜歡這樣做啊。看到剛才那個男生變成那樣的下場，我們還狠得下心嗎？」

另一個女孩接著說：

「都怪那個男生故意挑釁……算了，別提了。」

於是，4個女生就這樣離開了。她們肩靠著肩，手牽著手，一起走著，就像是在安慰彼此。

——我能做些什麼嗎？接下來該怎麼辦呢？那些女生這麼拼命地追捕男生，也不是她們自願的。昨天以前，大家都還是過著平凡的生活，和男生談戀愛，彼此相處融洽啊。

智久仰頭看著天，這麼說道：

「……覺悟。」

然後，他面無表情地把手機拿到耳邊。楓真還在另外一頭拼命地喊著。

『智久！發生什麼事了！快回答我！』

「啊、對不起，剛才有點事。抱歉讓你擔心了。」

『你總算聽到啦！剛才發生什麼事了？有女生在追捕你嗎？你平常跑得這麼慢，居然逃得掉。』

「我沒有被人追捕。……算了，一時之間也很難說清楚。」

楓真像是要找個理由說服自己似地說：

『算了，你沒事就好。我現在躲在某戶人家院子裡的小倉庫。』

聽楓真說話的語氣，智久感受到一股沒由來的怪異。可是，那究竟是什麼樣的感覺，智久也無法精確掌握。

楓真接著對智久說明了目前的狀況。

——班上同學的15個男生之中，有2人留在廣島，而那2人已經聯絡不上了。另外，有3人被女生給抓走了。目前狀況不明的還有6個人。智久、楓真、幸村，以及浩史等4個人則是成功逃脫，還沒有被抓到。

智久於是說道：

「本來跟我在一起的修一，在古城山公園被抓到了。」
『可惡……這麼一來，被抓走的一共有4個人了。』
「我現在正要去找櫻子。她說，大家應該集合起來，一起討論，尋找解決的辦法。」
『她要你去的地方，是……教育中心對吧？你知道那附近有什麼嗎？』
「不知道。」
『我剛才查過了，旁邊剛好有一所高中。』
「……這是碰巧的吧？」
『這就是櫻子最心狠手辣的地方。該說她別有用心呢？還是說她真的有心要讓大家團結呢？你自己想一想吧，櫻子平常隨身帶的東西，不是LV就是香奈兒之類的名牌貨，這些精品，高中生哪裡買得起啊？
學校同學都在謠傳，說她被一個很有錢的大叔包養喔——現在天色很暗，要是她躲在陰暗處，突然跳出來「哇」的一聲抓住你，你就逃不掉了。就算你真的想去，也至少要等到天亮。在此之前，先跟我會合再說吧。』
智久稍微考慮了一下，然後說：
「好吧。」
逃離追捕的4個人，互相取得了聯繫。由於當初每個高中都分配到特定區域，把同校的學生集中在一處，所以他們4個人也沒跑多遠，都還在距離古城山公園不遠的地方躲藏。

這一帶，有將近5萬名高中生，從廣島移動到此地。如果男女人數各半的話，就表示這附近有多達2萬5千名的女生。

就在智久躲在樹叢後面，用手機和他人聯繫時，還不斷地聽到女生追捕男生的叫喊聲，以及男生被抓到時的哀嚎聲。

他們4人判斷這一帶太過危險，所以決定要在稍微遠一點的地方會面。

【6月9日（星期三）凌晨2點31分】

為了不在中途遇到女生，智久故意選擇穿越民宅的庭院和田埂。

現在所發生的事，究竟該如何看待？是某種咒術嗎？不、現實世界裡是沒有咒術的。咒術是古人創造出來的一種迷信，在現實世界中是不可能存在的。

那麼，現在所發生的事，又該如何用科學的角度去解釋呢？

——病毒嗎？不、地球上沒有什麼病毒，能夠引發這樣的現象吧？可是，相較於以咒術或超自然現象來解釋，病毒這個答案的可信度似乎還高一點。

可能是從太空掉落的隕石裡面所含的某種病毒。或者，是某個國家研發用來當作生化武器的病毒。

研發？研發這樣的東西，有什麼目的？是誰研發的？這樣的慘劇，會是人為的嗎？

真相究竟是什麼？此刻恐怕深埋在不為人知的地方吧。

當腦海裡在思考這些問題時，不知不覺中，智久已經抵達了和楓真他們約好的地點。

「應該是這裡沒錯吧……」

可是智久環顧四周，卻沒有看到半個人影。

他們約好的會合地點，是位於山麓的六地藏（六道輪迴地藏）前的空地。智久眼前的確矗立著6尊地藏菩薩石像。

楓真的所在位置，是距離這裡最近的，所以，楓真應該會最早抵達才對。
可是，周圍卻沒看到楓真的人影，也沒看到幸村。
「要大家集合在這裡的人是楓真，難道他在中途被抓走了？不會吧……」
這情況有些詭異，彷彿被一股不安的氣氛籠罩著。
智久看著那六尊長滿了暗色苔蘚的地藏菩薩石像，喃喃說道：
「拯救眾生苦難的六位地藏——地藏菩薩……有餓鬼道的寶珠……地獄道的檀陀、畜生道的寶印……其他的……我就不知道了。畜生道——指的是懲罰為惡，以及違背道德的男女之情，死後輪迴為畜生的世界。」
他有一股不祥的預感。一旁大樹的樹葉，此刻被風吹得發出沙沙的聲音。
智久回想起楓真打電話給他時說過的話。
『我現在躲在某戶人家院子裡的小倉庫。』
當時智久就覺得這句話怪怪的。
沒錯！大半夜的，躲在別人家院子裡的小倉庫，還這樣大聲叫我，難道不怕吵醒那戶人家嗎？
楓真當時的確對著電話大喊，而且，還喊了好一陣子。那傢伙，真的躲在小倉庫裡嗎？
他還說了另一段話。
『聽說她被一個很有錢的大叔包養喔。』
——雖然這麼想，是以小人之心度君子之腹，可是，會不會是班上的女生叫他這麼說的？

比方說，有女生跟他交換條件：「你把智久引過來，我就跟你做愛。隨你愛怎麼玩就怎麼玩，要我跟你交往也可以。」……

我們都被出賣了。如果這個推測是真的，那麼當男生全都集合在這裡的那一刻，女生就會立刻把我們包圍了。

智久打開手機，此時，眼前的樹蔭之中，傳來了說話聲。

「嗨，智久！這麼快就到啦。」

「……楓真。」

——這時機也太巧了吧？他一定是躲在暗處觀察我的行動，當我要打電話時，就立刻現身阻止我。

楓真疑神疑鬼地張望四周，然後說道：

「不必打電話啦，沒問題的，其他人馬上就趕到了。」

「楓真，我可以問你一件事嗎？你是不是打算出賣我？」

「我聽不懂你在說什麼。」

「有女生躲在這附近吧？等我們四個人都到齊了，就會被她們逮捕。我猜得沒錯吧？」

「哈哈哈哈！不會啦，我是那種人嗎？」

「我也不希望這樣懷疑你——可是……楓真，你不是很喜歡濱崎綾野嗎？你跟她告白了好幾次都被她拒絕，可是，你卻沒有放棄，所以……所以……」

「所以怎麼樣？」

智久走到楓真面前，拿起了手機，然後用旁人聽不到的微弱聲音，在楓真耳邊說道：

「我現在就打電話給綾野。如果綾野沒有把手機切換到無聲模式的話，應該會立刻聽到她的手機響起才對——現在跟我坦白還不遲，你就說實話吧。」

「這是在懷疑我嗎？那你就打啊。綾野根本不在這附近，放心吧。」楓真自信滿滿地這麼說。

「……真是令人難過，假如我猜錯了，就表示我不該懷疑朋友——可是，假如我猜對了，就表示你出賣了朋友。」

智久開啟了通訊錄，按下通話鍵。仔細地側耳傾聽。可是，周圍並沒有聽到任何手機鈴聲響起。

「就跟你說啦，綾野不在這裡，對吧？」

楓真嘴角露出笑容，彷彿這是理所當然似的，用充滿自信的表情說道。

下一瞬間，智久突然對著手機大喊：

「幸村！不要到六地藏這裡來！有埋伏，這是陷阱！你快點通知其他人。」

『陷阱？我馬上就要到啦。』幸村在電話另一頭這樣回答。

楓真慌張地抓住智久的肩膀。

「你不是打電話給綾野嗎？」

「不，我是打電話給幸村。」

「你為什麼要這麼做！——你剛才明明說，懷疑朋友是一件令人難過的事啊！還想用手機鈴聲來測試我的清白，智久，你根本就是在懷疑我嘛！」

「希望你能諒解，我是真的很想要相信楓真。你在電話裡那麼擔心我，我真的不想對你說謊。

假如綾野把手機切換到無聲模式的話，就算她躲在附近，我也無法察覺。要是綾野和其他女生就躲在這一帶，我們幾個人都會有危險。我一定要避免這樣的事情發生。當我說『幸村，這裡有陷阱，不要來』的時候，如果綾野她們真的躲在附近——那麼她一定會在這個時候現身，因為……」

智久說到這裡，沒有再說下去。他皺起眉頭，看著楓真的身後。楓真也回過頭去。

「……綾野。」

班上其中6個女生，就站在楓真身後10公尺的地方。中間的女孩就是綾野。

綾野不屑地哼了一聲，笑了起來。

「你這個沒用的傢伙，只能騙到智久一個人嗎？為什麼我會一直拒絕楓真的告白呢？告訴你吧，因為男生最靠不住了！粗枝大葉的人，根本配不上我！我才不想跟你一起走在街上呢！我再順便告訴你另一件事吧。我剛才說讓你玩到爽的約定，現在都不算數了！唉，難得的好機會，就這樣報銷了，真是個靠不住的男人。」

楓真聽了這些話，低頭啜泣起來。綾野卻還是用冷冰冰的眼光瞪著他，繼續說道：

「沒錯，這種娘娘腔的個性，最讓人討厭了。每次被我甩掉，就露出這種表情——看來，我真的不應該找你來當誘餌。」

「……為什麼要挑上我來誘騙智久上鉤呢？還有，妳之前對我說的那些話，全都是騙我的嗎？」

「當然是騙你的，這還用說嗎！我這個美味的紅蘿蔔，也只有楓真你會盲目跟隨啊——你可別怪我說話這麼直喔，畢竟你也無情地騙了智久不是嗎？」

「我真是太傻了。」

楓真雙膝跪地，崩潰地哭了起來。智久拉起楓真的手臂，要他站起來。

「我們快逃！」

「嗄？」

「綾野她們應該還沒有真正抓到你吧？——她們大概打算等到我們全部到齊之後，才會一網打盡！打從一開始，她就沒打算要跟你做愛了。」

「真的嗎，綾野？」

「愛搞自閉的智久說得沒錯。與其跟你做愛，還不如選腦筋靈活一點的智久呢，他怎麼看都比你帥啊！」

楓真握緊了拳頭，用力搥打柏油路面，內心充滿悔恨。

「我們上！」

綾野等6名女生，同時衝向智久和楓真。

「別發楞了，快站起來，楓真！」智久大聲斥喝，可是楓真卻一動也不動。

「我沒關係，智久，你快逃吧。我動了壞念頭，想騙你們過來，這是我的報應。」

「那是綾野在操弄你啊！別說那麼多了，快站起來！」
楓真用含著淚水的眼睛望著智久。
「謝謝你。」
說完這句話，楓真便站起身來，然後，朝著步步進逼的綾野等人衝去。
「唔喔喔喔喔！」
楓真用右手抓住綾野的手臂，左手則是抓住另一個女生的制服，用力地拉扯。拉扯的力道，幾乎要把制服給撕裂。而楓真的吼叫聲，則是充滿了怒氣。
「居然這樣操弄人心！不可原諒！——快逃啊，智久！你的腳程慢，我先幫你拖住她們！抱歉！我不該為了這麼點小事就背叛你的！」
「快給我放手！楓真，你算什麼東西，竟敢阻撓我！」綾野用尖銳的聲音怒罵。
「你要我放手，我就放手吧！」
楓真突然間鬆開手，綾野被楓真順勢一甩，就這麼撞倒了另外4個在一旁等著壓制楓真的其中一個女生。
接著，楓真用頭頂向另一個女生的胸口，將她撞倒。兩個女生疊在一起，楓真順勢跨坐上去，反過來壓制住她們。
「我之前……是真的很喜歡妳啊。」
「在這種時候告白？你白痴啊！快點閃開！別壓著我！」
「妳以為我在告白嗎？妳才是白痴呢，自戀的傢伙！」

楓真隨即對智久大喊：

「你快點趁現在逃跑吧，我自己種下的因，就由我自己來收拾。還有，記得幫我跟幸村道歉。我不該騙你們掉進陷阱的。」

「可是……」

「你冷靜思考一下！就憑現在的你，又能幫得上什麼忙呢？快逃吧！」

——這麼說的確沒錯。被抓到的人，一定要先送到學校去囚禁，之後才能救出來。假如中途逃跑的話，一定會像剛才那個金髮的男生一樣……

此時，突然有人從背後抓住智久的手臂。原來是來遲一步的幸村。

「趁現在快逃吧。」

看著猶豫不決的智久，幸村再一次大聲提醒他。

「你還在等什麼！趁現在快逃啊！」

智久又朝楓真望了一眼之後，才咬緊牙關，迅速跑開。

【6月9日（星期三）凌晨3點20分】

也不知跑了多久？因為一心只想著逃命，所以喪失了時間的感受能力。

終於，兩人停下腳步，「吁吁吁」地大口喘氣。四周都被茂密的樹木所環繞，該不會是跑進山裡面了吧？好像不知不覺中，就逃到這杳無人跡的地方了。

智久累得一屁股坐在地上。

「到底該相信誰、該懷疑誰，我已經分不清楚了。」

幸村並沒有回答。過了好一會兒，他才打破沉默這麼說：

「看來，鎮上恐怕已經亂成一團了。大家彼此懷疑，要聯絡他人集合起來商討對策，也變得難上加難。背叛、欺瞞、打探消息、埋伏……」

「真是蠢斃了。」

「你就別再哭啦，智久！」

「讓我哭一下會死啊！」智久喊道。

「如果哭就能解決事情的話，我也很想哭啊。傷心難過的時候哭泣，是每個人都會有的情感表現啊！」

幸村仍舊強硬地撐住臉上的表情。

「智久不認為我會設下陷阱、騙你上鉤嗎？就像剛才楓真那樣。我這麼順利就把你帶到這裡來了，你都不會懷疑嗎？」

智久把雙手撐在地上，從坐姿改成蹲姿，警戒了起來。

「……幸村，你這個人個性耿直，而且，你重視朋友更勝於你自己，總是以朋友為第一優先，不是嗎？」

「謝謝你，願意相信我。」幸村開心地這麼說道。

不過，他開心的表情沒有持續多久，又泛起了一陣悲傷，陷入沉思之中。

一陣微風吹來，將一股異味帶到鼻腔。在新鮮的樹幹與綠葉的氣味中，混合著一股——像是鐵鏽一樣的味道。是血的味道。

幸村用食指按在嘴唇上，小聲地警告說：「提高警覺。」

兩人朝著臭味傳來的方向前進，走了一會兒，看到一名長相很漂亮的女生倒在地上。制服的裙子被向上掀起，身上沒有穿內褲，白襯衫的鈕釦全被扯掉，露出胸罩和白色的肌膚。其中一隻腳沒有穿鞋子。智久和幸村兩人就這麼僵在現場。這裡到底發生了什麼事？

再仔細看看周遭，就在女生遺體旁邊不遠處，有個沒有手臂、沒有雙腿、沒有頭部的遺體倒臥著，遺體的身上穿著囚衣。這幅光景令人不寒而慄。

「這是怎麼回事啊！」

智久大喊道。幸村則是故作鎮定地想要分析條理。

「……這個穿囚衣的傢伙，應該是個男的吧。這麼看來……這個女生應該是被這個囚犯強姦了。雖然無法分辨是先姦後殺、還是殺人姦屍……」

「你怎麼還能這麼冷靜地回答啊？為什麼會發生這種殘酷的事？這裡變成無法可管的地方了嗎？這不是人類做得出來的事吧！根本是披著人皮的惡魔嘛！」

「冷靜點。不冷靜下來的話，原本看得到的線索，就會因為慌張而遺漏了。你先想想，為什麼這裡有囚犯？為什麼他的身體會被肢解？」

「……因為他想逃——對啦！因為逃跑的人，就會受到這樣的懲罰！剛才我看到一個染金色頭髮的高中生，被女生抓到之後，又想趁機逃脫，結果身體就……！沒錯！我們得告訴楓真才行，叫他千萬別在這時候逃跑。」

於是，幸村打手機給楓真，可是，只聽到等待的答鈴聲，沒有人接起電話。幸村嘖了一聲。

——這個穿著囚衣的傢伙，是來自廣島少年觀護所嗎？他應該是從廣島縣移送到岡山縣來的，可是，為什麼會出現在這裡？是趁亂逃跑嗎？如果這個推論沒錯的話，那麼，殺死老爸的那傢伙，應該也在這附近才對。

智久看著遺體身上的橘色連身囚衣，把這套服裝牢記在腦海中。

幸村垂下肩膀，有點喪氣地說道：

「智久，你繼續打電話給楓真。雖然這不是什麼妙計，但是，就算是綾野接起電話，你一樣把這些事告訴她，要她轉告楓真——至於我，會直接去找他，跟他說明。」

「直接？你連他現在在哪裡都不知道吧？而且，這樣太危險了！」

「我去找找看再說。只要找到了，就可以在遠處大聲喊，告訴他不要逃跑。沒問題的。」

「我也要去。」

彷彿沒聽到智久的話似的，幸村又開始打電話給別人。對方好像是浩史，也就是另一個還沒被抓到的男生。浩史的聲音大到連智久都聽得很清楚，大概是對著手機用喊的吧。

『我才不要！去救他？光是去找楓真這件事就蠢死了。我會自己躲好的，才不要平白去冒險呢！還救人咧，你真是太傻了！』

「你現在躲在哪裡？如果發生什麼事，我還可以過去幫你，快告訴我吧。」

『你搞不清狀況嗎？誰會告訴你啊！你的個性就是這樣耿直，耿直到讓人覺得困擾。再這樣下去遲早會害死你自己的。』

那一頭的浩史逕自掛掉了電話。幸村緊緊地閉上眼睛。

「智久，你留在這裡。」

「可是，光靠幸村你一個人……」

「你腳程太慢了，跟著我只會礙手礙腳！」

智久不知該如何辯駁。幸村則背對著智久說道：

「浩史說得沒錯——智久，謝謝你，只有你認為我這個人重視朋友更勝於自己。」

留下這句話之後，幸村就從智久眼前跑開了。

——我說的那些話，會不會反而給幸村帶來更大的心理壓力呢？我認為幸村的個性是重視朋友勝過他自己，他該不會為了不辜負我的期待，而去蠻幹做傻事吧？

當智久說「你總是以朋友為第一優先」時，幸村開心地回答他「謝謝你，願意相信我」。

可是，在開心的表情底下，似乎又蘊藏著悲傷。

「別去啊！我們就一直打電話，打到他接吧。或者，傳簡訊給他也行啊。」

突然間，智久腦海裡浮現出幸村以前跟他說過的一句話。

『用簡訊告白？你是草食系的男人啊！想要傳達自己的情感，當然是要當面講啊！』

智久內心覺得悔恨不已，咒罵自己是個靠不住的傢伙。什麼都做不好的他，連自己都覺得討厭。

「我還真是丟臉。要是那時候被抓到的人不是修一，而是我的話……說不定還比較好。」

智久不禁在腦中將前去幫助楓真的幸村、還有修一這兩個人，並肩排在一起。

「這畫面真不錯。」

我一定要改變，他在心中這樣立誓。行動吧，現在先去做那些我做得到的事——

智久把裸著下半身的女生裙子重新蓋好，然後用落葉蓋住那個男生的遺體。接著，他坐到稍遠一點的地方去，繼續打電話給楓真。

手機的螢幕光線照亮了智久的臉。可是，耳朵聽到的只有無人接聽的空虛答鈴聲，而四周只聽得到智久一個人嘶嘶嘶的啜泣聲。

這樣下去，全日本都要被恐懼主宰了。

楓真一直沒有接電話，於是智久打算改撥綾野的電話號碼。就在此時，背後傳來一陣他不熟悉的人的說話聲。

「你一個人在這裡做什麼啊？也不好好躲起來……」

身後走出了一個高大的男生，身高大約180公分，雖然四肢修長，不過肌肉卻很結實，頭上則是剃了個小平頭。

那個人左耳邊的頭髮，還特地剃出三條細線。

「不用那麼怕我啦。從某種層面來說，我們好歹也算是伙伴嘛。」

「……伙伴？」

「這附近沒有女生埋伏啦。真的有女生的話，早在我跟你打招呼之前，就先抓到你了。」

那個人似乎認定，智久之所以那麼警戒，並不是因為他，而是擔心周圍有女生埋伏的緣故。

看他一副小混混的模樣，說不定是逃脫的囚犯。可是，這個平頭男並不是穿著囚衣，而是穿著一套在廣島市內經常看到的學生制服，只是不曉得那是什麼學校。

「你是什麼學校的？」

智久這樣詢問他。

「立石工業高中——你如果想躲過追捕的話，最好躲得更小心一點。拜拜，膽小鬼。」

剃著小平頭的男生，撂下這句話後，就從智久面前消失了。

「要是在街上遇到我，千萬別跟我打招呼啊。你這小混……」

智久的話還沒說完，那個平頭男又突然冒了出來，嚇得智久趕緊用手摀住嘴巴。

「借我錢。我肚子餓了。我們也算是伙伴吧？喂！錢拿來！」

智久一面搖頭、一面後退，結果那個男生的態度丕變。

他的臉上露出凶狠的神色。

「快點啦，錢拿來！難道要我宰了你不成？要我在這個荒郊野外把你殺了嗎？」

我可不想無緣無故死在這個荒郊野外，這麼想的智久，拿出錢包之後，掏了一張千元大鈔遞給他。

那個平頭男臉上又堆滿了笑容。

「謝啦！這樣我們就真的變成伙伴了！你這一千塊救了我一條命呢。如果你遇到危險的話，我一定會賭上性命來保護你。」

他把千元大鈔收進胸前的口袋，一面嘿嘿嘿地笑著，一面走遠了。

——都這種時候了，這傢伙還有心情跟別人勒索？還說什麼「一定會賭上性命來保護你」？

智久覺得這真是蠢到了極點，也不禁哈哈哈地笑了起來。

【6月9日（星期三）清晨6點11分】

東方的天空逐漸泛紅，天色開始慢慢變亮了。

智久一直沒辦法跟楓真或是綾野取得聯繫。前去警告楓真「不要試圖逃跑」的幸村，現在不曉得怎麼樣了？該不會也被抓走了吧？算算時間，已經過了將近3小時了。

「讓你久等啦。」

智久緩緩抬起視線，看到幸村站在眼前，他開心地說道：

「我還以為你回不來了，正在擔心呢。我一直在想，會不會再也看不到你了……」

「抱歉讓你擔心了。我已經把話傳達給楓真了。我從很遠的地方大喊，連我都有點懷疑，不知道他有沒有聽見。不過，那傢伙好像注意到了，高高舉起拳頭回應我。而且，他也通知其他被抓的男生了。」

「從你說『要去找楓真』到現在，已經過3小時了——為了找到他，你也很拼命啊！明明被抓到就完蛋了，你還是要冒這個險。我忍不住會想，是不是我說的話，逼得幸村你要這樣子逞強……對不起。」

「你在說什麼廢話啊——天就快要亮了，要行動啦！」

幸村說明了目前的狀況。

楓真被帶到距離這裡大約3公里，一所名叫反田高中的校園去了。幸村先跑到附近公寓大樓的樓梯上，向反田高中的方向張望，然後又到四周去探查狀況。

正門和後門都有數十名女生守著，此外，每隔10公尺，就分派一個女生，把學校團團圍住，加強警戒。雖然當時天色很暗，看不太清楚，但是，修一應該也被抓去那裡了。

和四處逃竄的男生不同，女生們這次很團結，而且很拼命。

女生團結起來，當然是有理由的。因為這道命令是【有多少男生逃過追捕，就以隨機方式挑選出同樣人數的女生接受懲罰】。假設男生女生各有5百人，女生如果只抓到1百個男生，就會有4百個女生要受到懲罰。

女生不願意受到懲罰，可是，又沒有辦法保證，受到懲罰的絕對不會是自己。所以，只能盡可能多抓一些男生，來提升自己獲救的機率，即使增加1%的機率也好，所以她們才會這麼團結。

那是一股永遠也不會消失的恐懼——不管抓到多少名男生，也不能安心。

男生只要顧著逃跑就行了。只要躲得好好的，就安全無虞。可是，女生必須搜捕那些逃得不知去向的男生，此外，還得要守住學校裡那些已經被捕的男生。這如同攻擊和防禦的平衡，該如何分配工作和人數比重，就變得相當困難了。偏偏這就是接下來的成敗關鍵。

幸村說道：

「男生和女生最大的差異，是要選擇個人戰還是團體戰。男生只要自己逃脫，就絕對不會受到懲罰。就算朋友被抓走了，也不一定要去救。因為這樣的人很多，所以無法團結起來。男生就算聚在一起，也不過是烏合之眾。一旦有個萬一，大家又會分頭逃跑、甚至互相背叛。

相較之下，女生則是拼了命地想在最後一刻來臨前，多抓到幾個男生。女生當然也有她們的算計——比方說，叫幾個男生站在正門附近。一旦被抓進學校裡，想要前來拯救同伴的男生，就一定要經過校門口那一關。為什麼要讓男生站在正門口附近呢——很簡單，就是作為吸引其他男生前來搭救的誘餌。」

幸村用力抓住智久的手臂，接著說道：

「同一所學校的其他男生願意協助我們，有30個人可以一起進攻！一旦被抓到，就自己走進學校去，等待救援。我們可以這樣反覆地進攻，一試再試，直到最後一人被抓為止。」

——男生和女生的立足點是不平等的，究竟哪一方比較有利還很難說。而且，你好像忘了一件事，幸村。你自己也說過，女生都很拼命。要是所有的男生都逃跑的話，所有的女生都得接受懲罰而死。這一點你明白嗎？還是你明明知道，卻不敢說出口？我們好像站在正義的一方，要拯救其他男生，可是，你是不是忘了更重要的事呢？拯救其他男生，並不一定代表了正義啊。你或許會覺得，現在這種情況下，一定得做些什麼……可是，這樣的舉動跟瘋了其實沒兩樣。

還有……友香該怎麼辦？幸村，這個問題你要如何回答？不管怎麼做，到頭來還是悲劇一場啊！

智久想要打開自己的手機，可是，幸村卻伸手按住他。

「拜託，不要打電話給櫻子。現在還不到那個時候。」

——幸村也察覺到，這是一場無可避免的悲劇了……只是他沒說出口而已……還不到那個時候，又是什麼意思呢？

大概是想讓心情平復下來吧，幸村深呼吸了幾口氣。

「走吧，行動的時間是7點！」

這時，他們兩人還不知道九州發生了什麼事。

獵殺——在九州，並不是男生和女生正在進行「獵殺」，而是另一種獵殺。

【國王是誰？國王一定存在！從中世紀末期到近代，歐洲和北美洲就曾經盛行一種名為獵殺女巫的行動！周遭的人有沒有什麼可疑的舉動？一旦發現可疑人物，就進行嚴刑拷打，逼他招供。快點把可疑人物找出來！把可疑人物的名字報上來！殺了他！趁現在還有機會，把傷害縮減到最小。國王一定存在！】

這樣的簡訊，同時傳送到了九州所有高中生的手機裡。高中生全部陷入了極度的混亂，都開始用和過去不同的眼神看著同學。人們的心中一旦產生疑惑，一點芝麻小事，都會成為被周遭所有人懷疑的焦點。男生懷疑男生、女生懷疑女生。住在九州的高中生，都在想著如何逼供，找出國王。

【烏合附屬高中的村澤美佳很可疑，快點調查她。】

不知是誰，將這樣的簡訊傳給朋友，朋友又傳給其他朋友，其他朋友又傳給他們的朋友……就這麼變成了連鎖簡訊，開始無限擴大。

第4章

命令2

6/9 [WED] AM 06:43

【6月9日（星期三）清晨6點43分】

緊鄰反田高中校園的旁邊，有一棟可以看遍學校全景的公寓大樓。公寓後方的停車場聚集了34名男生，全都是智久和幸村所就讀的三和高中的學生。這些人都是在幸村的號召下，前來這裡集合的。

——幸村還真是有本事。當大家陷入疑神疑鬼的漩渦之中、情緒隨時可能爆發的這個節骨眼，他居然能召集這麼多人前來。這就是號召力嗎？換作是我的話，不知道會有幾個同學願意來呢？

幸村的動員能力實在令人佩服不已。這應該是他過去的為人所得到的回報吧。

智久帶著尊敬的眼神，看著幸村的背部。也不知道幸村是否察覺了智久對他的崇拜之情，只見他用鏗鏘有力的語氣說道：

「就跟我在電話裡說的一樣——大家都明白作戰計畫了嗎？你們有沒有傳【7點整我們會去救援，你們先在正門附近等待】的簡訊，給那些被捕的男生？」

有將近10名男生點頭回應，此時，智久急著插嘴說道：

「等等！萬一其中有人背叛怎麼辦？要是有人故意把『男生將在7點整發動奇襲』的情報洩漏給女生呢？」

「現在只能相信大家了。」幸村語帶強勢地回答，讓人毫無反駁的餘地。

「要是有男生被抓的話，就走進學校裡面等待救援，就這樣反覆進行，我們要不斷地嘗試——現在，先把34個人分成3個小組。」

A組，是包含幸村在內的11人，B組有10人，C組則是剩下的13人——照理說應該這樣安排，可是結果並非如此。C組只有10個人。

沒被點到名的智久，向幸村問道：

「我呢？」

「剩下的3個人——爬到頂樓，負責向我們通報情況。智久是A組的指揮官。」

「怎麼可以這樣！我要跟你們一起去！」

「你的腦筋比較聰明，擁有冷靜的判斷力，所以我希望由你來下達指令。這是很重要的位置。」

「因為我跑不快，你怕我礙手礙腳，所以才叫我做這個吧？」

「不是的！是因為你很適合這個位置，所以我才會把這個重任交給你。」

——幸村沒怪我跑得慢，是顧慮到我的感受嗎？

幸村拍拍智久的肩膀，說道：

「拜託你了，指揮官。」

「你是這次作戰的發起人，理當由你去屋頂發號施令，不是嗎？」

幸村搖搖頭說道：

「我去的話，怎麼能取信於前來這裡集合的同學呢？」

「那麼，如果這裡的男生全部被抓的話，我該怎麼辦？」

「你可以選擇逃走，或是來救我們——這就由你自己決定吧。」

幸村帶著體貼的微笑看著智久。他見智久不說話，於是把自己的運動夾克披在他的肩膀上。

「拜託你了，指揮官！要相信自己知道嗎！」

其他男生也把運動外套脫了下來，因為這樣可以跑得比較快。另外有幾個男生，則是把夾克高高拋向天空。

幸村看到伙伴們的舉動，大聲喊道：

「展現男人團結的時候到了！——以正門為中心，A組從右邊跑，B組從左邊——C組5分鐘之後，從中央開始跑！」

在幸村的帶領下，男生們的士氣升到了最高點。

幸村負責帶領打頭陣的A組，都是運動神經發達的人。而C組的組員，則是不擅長運動、看起來像乖寶寶型的學生。

此刻，A組和B組同時往反田高中的方向跑去。

智久向C組的指揮官米田雄二郎問道：

「幸村有沒有告訴你，要是5分鐘以內，A組和B組全部被抓的話，C組的人要立刻撤退？」

雄二郎低頭不語。

「快回答我！」

「……是……他是這麼說的——而且，到那個時候，他要我們跟櫻子聯絡。」

「幸村他……到底打算做什麼啊……」

【6月9日（星期三）清晨6點59分】

反田高中的正門前面是T字型路口，周邊是民家和公寓林立的住宅區。

A組躲在校門右邊的民家圍牆後面，等待時機。B組躲在左邊的公寓院子裡。兩組和正門的距離分別是40公尺和60公尺左右。

幸村打手機給智久。

「我們準備展開行動了。你從屋頂上看，正門的情況怎麼樣？」

『女生沒有移動。男生則是慢慢往正門的方向靠近。不知道是不是在抗議——？發動奇襲的情報，好像沒有洩漏出去呢。』

幸村瞄了一眼手錶，然後轉向那些在他後面等待指示的男生們說道：

——大家都有覺悟了嗎？

男生們一起點頭。

智久這麼問幸村：

『現在問這個雖然有點怪，可是我很想知道，該怎麼做才能擁有像你這樣的號召力，受到大家的愛戴？』

「設身處地為對方著想吧。還有，要堅持信念。抱歉，我好像把自己說得很偉大。其實說穿了，也沒什麼大不了的……」

『不要這麼說。謝謝你。』

「到時候要是友香受到懲罰的話……我希望你能諒解。因為女生是以隨機的方式來決定誰會受罰，所以我們學校的女生，也有可能會被挑中。我這麼說或許有點過分，但是，比起那些陌生的女孩子，我比較想幫助朝夕相處的男同學——這種心情真的很矛盾。雖然大家都一樣是人，可是——」

幸村收斂起臉上的表情，轉身走向正門，下顎不停地咯咯顫動。

「5分鐘之內要搞定！——B組先開始吧！」

校門的兩旁，有幸村率領的A組，和在另一邊開始高聲吶喊的B組。

「喂！來吧，女生們！」

「快來抓我們啊！」

「上吧！去解救那些被抓的男生——！」

可是，B組只是在原地高聲叫喊，並沒有真的往正門跑去。

「我們在這裡！現在就要去救你們啦！」

「女生從後面來啦！快逃！——啊、等等！」

「糟了！散開——！快逃啊！」

「悟被逮到啦！」

A組和B組所發出的吶喊聲，連智久所在的頂樓都聽得到。可是，在他們後面既沒有女生追過來，也沒有男生被抓。

智久終於搞懂了。這是伎倆，他們故意要讓女生以為——這群男生被前後包夾，女生處於有利的地位。

果然，守在正門口一半的女生，往B組的方向跑了過去。

——原來如此！這就是他們的目的！

智久接到了通知。

「正門前將近一半的女生，朝B組的方向跑去了——另外，被抓到校內的男生，也正在往正門的方向集結。」

此時，原本躲在民宅圍牆後面的幸村那組人，突然從圍牆後面冒出，快速地往校門跑去。不同於B組的男生，A組的行動完全沒有發出聲音，全員靜悄悄地往正門方向接近。

幸村後面跟著十個男生，每個人跑的速度都很快。

A組快速接近正門，眼看距離就只剩下5公尺了。

此時，一名女生突然發出尖叫。

「他們從這邊來了！」

「現在發現已經太晚啦！我們一口氣衝過去！——B組也照計畫行動！」

幸村把那個發現他們的女生一腳踢飛。

「因為我們不能抓妳，所以請多包涵了——A組，快散開！避開那些女生、只和男生接觸！不可以輸給女生！一鼓作氣達成目標！——B組！」

B組遠離學校之後，繞到之前躲藏的公寓後面，然後所有人散開，各自逃命。

「剛才是他們主動挑釁，為什麼現在又逃跑？到底在打什麼鬼主意！」

女生們一面吶喊，一面追捕逃竄的男生，只見她們開始左右張望，似乎無法鎖定追捕的目標。

「一切按照計畫進行。」B組的指揮官打手機給正在逃命中的B組領隊。

「趁現在！」B組的領隊高喊道。

聽到命令的B組，繞過公寓朝學校的後門跑去，然後翻牆而入。B組的成員們個個臉上露出自豪的微笑。

已經成功地將守在校門口的女生引開了一半，接下來要展開內外夾擊了。

「被我們摸到的人，馬上翻牆逃走！不要楞在那裡——！」

正門口附近，大約有50名左右的男女亂成一團，追的人和被追的人陷入混戰。

玩弄楓真感情的綾野，站在正門口大喊：

「快回來，這是陷阱！我們被夾擊啦！」

「現在發現已經太遲了。」

動作敏捷的幸村從混亂之中竄出。他一面帶頭衝鋒，一面驚險地躲開女生，動作有如疾風般流暢、閃電般銳不可擋。

「閃開——！」幸村發出驚人的吶喊聲。原本想要伸手抓他的女生們，都被他的氣勢嚇得把手縮了回去。

幸村奮勇作戰的英姿，令在場的男生和女生佩服不已。

為了活命而奮鬥的身影，是最美麗而且耀眼的。

不過，幸村如此奮不顧身並非為了自己，而是為了解救同伴。也因為如此，讓他看起來更加鋒芒畢露。

──因為我想聽到「謝謝」這句話。只要聽到這兩個字，我就心滿意足了。

幸村為了朋友，義無反顧的英姿，激發了其他男生的士氣。

但是看到這幕光景的綾野，臉上卻露出詭異的微笑，那是一種遊刃有餘的笑容。

幸村突破正門，衝進校園裡面。楓真伸出手，幸村也伸出手。

「把手給我！」

幸村和楓真的手在接觸的瞬間，發出「啪」的響聲。

「謝、謝謝你。」楓真噙著淚水說道。

他死命地跑著，在心裡發下重誓。

──這份人情，我一定會還給你的。

楓真朝校園的中央跑去，因為那裡還有其他男生。雖然正門附近有女生嚴守，不過校園裡的警戒鬆散多了。

「你們快逃吧！」楓真一面大喊，一面和男生們接觸。

「謝謝。」感謝的聲音不絕於耳。

畢竟是男生，跑的速度比女生快多了。轉眼間，男生取得了優勢。雖然還是有部分男生被女生摸到而遭到逮捕，但是很快的，他們又被其他男生摸到而得到釋放。救援的行動，就這樣不斷反覆地進行著。

此時，幸村大喊道：

「跑得慢的男生先逃走！跑得快的男生，先幫忙觸摸其他男生，釋放他們！」

男生們的士氣變得越來越高昂了。

從校舍屋頂上，看到這幕光景的智久興奮地比出勝利的手勢。其他兩名指揮官臉上也都露出了笑容。

「很好、很好。」

但是下一秒，智久卻覺得眼下的光景，透露出一絲絲的詭異。彷彿有利的情勢隨時可能會翻盤，但是又說不出具體的原因。

——我們是不是忘記什麼了？有沒有忽略哪個重要的環節呢？

「啊、我想起來了——」

智久急忙打電話聯絡幸村。

雄二郎也拿起手機。大概是要聯絡C組領隊，要C組展開行動吧。智久一面聽手機，一面制止雄二郎說道：

「C組先按兵不動！」

「為什麼不能行動？現在是一鼓作氣的好機會啊！」

然而，幸村並沒有接手機。

——是不是沒空接聽呢？早知道應該叫他用免持聽筒才對。

雄二郎等不到智久的回答，繼續問道：

「按兵不動的理由是什麼？」

「我覺得有陷阱。我們很可能忽略了很重要的事……幸村不是說過，女生們在學校周圍，每隔10公尺就有派人守衛嗎？幸村去學校視察是4個小時以前的事——那麼，那些負責守衛的女生，現在在哪裡？7點……發動奇襲的時候，她們有在附近嗎？顯然是沒有，那她們跑到哪裡去了？」

「啊……」

「有人把男生要在7點發動奇襲的消息洩漏出去了！——那些女生不是笨蛋，我想，男生現在一定被包圍了。」

智久眉頭深鎖，用力踢了水泥牆壁一腳，然後往電梯的方向跑去。

「我親自去告訴他們。你也快點打手機告訴幸村這件事。」

「站住！智久，你不要亂來。」

雄二郎抓著智久的肩膀不放。

「你知道幸村為什麼會選你當A組的指揮官嗎？——原因之一是你跑得慢，腦筋卻很靈光，但這不是重點，最主要的原因是，你有讓大家團結起來的能力。幸村早就看出來了，所以才把你留在這裡。老實說，這裡是最安全的地方。

那傢伙不是也說了嗎？我們可以反覆地進攻，一試再試。雖然我也很懷疑，你是否有凝聚眾人的力量，可是既然幸村都這麼說了，那麼我決定相信他。所以我不能讓你去。」

「幸村他有這麼說嗎……」

「幸村是這個計畫的發起人，對於讓大家身陷危險這件事，他感到很愧疚。而且，他知道這次的奇襲，會增加你的女朋友受到懲罰的機率——為了彌補對大家的虧欠，就算最後只剩下他一個人，他也決定繼續跑下去。幸村真的很了不起。」

雄二郎把自己的手機交給智久，說道：

「C組就交給你了。先通知那些要衝進校內的C組『要小心校內的男生們』吧。因為如果真的是陷阱，C組也會有危險。一切都交給你了，畢竟你是幸村器重的人。」

雄二郎話一說完，便轉身跑進剛好抵達的電梯裡，微笑地看著智久說道：

「老實說，當初我參加這個計畫時，真的非常煩惱。幸村看出我的猶豫，於是對我說——人人為我，我為人人。頓時，我心中的疑惑就這麼一掃而空了。」

電梯門靜靜地關了起來。

我為人人——這句話此刻已經深深地烙印在智久的胸口了。

【6月9日（星期三）上午7點34分】

幸村一面在校園裡來回奔跑，一面下達指令。

「到右邊去！——不是！誰快去救春斗！修一在嗎？不要楞在同一個地方！」

突然間，他停下了腳步，因為綾野就站在他面前。兩個人就站在彼此伸手可及的地方。

幸村瞪著綾野說道：

「妳不但設計了楓真，還陷害其他好幾個男生，對吧？」

「活該，誰叫他們要上當。那些人真的很好笑，我說什麼，他們就乖乖照做呢。沒想到我這麼有魅力啊！」

「妳會遭到報應的。總有一天，妳也會被人家騙的。」

「能利用當然要盡量利用。所謂的朋友，有時候就是這麼方便——你不也是想召集男生，好讓自己變成英雄嗎？既然這樣，我就讓你當悲劇英雄好了。我一定會讓你後悔的，因為我討厭受到男生景仰、受到同學喜愛的你！我討厭受歡迎的人！所以，你最好不要太得意忘形！」

這個世界上，沒有人能同時受到萬人的愛戴。就算是再怎麼受到大家喜愛的寵兒，也會有人對他感到莫名的厭惡。綾野就是這樣的人。

不允許有人搶鋒頭，一旦發現有這樣的人，便無所不用其極地排擠對方。在強烈的獨佔慾作祟下，稍有不順自己的意，就滿肚子的妒火。

綾野痛恨這個總是不肯屈服於她的幸村。她嫉妒幸村受到班上同學的愛戴，平常只要在教室裡看到他，就會感到怒不可遏。

——那種男人到底哪裡好？被大家吹捧就得意忘形，一副目中無人的態度。要是班上沒有幸村這個人的話，我就是班上的大紅人了，男生也會臣服在我的魅力之下。我長得這麼漂亮，跟我走在一起，大家一定會說：「他和美女走在一起耶！那小子竟然帶著正妹！」不但可以享受眾人羨慕的眼光，還有無與倫比的優越感。臣服於我吧，只要和我當朋友，就可以跟朋友們炫耀了！

在幸村的觀念裡，自己是為了朋友而存在的；但是綾野卻認為，朋友是為了她而存在的。說得更現實一點，她認為朋友是因應她的需要而存在，不肯為她奉獻犧牲的人，根本沒必要存在。

——我討厭這個男人。

綾野用嫌惡的眼神瞪著幸村說道：

「我看到你呼朋引伴來救你的朋友了——接下來，我會讓大家對你的信賴，完全落空。」

這個時候，正門那邊傳來「女生很可能躲在裡面！大家要小心，不要被包圍了！幸村，你聽得見嗎？」的喊叫聲。

剛才此起彼落的「感謝」之聲，這一刻完全停止了。幸村渴望聽到的那句話，就這樣中斷了。校園再度陷入一片寂靜。

幸村露出難以置信的表情，看著校門的方向，頓時啞口無言。

綾野開口說道：

「你們男生知道為什麼計畫會進行得這麼順利嗎？一來是因為男生本來就跑得比較快，二來是因為他們總是全力以赴。所以，現在男生還剩下多少力氣？——如果這時候出現50個以上的女生，你猜，情況會變成什麼樣子？」

——還有C組。他們還有體力。可是，不要叫他們現在衝進來，雄二郎。

綾野無視於幸村乞求的眼神，帶著詭異的笑容繼續說道：

「我有一個好主意——就是把抓到的男生通通囚禁起來。把他們關進教室裡面的話，其他男生就碰不到了。你覺得這點子怎麼樣？」

「……妳好卑鄙。」

「這叫戰略！幸村，你還是乖乖地束手就擒吧！放心，我不會把你關進教室的，因為我要把你綁在校門口，展示給大家看。」

「妳以為我會聽妳的話嗎？」

「我還沒有把要將男生關進教室的主意告訴別人，而且到目前為止，還沒有男生被關，不是嗎？」

「妳在討價還價？」

「不是討價還價，而是命令——你快點做決定吧！」

綾野抱著肚子大笑起來。好像想把過去的悶氣，一口氣發洩出來。

幸村的一隻腳突然往右邊伸出，身體迅速彎下。下一瞬間——一隻手在空中撲了個空。

原來幸村的背後，出現另一名女生，正打算偷襲幸村。

綾野鐵青著臉說道：

「被你發現啦？難道你背後有長眼睛嗎？」

「是妳的眼睛告訴我的。妳笑的時候，我看到妳的瞳孔出現一個黑點。而且，妳剛才點頭的小動作，也救了我一命——妳是為了讓我分心而笑的嗎？滿腦子就只想陷害別人。妳一定以為我會被抓，所以才會忍不住笑出來吧？」

——現在該怎麼辦？以綾野的個性，達不到目的，絕對不會善罷干休的。一旦把這個女人惹火了，接下來還不知道她會做出什麼可怕的事情來。

綾野激動地怒吼道：

「難道你不在乎那些被抓的男生全部被關起來嗎？」

「妳先告訴我，妳是不是早就知道，我們會在7點展開突襲？」

「你們的情報早就走漏啦。」

幸村看看四周，很多男生都被捕了。他深吸了一口氣，穩定情緒，然後說道：

「囚禁的事情，我希望妳先保密。雖然遲早會有人發現，可是……至少在這種情況下……我不能讓這些被我召集來的男生，遭受到更大的危險……所以，我願意束手就擒。我認輸，妳想怎麼處置我，都隨便妳。」

幸村哭了。向來不畏懼困難的男子漢就這麼哭了起來。

「你居然哭了，真是沒用！這就是幸村嗎？哈哈哈，真有意思！」

綾野在剛才企圖突襲幸村的女生耳邊，嘀咕了幾句之後，那個女生馬上轉身離開。綾野帶著邪惡的笑意，站在幸村面前。
然後，朝幸村的臉頰用力甩了一記耳光。接著又是一記、一記、再一記。
幸村的臉被打得扭曲變形，眼淚也被打得飛濺出去。
「啊，真是痛快極了！」
綾野拿到膠帶之後，拉著幸村往校門口走去。那副模樣看起來，就像是要前往刑場的劊子手和囚犯。
男生們看到這一幕，開始議論紛紛。
——那是幸村嗎？
——他被抓了嗎？
——快去救他吧。
——我去！現在正是我還他人情的時候！
楓真發現幸村被抓，急著想衝向綾野和幸村。但是，看到幸村被8名女生緊緊包圍，就知道她們絕對不會讓幸村逃走。
「可、可惡！」
——我們是因為幸村，才奮戰到這個地步的。只要有他在，我們就能克服困難，贏得勝利……
希望越來越渺茫了。很明顯的，男生們的鬥志一下子全被澆熄了。畢竟，幸村對他們而言，實在太重要了。女生們應該很清楚這點，所以才加派重兵，防止幸村被劫走。

也許是突然加入了50名女生的緣故，原本佔優勢的男生陣營，轉眼間兵敗如山倒，一個個變成了俘虜。還在校園裡疲於奔命的，包括楓真在內，只剩下4個人而已。

幸村大喊道：

「大家快逃吧！我真的……很對不起大家！」

「可是，我們不能丟下你……」

「放心吧，就算我被抓了，還是會有其他人繼承我的意志！」

幸村的上衣被脫去，在上半身赤裸的狀態下，被人用封箱膠帶綁在校門上，完全動彈不得。

——這是在羞辱示眾嗎？

楓真發出怒吼道：

「C組到底是怎麼了！都過了幾分鐘啦！喂！C組呢？怎麼還沒有來！」

綾野站在幸村面前，滿面笑容地說道：

「你怎麼這麼狼狽啊？」

「綾野……妳這麼做，遲早會遭到報應的。不只是男生，連女生也會反抗妳。因為她們知道，不應該跟著妳這種人。」

「你這隻敗犬挺會叫的嘛。你的好意我心領了。」

「我是真的在擔心妳。」

「所以我說你的好意我心領了啊。」

B組的領隊抓住楓真的手臂說道：

「我們先撤退吧。」

「那幸村呢？C組為什麼遲遲不來？他們不是知道計畫嗎？說好晚5分鐘就要衝進來的。」

「你看看現在的情況！他們衝進來的話一樣會被抓的！我們先回去再說吧！」

「幸村……」

楓真等人朝游泳池的方向跑去。鑽過單槓下方，爬上菱形格子的鐵絲網，再穿過游泳池，從教室那邊逃了出去。

楓真一面在校園外面跑，一面朝後方大喊：

「我一定會報答你的！我保證，你要等我喔！」

逃出來的男生和C組取得聯絡，雙方約定在山下一間老舊的小神社集合，討論接下來的計畫。

當智久正在跟大家說明這次作戰的經過時，楓真突然抓住他的領子。

「是你不讓C組的人衝進去的嗎？為什麼不讓他們去！你給我解釋清楚！到底為什麼！」

智久沉默不語。

「你也看到幸村發生什麼事了！為什麼不吭聲，說話啊！你這個無情無義的傢伙！」

雄二郎把他們兩個人分開，說道：

「這個時候就不要鬧內訌了！我認為，智久的判斷是正確的。在那種情況下，就算C組衝進去，也無法改變什麼。不、也許情況會更糟。其實幸村被抓的時候，最痛苦的人是智久。難道不是嗎，智久？」

智久低著頭沒有回答，現場的緊張氣氛隨時可能會爆發，就在此時，智久的手機突然響了起來。螢幕顯示是櫻子打來的。

櫻子接下來要說的，是一個極為殘酷、不人道的消息。

【6月9日（星期三）上午7點56分】

綾野的目的，就是把幸村當作誘餌，引誘那些逃走的男生們上鉤。

「那些笨男生一定會來的。只要我說『你們不來的話，我就殺了幸村』，保證他們一個個都會現身，這麼一來，就可以把男生一網打盡了。屆時，他們會向我跪地求饒說『綾野女王，請饒了我們吧』。到時候我一定要狠狠地羞辱他們。」

幸村則是既無奈又著急地說：

「求求妳，到此為止吧。」

看到幸村哭喪著臉的模樣，綾野只是冷冷地笑著，然後對身邊的女生說：「把抓到的男生，通通關起來。」

於是幸村發出嚴重的抗議：「這和當初約定的不一樣啊！」然而，對於幸村的抗議，綾野無動於衷，只是冷冷地說：「誰叫你要上當！」

「我會讓大家知道，追隨哪個人才是聰明的決定，而且還要讓男生們認清楚，支配和服從的關係。」

綾野的野心，彷彿沒有滿足的一刻。也許，她早就忘記這場遊戲原本的目的了。

幸村把遺言告訴身旁的龍野百合香之後，便咬舌自盡，一個人安安靜靜地走了……

透過免持聽筒，在場的人都聽到了櫻子說的話。她哽咽地繼續說道：

『百合香告訴我，幸村最後的遺言是：「失敗的時候，只會說『真遺憾，這也是沒辦法的事』的人，大概是沒有盡力吧。因為，盡力之後卻失敗的人，應該會大聲吶喊『可恨』吧。我已經無話可說了，因為我很後悔——給大家帶來這麼多的麻煩。」』

櫻子吸了一口氣，繼續說道：

『幸村應該不想自殺的，他知道自己沒有盡全力達成任務。可是，他又不希望因為自己還活著而拖累大家——經過一番痛苦的掙扎之後，幸村最後還是決定了結自己的生命。

我是這麼想的——因為沒有盡力，所以即使失敗，也不會感到懊悔。可是真正全力以赴的人，他們在乎自己所付出的努力和熱忱，所以才會吶喊，因為他們是打從內心感到痛恨。只有真正付出過的人，才能瞭解箇中滋味。

我在想，最近的我，是否曾經全心全意地付出過呢？雖然每天都很努力，可是好像沒有這種不顧一切地投入、咬著牙關牙說「已經是極限了」的記憶。』

男生們臉上露出凝重的表情，一動也不動地聆聽櫻子的話。

『我穿戴名牌服飾，努力想讓自己看起來光鮮亮麗，因為我想超越其他女生。我希望聽到大家發出讚嘆，說「好棒喔，讓我們欣賞一下」之類的話。只要擁有名牌，就可以歧視沒有名牌的同學，那種感覺真的很痛快，所以我想盡一切辦法弄到名牌。班上其他女生在我背後指指點點，說我在當援交妹，可是事實並非如此，她們是因為嫉妒才會散布謠言的。我想這就是我歧視別人應得的懲罰吧。

一切變得越來越空虛。雖然有了名牌，但是內心卻沒有任何改變。如果少了名牌的加持，我還剩下什麼呢？因為幸村，我才瞭解到什麼是真正重要的事。

綾野已經走火入魔，精神狀況出問題了。你們那邊有幾個人在逃？雖然我們這邊的人也不多，無法幫上什麼忙，可是我們一定會助你們一臂之力。還留在反田高中的百合香也說，她會提供協助。我們把人集結起來……進行最後的決戰吧。』

在場的男生聽完之後全都哭了。

——神啊，你到底站在哪一邊呢？

智久跪在地上，望著太陽逐漸升起的天際。眼眶裡打轉的淚水，在晨曦的反射下，閃閃發光。

「……幸村。人會為了保護自己所愛的人，而變得堅強。可是，人也會因為有了想要保護的人，而變得脆弱啊！」

楓真嚎啕大哭，不停地用拳頭搥打地面。

「怎麼可以這樣！泯滅人性的傢伙還在世上，而幸村卻……我該怎麼回報他的恩情呢……綾野……一切都是綾野造成的！是她害的！我絕對饒不了她！」

「爹地、媽咪，我好想回家喔……為什麼我會遇到這種事啊……真想躲進棉被裡。」

失去鬥志的光，顧不得顏面，這麼嘀咕著。看到他這副模樣，楓真忍不住痛罵道：

「都已經是高中生了，還叫什麼爹地媽咪！對了，幸村死去的這件事……」

智久摀住楓真的嘴，不讓他繼續說下去。

這是個盲點。如果把抓到的男生殺了會怎麼樣呢？恐怕再也沒機會逃了吧。

被殺死的男生，也可以算入被抓的人數嗎？如果可以，那女生獲救的機率不就增加了嗎？

萬一女生們發現——死去的男生也能算進被抓的人數，那麼，所有的男生恐怕都會被殺光吧……要是真的變成這樣，情況肯定會大亂，一切就真的結束了。地獄的大門恐怕將會就此開啟。

「別說出來！萬一消息傳出去的話，麻煩就大了。」

智久在楓真的耳邊低聲說著。楓真瞭解智久的意思，默默地點了點頭。

這兩人所擔心的事，在其他地方發生了。在九州福岡縣某市的一所高中裡，女生們把抓來的男生殺死了。她們把抓來的男生帶到教室，將他們壓制住，然後拿刀一個個刺進了他們的胸口。

日本政府從地方的警局那裡，獲知這起不尋常的案件後，為了避免消息擴散到其他地區，下令全員封口，並且第一次將該區列為非常警戒區。日本政府為了處理這種前所未見的事態，可說是傷透了腦筋。

因為沒有一本教戰手冊，是因應這種狀況而寫的。政府把警戒的層級拉高到第3級，因為事態緊急，政府不得不祭出強硬的手段。

【6月9日（星期三）上午8點32分】

今天的日出時刻，是上午4點32分，至今已經過了4個小時。由於氣溫宜人，這段時間很快就熬過去了。

智久看著抱膝而坐的光。他看起來好像還無法下定決心的樣子。

「你打算怎麼辦？——你應該知道吧，只要躲進深山裡，就可以安心了。」

「我會乖乖躲起來的。」

楓真打斷他們兩人的談話，說道：

「拜託，你這樣還算是男人嗎？都幾歲的人了，還哭著喊爹地媽咪。你是長不大的小鬼嗎？」

「這樣說太過分了。」雄二郎出言制止楓真，轉頭看著光。

「其實，幸村並沒有把話說明白。應該說，他沒有把最重要的事情告訴我們。打從一開始，幸村就沒打算要從今天的突襲行動中活著回來了。即使計畫成功，男生全部平安被救出來也一樣。」

「為、為什麼？這樣不是很傻嗎？」

「也許吧。男生逃走的人數越多，女生受到懲罰的人數也會增加——所以，他決定為了女生犧牲自己。即使只能救一個，機率又那麼小，他還是想這麼做。

付出全力卻換來失敗的人，會大喊『可恨』對吧。剛才我說『幸村沒有把最重要的事情告訴我們』，其實我錯了——幸村心裡，一定也有說不出口的懊悔——所以，幸村沒有說的，就由我們來代替他說吧。這是最後的機會……光，你打算怎麼做？」

「對不起，我想躲起來。就算被瞧不起也無所謂。」

「沒有人會瞧不起你的。那就這麼決定了，誰都不要責怪光，尤其是楓真！」

楓真還是一臉怒氣地瞪著光。

智久等人的體力已經到達了極限。打從昨天早上起床後，從廣島移動到岡山，已經過了不知多少個鐘頭。之前在突襲反田高中的時候，耗費太多心力，而且又四處奔跑，大家都精疲力盡了。

為了獲得短暫的休息，智久等人也躲進山裡。他們找到一處開闊的場地後，七橫八豎地躺了下來。光也跟來了。

雖然肚子很餓，可是這時候跑下山去超商或便利商店買吃的，實在太過於冒險，只得作罷。在山路途中，男生們安排了兩個把風的人，就這樣每小時輪班一次。

大夥人躺在落葉堆積的地上休息，聊些言不及義的話題，享受短暫的喘息時間。

「女生就沒辦法隨便躺在地上睡覺了，因為她們一定會說『好髒喔』。」

「就是啊。還有，上廁所也很麻煩。不像男生，站著就可以尿尿。」

「這是男生的特權。我想起上次野外活動和海邊校外教學的時候，不知是哪個笨蛋，把內褲丟在澡堂裡。雖然老師當著大家的面質問『是誰掉的內褲？』，可是就是沒人承認。」

「誰敢承認啊！那天晚上，我們不是在房間裡公開聲明自己喜歡哪個女生嗎？」

「我想，女生八成也跟我們一樣吧。她們最喜歡聊八卦了——對了，幸村喜歡哪個女生啊？」

「不知道，那傢伙完全不透漏口風。說不定，他比較喜歡男生呢。」

「有可能喔！說不定真的是這樣……你們誰去叫幸村說真話吧。」雄二郎噙著淚水大聲說道。

一群大男生聊著聊著，不知不覺中，就這麼睡著了。

等到中午之後，再和櫻子等人會合，商討今後的作戰計畫。

【6月9日（星期三）上午11點30分】

輪到智久和光負責把風了。他們在一處可以環視四周的開放空間，謹慎地盯著街道的動靜。雖然之前已經小睡3個小時，可是因為太疲倦了，所以還是感到昏昏欲睡。

突然間，一陣刺耳的消防車警笛聲傳來，兩人立即睜開眼睛，驚醒過來。

智久吐了口氣，往市區的方向看去。

前方的山腳下好像燒起來了。熊熊火光把樹林映照成一片紅色。看起來就像夕陽落在樹林裡一樣。

——山區起火了嗎？不！一定是有人故意縱火，想把躲在深山裡的男生逼出來，真是太過分了！

「大家快起來！」

智久大叫。可是，大家根本就爬不起來。有些人依舊香甜地睡著、有些人則是一臉沒睡醒的樣子，意識還很朦朧……

「女生攻打過來啦！」

智久大聲喊叫，好不容易，有一半的人醒來了。「快起來。」被叫醒的人，也趕緊搖一搖身邊還在睡的人，或是拍打他們的臉頰。

從睡夢中被搖醒的楓真站了起來，當他看到熊熊燃燒的山林時，頓時楞住了。

——人類的手段居然如此殘忍……雖說是為了活命，可是手法卻早已超出了常理。萬一，自己躲藏的這座山也被縱火呢……？如果還有男生躲在那座山，現在豈不成了甕中之鱉？

1年前，電視曾經播出這樣的一則新聞。

【國小一年級男童殺死親生父親——有一對夫妻因為經濟壓力過大，生活陷入困境。父親非但沒有賺錢養家，甚至在外面有了女人。在承受龐大經濟壓力和憤怒的情況下，母親替丈夫投保，然後教唆孩子殺死了自己的父親。

那位母親被捕之後，做了這樣的供述——我以為孩子年紀還小，就算殺了父親也不會被抓。因為家裡實在太窮，再不想辦法，小孩子連上學的錢都沒有。我告訴孩子：「自己要用的錢，自己想辦法賺，這個社會就是這樣。」除此之外，我根本什麼都沒做啊。】

當時，這則新聞被各大媒體報導，震驚了全國。

——真是令人難以接受。怎麼有人會有如此惡毒的想法呢？

那起事件，讓楓真深切地瞭解到人性的可怕。

智久拿出手機，連上了One seg TV。

——隨便什麼都好，我想知道最新情報。

雖然查過所有的頻道，可是就是沒看到有關於【國王遊戲】的相關訊息。明明昨天以前，還有特別節目播出【國王遊戲】的最新情報啊。

——日本又發生什麼大事了嗎？是不是在什麼地方，又爆發出更殘酷的事件？因為事實太殘酷，所以遭到政府禁播？也許，真的發生了什麼不能讓全國百姓知道的大事了……說不定地獄的大門已經開啟。

智久打手機給櫻子。手機還可以接通，櫻子也知道火燒山的事，可是她不知道是誰放的火。

接著，智久又打給人在反田高中的百合香。她只簡單回了一句「現在不方便接電話」，就把電話掛斷了。大約過了3分鐘之後，百合香才又從女生廁所回電給智久。

百合香不知道火燒山的事。照這樣看來，放火的人應該不是反田高中的女生。

『對了，智久！修一和友香在反田高中——還有……那個綾野，她現在就像深山裡的猴子王一樣，氣焰囂張得很，簡直就像個獨裁者。』

「我本來是不打算說的，可是如果……我是說如果……萬一被捕的男生有生命危險的時候，妳要馬上通知我。我們會立刻去救人——在此之前，我會想辦法召集更多的人來。」

『我知道了。一有狀況，我會馬上通知你。我也會盡量拉攏那些不信任綾野的女生——我想，她們應該不至於狠心殺害男生才對。』

「希望如此。我們進行襲擊的時間是晚上10點30分——那邊的事就麻煩妳了，妳是我們的希望，自己也要小心一點喔。」

『交給我吧，我會很小心的。』

百合香繼續說道：

『你不打給友香嗎？』

「請妳替我跟她說一聲『對不起』。」

『至於修一，我已經打過他了。』

百合香沒有解釋，為什麼要打修一。大概是修一又闖了什麼禍吧。

「妳幫我轉告他，要他『乖一點』——可能的話，請拍一張能夠讓我瞭解教室內部情況的照片，然後傳給我。小心別被綾野發現。」

『我知道了！』

智久掛斷了電話。

他打算等收到百合香的簡訊之後，再視情況擬定作戰計畫。就算男生被關在教室裡，至少也得先知道裡面關了幾個人等等相關的正確資訊。

男生可以一而再、再而三地挑戰。可是，老是說「我們馬上趕去、我們馬上趕去」這種令女生焦急的話，說不定反而會惹毛她們。更糟糕的是，女生很可能會因此對男生痛下殺手。

所以當今之計，就是盡量避免觸怒綾野。

智久他們把行動的時間訂在晚上10點30分，是有原因的。

因為突襲的時間越晚，被捕的男生人數就會越多。這麼一來，能救出來的人數也會增加。另外還有一個原因，就是他希望在突襲之前，政府能想出什麼解決的對策。

再者，要拉攏反田高中的女生倒戈，需要不少時間。能夠說服多少女生加入，關係著計畫的成敗。另外，還有一個不確定因素，那就是不知道其他學校的男生會不會來幫助那些女生。

目前男生們能做的，就是整理百合香傳來的最新訊息，大夥兒一起進行腦力激盪。

最後，終於討論出結果了。那就是孤注一擲，進行一次為時1小時30分的攻擊。

之後，男生們跑下山，在吉田川旁的空地和櫻子她們會合。女生12人，男生16人，合計28人，連一個普通班級的平均人數都不到。

雖然已經有了互信的基礎，不過雙方還是保持著一定的距離。

「那是什麼？」

看到櫻子和其他女生手上提著超商的塑膠袋，智久這麼問道。

「你們一定很餓了吧，我們買了點吃的給你們。」

女生們才拿出塑膠袋，男生們便迫不及待地上前搶食。

「妳們想得真周到！太好了，櫻子！」

楓真鼓著雙頰，一邊咀嚼一邊這麼說道。

「真會見風轉舵——智久，你不吃嗎？這些東西可是很難弄到手呢。」

「我還不餓。」

「不吃的話，會沒有體力喔。」

「我知道，可是我真的沒胃口——我比較想吃有點甜、外表有點焦的煎蛋。」

「那是什麼？——算了。來，這是你拜託我帶來的東西。」

櫻子從另一個袋子裡，取出手機用的耳機。

有了上一次的教訓，這次為了在戰鬥中可以不用手就能接聽手機，智久特地拜託櫻子，帶足夠數量的耳機來。

「謝謝妳。」智久從皮夾裡拿出1張萬圓大鈔。

「你還真慷慨，我才不需要你的錢呢——倒是智久，我希望你……」

櫻子露出詭異的微笑，從袋子裡拿出一頂褐色的半長假髮、化妝包，以及膠帶。然後把自己的制服外套也脫了下來。

「嗄？女生用的假髮？制服？化妝包？膠帶？難道……」

看到眼前的小道具，智久很快就聯想到了——他大叫道：

「妳要我扮成女生嗎？為什麼我要扮成女生的樣子？」

「因為你長相清秀，又有一雙修長的腿——是男生之中最適合扮成女生的人選。不然你看看楓真，他能扮成女生嗎？」

楓真捲起褲管，露出小腿。鼓起的小腿肚硬邦邦的，上面還長滿了腿毛。

「我沒辦法。」

智久也捲起褲管，露出小腿肚。

「我小腿上的毛也很茂密啊。」

「那不是腿毛，是寒毛吧！」楓真這麼說，櫻子不禁發笑。

「還是由智久扮成女生吧。你假裝成跟我一起抓男生進去的女生，我們一起混進校園裡。雖然這個方法很老套，不過應該行得通。」

「不要，我死也不要！還要用膠帶？難道……妳不用剃刀，而是要用膠帶除毛？」

「楓真、雄二郎，把智久抓好——不然的話，就由你們其中一個扮成女生。」

楓真和雄二郎一面拚命搖頭，一面步步逼近智久。

「你們是在開玩笑的吧？——我不要！」

他們把膠帶黏在智久的小腿上，然後唰的一聲用力撕下來。

「痛死我啦——！輕一點！笨蛋！」

10分鐘後，智久眼眶裡噙著淚水，疼惜地撫摸著自己的小腿。

他戴上了褐色的半長假髮、換穿櫻子脫下來的制服外套，至於格子短裙、藍色襪子和女用皮鞋，則是櫻子去賣場買來的。

在場的人看到智久的裝扮，都忍不住大笑。

「好可愛喔，智久！你的腿真美！雖然是平胸，不過看起來是個正妹呢！」

「隨便你們怎麼說。要是被友香或修一看到，那我……」

「我還需要一個人。要跑得夠快、五官清秀的男生……」

聽到櫻子說的條件，智久喃喃地說道：

「那就雄二郎吧。我認為剛才壓制我的雄二郎很適合。」

明天就可以恢復原來的我了。

「我……智久，我恨你。」

10分鐘之後，雄二郎也換上了和智久一樣的裝扮。他還把自己的裙子撩起來，露出裡面的花內褲說道：

「哈哈哈，我終於有機會掀女生的裙子啦……真可悲。」

櫻子看著大家，說道：

「沒想到這麼快換好裝了……這樣也好。玩笑就開到這裡吧，大家一定要繃緊神經，因為真正的戰鬥現在才要開始。」

光抓住智久的制服袖子。一直插不上嘴的光，被大家排除在團體之外。

「我可以加入你們嗎？我想和大家一起作戰。」

「……隨便你啊，不過你有心理準備嗎？」

光點點頭。

——這傢伙是不是看到火燒山，臨時改變心意了？他知道我跟他說的心理準備是什麼意思嗎？他有一死的覺悟嗎？這傢伙本來還打算躲在山裡呢。是不是發現躲在山裡也不安全，所以決定跟大家一起行動？或者，明知道會有生命危險，還是想和大家一起並肩作戰？

智久看著光。可是，光卻別開了視線。

【6月9日（星期三）晚間9點0分】

內閣官房長官廣瀨，在晚上9點召開了例行的記者會。

「現在正在進行閣員臨時會議。希望全國百姓保持冷靜，維持秩序。」

廣瀨說完之後，不理會記者們的提問，便急忙離開會場。

由於政府沒有採取任何得以滿足人民期待的行動，網路上因此出現了批判的聲浪。

【怎麼只有這樣？】

【無能的傢伙！你們領的是人民的血汗錢吧？快想想辦法啊！】

【沒有損害的報告嗎？快點公布現在的狀況！】

【反應太慢啦！你們不是一群優秀的菁英嗎？】

回到辦公室裡的廣瀨，一籌莫展地坐在椅子上。

——煩死了！到底要我們怎麼做啊？批評這種事誰不會？內閣官房長官根本沒辦法參與決策，充其量只是陪襯的職位而已。那些滿腦子只想保護自身利益的傢伙，因為害怕遭到批評、不敢扛起責任，而且個個腦筋食古不化，所以直到現在都還沒做出決定。當務之急，應該是立即成立一個以阻止【國王遊戲】為優先的對策本部，而且，這個機關必須交由一個人全權負責，並且在最短的時間內，果斷地做出決定，即使必須犧牲幾個高中生，也勢在必行——

廣瀨手裡的資料被他握成一團。秘書官杉山站在他的面前報告說：

「警察廳情報通訊局技術對策課報告，發現有網路恐怖攻擊的前兆。有人想要破解防火牆、破壞 Linux 的開放原始碼和ＳＰ２。」

「目的是什麼？」

「目前還不清楚對方真正的意圖，也無法掌握特定的主謀。不過可以確定的是，中央省廳和警視廳遭到駭客入侵，網頁被竄改的事件，目前已經解決了——根據推測，這可能只是實驗性質的測試，過一段時間，駭客就會展開全面性的攻擊。縣警方面已經設下安全防護網。不過，目前的情況非常混亂，人手嚴重不足。」

「實驗性質？趁亂進行網路恐怖攻擊？包括連鎖信在內，還在這個混亂的時候搞破壞，實在是太沒人性了——追加人員一事，就委託給人力資源公司吧。現在大家要24小時全天候監控，即使犧牲睡眠，也不能鬆懈。」

「可是，該怎麼向人民交代呢？」

「今天先不管這些了。目前情況亂成一團，根本沒辦法處理。我知道免不了會遭受抨擊，不過事有輕重緩急——九州那邊的獵殺女巫事件，情況怎麼樣了？」

「簡直是慘不忍睹……很多人把自己討厭的人的名字公開傳送出去，還有人遭到監禁、殺害等等，這類的事情層出不窮——雖然電信公司和電視台都有提供協助，可是還是無法阻止。甚至……還有人只是為了好玩，就四處濫發簡訊……」

「日本是怎麼了！——找到金澤伸明的遺體了嗎？」

「還沒有。」

「都死這麼多人了！現在只有找出他的遺體，才能阻止災難繼續擴大！一定要盡快找出來！」

【6月9日（星期三）晚間9點55分】

在可以俯瞰反田高中全景的公寓頂樓，智久站在位置稍微高一點的地方，向眼前集合的同學們宣布：

「現在要公布作戰計畫，大家要牢牢地記在腦子裡！」

根據百合香的報告，現階段反田高中裡面，應該還有大約300名的女生和600名被捕的男生。

而智久這邊的陣營，包括後來召集的男生、C組的成員，一共是52人。女生方面，包括櫻子在內有15人。全部加起來，也只有67人。在人數上，可以說處於非常不利的劣勢。

反田高中的本館是一棟4層樓建築。1樓有櫃台和接待室、多用途大廳、綜合職員室，以及校長室。2樓到4樓的配置都差不多，每層樓有5間教室，其中一間被改成教職員辦公室。2樓是一年級、3樓是二年級、4樓是三年級，樓層越高，學年也越高。

別館裡有視聽教室、圖書館、電腦教室、家政教室、保健室、理科教室、學生餐廳、音樂教室等等，是生活機能大樓。別館旁邊還有一棟體育館。

男生們分別被囚禁在4樓的三年級教室、別館的視聽教室和理科教室。

智久拿出手機，把裡面的照片秀給大家看。那是百合香傳給他的，裡面都是在4樓教室和走廊所拍的照片。教室裡擠滿了一大群男生，至少有100人吧。

至於3樓的部分，走廊和樓梯都有女生負責守衛。

楓真說道：

「都有人守衛的話，我們就無法到4樓去了。」

「你說對了。」

智久面無表情地回答。

「我說對了？喂！這什麼話！」

「先別激動。我們面對的是一個極度不合常理的狀態，所以一定要保持冷靜。就跟幸村那時候一樣，我們之中有內奸。也就是把我們的消息洩漏出去的叛徒。人數越多，消息走漏的風險也越大。」

「說得也是。」

「我之前說過，有『大約300名的女生和600名被捕的男生』。男女的人數差了一倍。你知道為什麼會這樣嗎？」

「不知道。」

「因為女生還繼續在市區裡搜捕男生。這不是很奇怪嗎？」

「我不懂你的意思。」

智久表情嚴肅地來回看著大家說道：

「從現在開始，到突襲之前的這段期間，任何人都不准接手機！要是發現有人使用手機，旁邊的人就馬上將他制伏。因為那個人很有可能是叛徒。」

智久繼續說道：

「很抱歉，這樣懷疑大家實在是情非得已。總之，接下來我要說的話，絕對不能洩漏出去。——你們知道，男生為什麼願意乖乖地被關起來嗎？照理說，他們應該可以在校園裡走動不是嗎？」

「受到女生的威脅，身不由己？」

雄二郎這麼回答。

「不是的。是有人洩漏了情報。正確來說，是有人洩漏了假情報。我們之中有內奸，所以情況才會變得這麼不尋常。

女生之所以到現在還在大街上搜捕男生，是因為她們以為我們突襲的時間不是晚上10點30分，而是11點30分。

之前我告訴C組，行動的時間是晚上10點30分，可是我告訴其他人的時間卻是11點30分。如果女生知道我們的行動時間是10點30分，現在這個時候，她們早該回學校警戒了。就因為女生們以為我們在11點30分之前不會採取行動，所以這個時間，她們才會放心地在外面搜捕男生。如果我猜得沒錯，外面的女生在11點的時候，應該會趕回學校警戒。

櫻子，學校裡面有幾個女生是站在我們這邊的？」

「剛好20個。把男生女生通通加起來的話，我們的人大概有87個。對方現在是300人，到了11點的時候，還會增加到600人。也就是說，我們要以不到100人的人數，跟她們對抗。」

之後，智久把整個作戰計畫，跟大家做了詳細的說明。

「因為從正面攻擊，我們可以說毫無勝算。所以我剛才跟大家說的方法，就是希望能夠以寡擊眾——大家準備出發吧。」

此時，楓真突然抓住智久的手，看起來似乎非常生氣。

「你花了很多精神，才想出這麼縝密的戰略吧？可是，你卻把我們當成局外人？事前什麼都沒說，就擅自做決定，直到最後一刻才告訴我們。我們只是你的棋子嗎？為什麼我有種被利用的感覺！」

「對不起。」

「你的確很聰明，也很冷靜。能夠一個人想出這樣的策略，確實不簡單——可是你卻少了熱情和信任。相較之下，幸村比你好多了。像智久這樣，誰會想追隨你啊！還有，我問你，你有發現光不在嗎？

在上次的行動中，你沒有讓C組衝進校園，我氣得大罵一頓，可是你卻悶不吭聲。智久，不要老是逃避，要拿出熱情來！這樣到了作戰結束的時候，你才會發出真心的吶喊，在天國的幸村也才能聽得到啊！」

楓真用力地往智久的背部拍了一下。

——智久，我對你充滿信心。加油。你想拯救大家的心意，我們都感受到了。如果智久和幸村兩個人聯手的話，一定是天下無敵，我是這麼認為的。——來吧，這是一場祭悼幸村的戰鬥。

【6月9日（星期三）晚間10點20分】

扮成女生的智久和雄二郎、還有櫻子和楓真，4個人打頭陣往反田高中前進。

來到距離校門口大約10公尺的地方，櫻子回頭對其他3人說道：

「智久和雄二郎，你們兩個都不要開口說話。智久，為了讓大家以為你抓到了男生，你必須抓著楓真的手，知道嗎？我們現在要走過去了，頭要盡量壓低喔。」

智久緊緊抓著楓真的手臂。

——要是被學校裡面的女生發現我和雄二郎男扮女裝的話，一定會引起騷動，這麼一來計畫就失敗了。拜託，一定要讓我們順利通過校門！

4個人來到校門口前。為了保險起見，櫻子先把手指放在口袋裡的手機的重撥鍵上。萬一出了狀況，隨時可以打暗號給待命中的伙伴們。

通過校門的時候，站在大門旁的一名女生，朝他們4個人看了一眼。

「總算又抓到一個了。雖然大家很努力地找，可是那些男生很會躲，根本很難抓到。」

櫻子裝作若無其事地說道。

「他們都躲到哪裡去了呢？」

總算通過校門了。突破第一關了，智久「呼」的鬆了一口氣。

「喂！」

站在校門口旁的那名女生，突然追了上來。

「有、有什麼事嗎？」櫻子的聲音突然變得有點沙啞。

4個人頓時綳緊神經。櫻子也再次把手指放回充當突襲指令的手機重撥鍵上。

「那套制服，是綾野念的那所高中的吧？那個女人實在是令人火大，把我們當奴隸一樣使喚。妳們該不會是她的同黨吧？」

「誰是綾野啊？」

「不知道就算了。謝天謝地。」

4個人終於鬆了一口氣。

櫻子他們繼續往囚禁最多男生的4樓教室前進。穿過校園，進入正面的玄關。之後又經過綜合體育館、綜合職員室，爬上了通往2樓的階梯。

從樓梯的窗戶往外看去，在夜空中閃爍的無數顆星星，此時看起來好像也在不安地晃動著。一定是心理因素在作祟吧。

一行人爬上樓梯來到2樓，繼續往3樓前進。麻煩開始了。因為3樓的走廊和3樓通往4樓的樓梯，都有女生負責守衛。4個人之中，除了櫻子之外，其他3個都要避免被女生碰到。否則，一有疏忽，男扮女裝的事就會被揭發。

因為緊張的緣故，智久感到喉嚨和嘴唇乾澀不已，手心也不停地冒汗。

4個人往4樓繼續前進。

來到樓梯間時，櫻子看著守在那裡的女生，用眼神跟她打暗號。

「妳來帶路吧。」

「包在我身上。」

「有男生要通過，快讓開！——再過1個小時左右，就會有1000名以上的男生要攻進校園了。大家先好好休息，到時候才有力氣應戰。」

原本守在樓梯和樓梯間的女生們，不約而同地讓開一條走道。有人往廁所走去，有人則是席地而坐。

智久、雄二郎，還有楓真3個男生小心翼翼地上樓，極力避免碰觸到女生。

女生的眼神好可怕。每個人都殺氣騰騰地瞪著楓真。楓真連看都不敢看她們一眼，彷彿要是跟她們的眼神對上了，就會被殺死一樣。

4個人總算有驚無險地來到4樓。櫻子說道：

「修一在最裡面的那間教室，那邊由智久負責。前面這間教室就由雄二郎和楓真負責——我們走吧。大家小心。」

櫻子和智久一起往最裡面的教室走去。教室門口站著一個眼睛像狐狸、體格非常壯碩的女生。櫻子先上前與她交談。

「這個女生的男朋友被關在這間教室——請妳讓他們見個面說句話好嗎？」

「不行。」

「拜託妳，一下子就好了！」

壯碩的女生皺著眉頭，不肯答應。櫻子又繼續說道：

「妳自己不是也有喜歡的男生嗎？」

那個女生這才不情願地點頭答應。智久向她禮貌性地點了個頭，然後走進教室。被關在裡面的男生看到有女生進來，紛紛發出哀嚎，誰也不敢靠近。

那些男生的眼神看起來像死魚一樣，毫無生氣。智久在教室裡來回走動，假裝在找自己的男朋友，就這麼若無其事地碰觸那些男生。

櫻子站在教室外面和看守的女生聊天，引開她的注意。

智久的眼神為之一亮。

——修一！不，等一下再摸他吧。要是他發現是我，很可能會引起騷動。

除了修一之外，智久摸遍了教室裡所有的男生，然後向櫻子使了個眼神，還刻意撥弄頭髮，暗示「全部都摸過了」。

櫻子皺著眉，微微地點頭，還用手掌貼著嘴唇。

——是要強行突破的意思嗎？好！

可是仔細一看，櫻子的眼眶好像是濕的。看得出來，她正拼命地忍住淚水。

——發生什麼事了？堅強點！妳的伙伴在這裡，這時候絕對不能出任何差錯。

櫻子終於忍不住啜泣起來，嘴唇微微地抽動，好像很努力地想要告訴他什麼。可是，智久實在無法解讀她的意思。

下個瞬間，櫻子臉上的表情緩和多了，像是在微笑一樣。她把右手伸進口袋裡。應該是在按手機吧？左手則是對著智久，張開五根手指頭。

智久神經緊繃、心跳也跟著加速。她在倒數計時。

——4、

——3、

——2、

——1。

第5章

命令2

6/9 [WED] PM 10:46

【6月9日（星期三）晚間10點46分】

「大家快逃！我是男的！大家快逃啊！」

智久一邊喊，一邊把戴在頭上的假髮扯下來。

教室裡的男生們楞楞地看著智久，每個人臉上都露出不敢置信的表情。

可以逃了嗎？我們可以逃了！

教室裡揚起陣陣的歡呼聲。

「現在高興還太早！你們在途中要是看到其他男生，要記得碰他們一下！只要保持冷靜，就能逃出去了！」智久大喊道。

「快逃！快逃！快逃啊！」

「衝啊——！」

「總算沒有白等了！」

男生們爭先恐後地從門口飛奔而出。有人一跑出去，就高舉雙臂大喊「我得救啦！」，有些人則是因為等不及，乾脆從窗戶跳到走廊。

智久把手放在修一的肩膀上。

「對不起，來遲了。我來救你了。」

「……智久，你穿這樣不覺得丟臉嗎？又是裙子、又是假髮的，既然扮成女裝，乾脆拍張照留念，順便讓我掀一下裙子吧，怎麼樣？」

「我就知道你一定會糗我。照理說，你應該先跟我道謝才對吧——唉，算了算了，我們快走吧！」

智久拉著修一的手，從教室跑到走廊。

先一步逃出去的男生們，還擠在樓梯口那邊。

「閃開啦！」

「別擋路！」

智久往四周張望，搜尋櫻子的身影。很快的，他在距離教室入口1公尺的地方發現了櫻子。她整個人騎坐在剛才守門的女生身上，不但將她的雙手按在地上，還用腳將她牢牢纏住。

櫻子的額頭流著鮮血，還滲進她的眼睛裡。她們兩個剛才一定打得很激烈吧。

守門的女生大聲呼救：

「走開！難道妳不知道，違抗命令會有什麼下場嗎？喂！」

「我當然知道。」

「櫻子！」

智久催促著櫻子。櫻子看著他，回答道：

「別管我了，你快走。你不是還有任務沒有完成嗎？」

「可是……」

「別可是了！快走！你答應我，一定要盡量多救一些人！」

「包在我身上吧。」

「聽你這麼說我就放心了——命運真是會捉弄人，我們一定……一定要……我不知道該怎麼說了。」

淚水從她的眼眶流下，還夾雜著淡淡的血絲。

這時候，突然有人高喊：「啊、我快要掉下去啦！快、快來救我！」智久往樓梯的方向看去。

一名男生在翻越樓梯扶手時，不小心踩了空，雖然及時抓住扶手，但是整個人就這樣懸吊在半空中。他不斷地扭動雙腳，希望能觸碰到下一層樓梯的扶手，可是還是白費力氣。於是他改變心意，想把身體往上拉起。

「危險！快去救他！」智久大喊。

可是沒有人伸出援手。智久和樓梯之間的這段距離擠滿了人，根本無法擠到樓梯口救人。只靠兩隻手撐著身體的那個男生，滿臉驚恐地呼救道：

「快來救我！拜託，我還不想死啊——」

束手無策的智久，懊悔地往牆上用力踢去。

「你們沒看到眼前有人要掉下去了嗎？只要舉手之勞就能救人一命，為什麼不肯伸出援手呢！很簡單不是嗎？」

智久看到通往3樓的樓梯口，有個男生不知道是不是在逃命的時候跌倒了，只見他用手護著後腦，身體縮成一團，後面的人則是毫不留情地從他身上踩過去。

——原來是這麼回事！

因為場面太過混亂，數不清到底有多少人擠在那裡，不過附近有個地方突起，比周圍大約高出2顆頭，而那個地點距離懸空的男生很近。

智久終於搞懂了。原來是有人在那裡跌倒，緊跟在後的人一個個被絆倒，堆成了一座小山。逃命的人爭先恐後地想跨過那座小山，即使踏在別人身上，也毫不在乎。因為是踩在人的身體上面，所以那裡看起來比其他地方高出2顆頭。

——一定是因為想要跨過那座山，腳踩到不平的地方，所以摔出去了……

懸吊在半空中的男生，因為撐不住而鬆開一隻手。已經是極限了吧，也許他已經放棄了。

——從這種高度摔落到1樓的話，肯定會死。

「誰快去救救他吧！」

智久在心裡急切地吶喊著。

就在此時，智久看到了難以置信的一幕。他直直地看著前方，周圍的時間彷彿停止了。不一會兒，他終於吐出了這個名字。

「……幸村。」

有一隻手伸向那個懸空的男生，而那隻手的主人不是別人，正是幸村。

——幸村不是咬舌自盡了嗎？百合香不是親眼看到幸村自殺了嗎？難道，是百合香在搞鬼？只有這個可能性了。因為幸村沒有死，人還好好地活著。

幸村從樓梯探出身體，上半身幾乎懸空。他伸手抓住那個吊掛在扶手上的男生的褲腰帶。再這樣下去，連他自己也會掉下去。

——幸村，你知道那個快要掉下去的男生，叫什麼名字嗎？我想你大概不知道吧。你為了救一個陌生人，居然不顧自己的生命危險……

幸村拼命的表情，已經說明了一切。

——那有什麼關係！幫助人是不需要理由的。何況，要我見死不救，我辦不到。我要救他，即使要犧牲自己，我也心甘情願。

幸村這麼說道：

「我會把你拉上來的。用右手抓住扶手，堅持到最後一刻！」

淚水從智久的眼眶滑落。

「堅持到最後一刻」——這句話從來不曾像現在這樣令人感動。

就像在街頭遇到久別的戀人一樣，智久用溫柔的語氣說道：

「我好想再見到你，有好多話想要告訴你……」

——讓我們重新開始吧。從最初開始。

幸村終於有驚無險地將那個男生拉了起來。

「謝謝你……幸村。」智久噙著淚水，哽咽地說道。

可是，安心的時刻沒有持續多久。另一個男生不小心滑倒，從4樓摔了下去。在慘叫聲之後過了幾秒，下面便傳來啪的一聲，聽起來就像是一個大水袋砸落地面破裂的聲音。

那個男生掉下去的地方是個花台。他的頭撞到花台後，像石榴花般地綻放，鮮血滲進花台的泥土裡，穿過濾網流進了排水溝。

「哇啊啊啊！」智久大叫。

雖然事前已經料想到可能會發生某種程度的騷動，可是他萬萬沒想到，居然會是如此悽慘的悲劇。不能再猶豫了！說來諷刺，想要活下去的念頭，反而讓男生們陷入了恐慌的狀態。

鈴鈴鈴鈴鈴鈴。火災的警鈴聲突然響起，可是卻看不出哪裡起火。應該是有人故意按下火災警鈴吧。

火災警鈴是通知大家，情況已經一發不可收拾的暗號。事到如今，只能以保命為第一優先了。

智久轉頭看著櫻子。

「櫻子，情況不妙！剩下的人什麼時候會衝進來？」

「已經開始了——」

一名負責守衛的女生撲向櫻子，把櫻子整個人撞飛。她的側頭部撞到牆壁時，發出了一種濕黏的聲音。

「突襲行動開始了……我喜歡……智久……看到你穿我的制服……我好高興……是不是很奇怪……我沒有力氣了……對不起……」

「櫻、櫻子？」

櫻子的身體像落葉般倒臥在走廊上，一動也不動了。

——智久，我會保護你的。雖然你已經有一個叫友香的女朋友，可是我還是想要守護你。看到你走出自閉的世界，我真的很替你高興。

「櫻、櫻子——！」

守衛的女生帶著一臉鄙視的表情，站了起來。

校園那邊傳出了尖叫聲。智久從窗戶往校園的方向看去，這一瞬間，他幾乎不敢相信自己所看到的。

一群手上揮舞著金屬棒和木棍的人，正往教室的方向快速逼近。他們身上穿的衣服非常眼熟。

——是犯人的囚衣。

智久立即戴上耳機，打電話給還在校園裡的雄二郎。

「你那邊的情況怎麼樣？中庭的那些人是誰？」

『他們是聽到傳言之後，跑來幫忙的救兵。』

「幫忙？我們又不需要救兵！他們一定是來殺女生的。」

『……可是我阻止不了他們啊。不過，你可能說對了，因為我聽到他們說——「好久沒有大開殺戒啦」。搞不好，他們會來個男女通殺……』

智久用力地握住拳頭。

「開什麼玩笑！」

智久想要搜尋修一的蹤影，可是到處都找不到，所以只好先打手機給綾野。

「妳應該知道發生什麼事了吧？快叫女生們離開學校！」

『我才不會聽從敵人的指示呢。你只是想逃出學校，才會這麼說吧！因為女生一旦離開學校，你們就可以輕鬆逃走了不是嗎！』

「可惡，我沒有這個意思啊！難道妳想讓學校陷入一片血海嗎？」

手機那頭傳來女生淒厲的叫聲。他看到校園裡面，有好幾個女生已經倒地不起了。

智久忍不住對著手機低頭說道：

「我並不是為了我們男生才這麼說的，妳要相信我——！就算學校裡的幾百名男生逃走了，日本還是有很多男生不是嗎？所以，女生受到懲罰的機率，是不會有多大改變的。」

『說得倒輕鬆。你那些夢話就留到夢裡再說吧。我們一定會堅守到底，絕不撤退！』

「不要再執迷不悟啦！」

綾野逕自掛斷了電話。

曾幾何時，大家已經變得這麼憎恨彼此了？

綾野剛才也斬釘截鐵地說，男生是「敵人」。

可是，昨天以前並不是這樣的。同學們彼此都很要好、每天都過著無憂無慮的生活。

男生和女生還會談戀愛。

——不可原諒。我一定要把整個事件的幕後主使揪出來，把他殺了。我一定要這麼做不可。

【6月9日（星期三）晚間11點5分】

走廊和樓梯的人數好像變少了。擠在樓梯那邊的逃命人潮，像雪崩般滑落。男生們像骨牌一樣，一個接著一個從樓梯上摔落。

後面的人踩在前面跌倒的人身上，連滾帶爬地跑下階梯。得到釋放的男生，頭也不回地迅速穿過校園，往校門的方向奔去。

「不要！對不起，饒了我吧！」之前和櫻子扭打的那名女生，發出了淒厲的喊叫聲。她被8個男生像抬神轎一樣地高高舉起。

——他們想做什麼？難道……不會吧？

那8名男生舉起那名女生，從4樓的窗戶用力拋出去。他們之所以這麼做，大概是害怕自己會再被抓吧。

接著，那8個男生又往躺在走廊的櫻子跑了過去。

——他們也想把櫻子丟下去！

智久一面怒吼，一面往那8個人衝過去。

「她跟那些女生不是一夥的！她想盡辦法要救我們大家，不准你們靠近她！誰再靠近一步，我就殺誰！」

「他就是男扮女裝，救了我們的那個人嗎？」

一名身材高瘦的男生看看躺在地上的櫻子，又看看智久，然後說道：

「她已經昏過去了。算了，看在你的面子上，我們姑且饒了她。」

「看在我的面子上？你們知道櫻子為了救你們，冒了多大的危險嗎？」

智久握緊拳頭，努力壓抑想要揍那個高個男的衝動。

「你想打架？真是難得呢——不過我們還是快逃吧！」

突然有人抓住智久的手臂，跟他這麼說道。

智久轉過頭一看，修一就站在他背後。

「不要碰我！」智久用手肘甩開修一的手。

「別賭氣了，快跟我來！」

修一把智久拉到一間教室裡，指著窗戶。窗框的地方纏著一條消防用的水管。走近一看，那條消防水管一直垂降到1樓。

「從這裡下去。」

「太危險了吧！」

「沒問題啦！難道你會怕嗎？」

「又說『沒問題』！真不知道你到底是不怕死，還是天生喜歡冒險……總之，我不是害怕，而是楓真、雄二郎，還有幸村都還在奮戰中，我必須留到最後才能走——修一，你先逃走吧。」

「幸村？我聽說他已經自殺啦。」

「他沒有自殺。」

修一頓時呆住了。他楞楞地看著智久好一會兒，然後點點頭。

「我現在就去修理那個『山寨大王』。聽說，她好像把校長室當成她個人的司令部了。」

話一說完，修一便抓著水管，把腳跨到窗戶外面。

「比我想像中還要可怕呢……對了，智久，你比較喜歡男生，還是女生啊？」

「怎麼突然問這個——說真的，有綾野那種人，真的會讓人對女生倒胃口。不過，看到櫻子，想法又不一樣了——幸村讓我覺得男生很不錯。可是，看到那幾個想把櫻子從4樓扔下去的男生後，我心裡又起了矛盾。」

「你這個人就是愛鑽牛角尖。像我就只喜歡女生，因為我無法和男生談戀愛。」

「這算什麼理由啊。」

智久一臉沒轍地看著修一說道。

「不行嗎？不過話說回來，男生之間可以互相開玩笑，對待彼此也比較真誠，可以當一輩子的好朋友。總之，男生有男生的優點，女生有女生的優點。不過，現在不是煩惱喜歡哪一邊的時候，所以我也不知道怎麼選。」

「可惡，不是你先問我喜歡哪一邊的嗎？」

「我有嗎？不過硬要我選一邊的話，我會選男生。因為你是男生。」

「你不覺得男生很臭嗎？」

「我也很臭啊。不過，我還是覺得男生好。總之太鑽牛角尖的話，會掉進死胡同的。智久，我先走囉……」

修一用腳勾住消防水管，下去之前又轉頭看著智久，說道：

「啊、我忘了一件很重要的事。你還記得抓我的那個女生嗎？」

「記得。」

「你不是一直在找一個叫直人的傢伙嗎？他就是抓我的那個女生的男朋友。真是因果報應呢。他的本名叫和田直人，智久——你找的那個直人，已經不在人世了。」

「嗄？不在人世？是因為逃走而遭到懲罰了嗎？」

「不是的。直人在廣島的新幹線車站月台那裡，為了救那個掉落軌道的朋友的女朋友，自己被撞死了。」

「……可是直人的母親說『他已經到岡山』了啊！」

「他母親？……直人才沒來岡山呢，他為了救朋友的女朋友，賠上性命啦——那傢伙真的很令人敬佩呢。如果智久有生命危險，我一定會毫不考慮地衝去救你。不過，如果是友香的話，我就會考慮了。

說了這麼多，實在很抱歉。最後我要說的是……有兩個人我無法原諒，就是綾野和直人的女朋友。直人的女朋友希望有更多人陷入跟她一樣的困境，她以為這樣可以多幾個同病相憐的朋友——可是直人根本不會願意見到這種事情發生，所以他才會去救朋友的女朋友。」

說完話之後，修一便順著水管滑下去。沒多久，黑暗中傳來了修一的叫聲。

「哇啊啊啊，好可怕啊！混蛋！救救我啊，智久！」

智久一臉慘白地站著。——直人死了，為了救朋友的女朋友而死了。直人的女友想在這世界上多製造幾個和她同病相憐的人，然後藉由「妳男朋友死了，真是可憐呢」這種方式，來撫慰內心的創痛。

既然自己被甩，最好別人也被甩。我們都是同病相憐，大家互相安慰吧。用傷害別人的方式，治療自己的傷口……這麼做，有什麼意義呢？

智久不自覺地流下了眼淚。

「真是無聊！我一定要結終這種毫無意義的事……」

智久察覺到有人接近，於是回頭一看——

「幸、幸村？」

「對不起。我不是故意要偷聽的。」

幸村抱著櫻子，站在門口的地方。

「你和修一的感情真好。連我在旁邊看了，都不禁笑了起來呢。」

「你還活著？——是百合香在搞鬼嗎？」

「沒錯，你終於發現啦。俗話說『要欺騙敵人，得先騙過自己人』，是我要求明日香說我自殺的。她趁著處理遺體的時候，把我弄出學校了。說穿了，這只是一場簡單的騙局。」

「你知道我們有多難過嗎？——看到你還活著，我真的好高興……」

「我不會死的，因為還有很多事要做呢——還有，櫻子也還活著喔。」

「櫻子還活著？」

智久看著幸村懷裡的櫻子說道：

「——我不想再失去任何一個朋友了。我從來沒想過，失去朋友會是這麼痛苦的事，甚至讓我開始後悔，自己不應該交朋友。」

「現在不是沮喪的時候——智久，櫻子交給你照顧。我去救修一，那傢伙太衝動了。」

「我也要去！」

「你留下來照顧櫻子，好好保護她。她現在昏迷不醒，如果放著不管，誰知道會發生什麼事……」

「那也不見得非要我留下來啊……幸村，你早就知道櫻子喜歡我的事了嗎？」

「知道。那也是原因之一。不過，櫻子應該也不希望你去冒險。」

「幸村，你有喜歡的人嗎？因為你從來沒傳出緋聞，就算當面問你，你也都不回答。」

幸村像是把懷中的寶寶放到床上睡覺般，輕輕地把櫻子放在地上。溫柔地撫摸她的頭髮說道：「……請你好好保護櫻子，因為我不想失去她。不管陪在她身邊的人是誰，我都不介意。讓心愛的人擁有幸福，也是一種愛的表現。當然，我知道你已經有友香了。」

幸村說完之後，走向窗邊，抓住消防水管。

「等等，幸村！」智久才剛舉起右手，幸村已經沿著水管滑了下去。

——你知道嗎？智久。那些女生已經知道你男扮女裝，指揮突襲的事了。友香的處境很危險，因為她是你的女朋友，所以不知道那些女生會怎麼對付她。對不起，要不是我給你這麼大的壓力，你也不會遇到這麼多危險。所以，我一定要保護修一和友香。

智久把櫻子的手放在胸前。

——幸村，就算到最後只剩下你一個人，你也會奮戰到底吧？就像在贖罪一樣。

智久在心裡吶喊著。

「不可以！……幸村，你不是喜歡櫻子嗎？你這個膽小鬼。」

他沒想過喜歡一個人，會是這麼複雜、悲哀、痛苦的事。要是有人問他，現在最希望誰獲得幸福，智久一定會毫不考慮地這麼回答——

「幸村。」

智久拭去眼淚，把櫻子扶起來，用繩子緊緊和自己綁在一起。

「對不起，妳昏倒的時候沒能救妳。再忍耐一下就好了。」

你可以的、你可以的，智久一次又一次地對自己信心喊話。

他拉拉水管，確認是不是綁得夠牢靠。

這次可不是一個人的體重而已，而是2個人。幸好櫻子身材嬌小，負擔並不大。

「我要救幸村和櫻子，不然以後我一定會自責的。」

智久喃喃自語地說。雖然他努力想忘記恐懼感，可是身體還是不停地顫抖著。

絕不能讓櫻子掉下去。可惡，我絕對不會死的。等一下就躲在樹叢裡吧。

智久背著櫻子，緊緊地抓住消防水管，然後從窗戶爬出去。

「我們走吧。」

智久的腳一懸空，兩個人的身體重量頓時落在手臂上。

智久以前曾經在電視上看過幾次，救難隊或自衛隊沿著繩子上山下海的畫面。姑且不說攀爬好了，他一直以為，自己在垂降方面應該沒有問題。

可是，真的做過之後就知道，實際情況和在電視上看到的完全不同。

——手心好痛，簡直就像是快被扯裂一樣。4樓距離地面，少說也有15公尺吧？不行，還是打退堂鼓吧。

可是，手臂的力量不夠，無法把自己拉上去。即使用腳頂著牆壁，也一樣爬不上去。

智久背著櫻子，沿著消防水管慢慢往下滑落，手的握力變得越來越小。現在掉下去的話肯定會沒命。偏偏一隻腳的鞋子在這時候脫落，掉到地上。接著就聽到黑暗之中傳來咚的一聲。

智久冒著冷汗往下看。由於光線太暗，什麼都看不到。他覺得自己彷彿快要被黑暗吞噬了。

這和訓練不一樣，沒有安全繩可以保命。

——不可以往下看！可是，該怎麼辦呢？

智久用力地咬緊牙關。

——當然是抱著櫻子繼續垂降啊！老是想著辦不到，當然會辦不到！

智久抓住水管的右手，往下挪移了10公分。好，慢慢來、慢慢來。智久這樣告訴自己。

手心的皮已經磨破了，水管也沾染了血跡。雖然動作緩慢，不過總算垂降到了3樓。

智久繼續往下垂降。就在快到2樓的時候，樓上突然傳來說話的聲音。

「快來啊！有人利用水管從樓上滑下去啦！」

一名女生從3樓的窗戶探出頭，往智久的方向看。她本來好像還想說什麼，不過又把頭縮了回去。

幾秒後——從窗戶探出來的不是人臉，而是露出一半的桌子。

「不會吧？」

可惡，她非得這麼心狠手辣嗎？

「住手！」

智久的呼救聲在黑暗中迴盪著。當然，那個女生並不會因此而收手。桌子一點一點地往外移動，很明顯的，那個女生想瞄準智久的頭。

——我的手必須握著水管。那個東西要是掉下來，根本就擋不住。乾脆跳下去吧？可是背上還有櫻子……算了，別考慮那麼多了，我會保護妳的，櫻子。讓妳吃了這麼多苦頭，真是對不起。

為了不撞到牆壁，智久輕輕往牆上一蹬，手鬆開水管。

他把力氣集中在腳上。著地的瞬間，兩腳因此承受了劇烈的疼痛。「唔唔！」他咬著牙，忍不住發出哀嚎。

——櫻子有沒有受傷呢？

為了不讓掉下來的桌子砸到櫻子，在著地的瞬間，智久用撲壘的姿勢往旁邊撲去，同時翻轉身體，好讓自己處在上方。

智久朝上仰望著天空，櫻子則是在自己下方，以便保護。

他睜開眼睛，看到桌子朝著他們的方向落下時，一瞬間說不出話來。

桌腳落在智久右腳邊緣的位置，然後倒了下去。

智久驚魂未定地呼了一口氣。

「謝謝你救了我，智久。你真的好勇敢，我好高興……把我從那個守衛的女生手中救回來的人，也是智久吧？」

櫻子從背後緊緊抱住智久說道。

「櫻、櫻子？妳醒了？什麼時候醒的？」

「嗯？什麼時候醒的？這是秘密。」櫻子嬌羞地回答。

「把妳從那個守衛的女生手中救出來的人不是我，是幸村。是幸村救了妳。」

智久撐著雙腿站了起來，同時解開綁在他和櫻子身上的那條繩子。

——好希望像現在這樣多站一會兒喔……智久的頭髮有股淡淡的香味呢。

櫻子把臉埋進站在自己面前的智久懷裡，輕聲地呢喃著。

「……我……喜歡……」

「妳說什麼？」

「沒什麼，沒聽到就算了。我是故意不讓你聽到的。」

智久趕往綾野所在的校長室，櫻子也緊跟在後。

因為直接打開正門進去太危險，於是兩人先躲在牆邊，從靠走廊的窗戶往裡面探查情況。

結果正好看到綾野和修一站在校長室中間，兩人互相瞪著對方。

【6月9日（星期三）晚間11點20分】

修一兩手抱著花瓶，大聲咆哮道：

「妳到底要我說幾次才會懂！——大家都喜歡幸村，而妳居然討厭他？妳討厭受歡迎的人，自己卻想當受人愛戴的紅人？未免太可笑了吧！——因為事情不合妳的意，就處處搞破壞？在這個世界上，不如意的事情本來就是十之八九啊！」

「煩死人啦！你到底想怎樣？鬧彆扭嗎？真是可悲。我看你是因為自己沒有女朋友，心裡不是滋味，所以才鬧彆扭吧？你的女朋友不是你的右手嗎？」

「妳又好到哪裡去？說什麼要讓大家知道支配和服從的關係，妳是白痴嗎？」

「我本來就是特別的人！這裡的女生都可以為我作證。大家都喜歡我！楓真和那邊的幸村，以前也都對我百依百順呢！」

「別跟她浪費時間了！」

窗戶那邊有人打斷了兩人的對話。是幸村。

「我來解決她吧。幸村，友香就拜託你了！」

從靠走廊的窗戶窺視校長室的櫻子，嘀咕說道：

「討厭綾野的人——受到暴力脅迫的人，會起來反抗的。綾野，這一切都是妳自找的。」

櫻子拿出手機，打給百合香。

「剩下30分鐘了。百合香，拜託妳了——開始吧。非採取行動不可了。」

『真的要這樣做嗎？』

「嗯。」

這是痛苦的決定。雖然櫻子非常痛恨綾野，可是還是會忍不住對她感到同情。畢竟在昨天之前，她們還是一起在校園共同生活的同班同學。也許，綾野也是因為【國王遊戲】而失去理智的受害者之一吧。

櫻子掛斷電話，瞳孔泛著淚光。

——綾野失去理智，忘了原來的目的。她本來就是這種個性嗎？櫻子還記得，有一次綾野看到幸村在眾人的簇擁下，笑得很開心的時候，她卻嘀咕說：「要是沒有這樣的人就好了……真想殺了他。」事實上，綾野應該不是真的想殺了幸村吧？

我喜歡智久……只要友香死掉的話，說不定智久就是我的了。雖然種心態很過分，可是對我而言，友香的確是個障礙，這是真心話。只是，我還是決定把這份情感藏在心裡，選擇默默守護智久這條路。如果以為這世界上的事，都能照自己的意思進行，那就大錯特錯了。綾野，忍耐是必須的，妳不懂這個道理嗎？

就算把絆腳石排除，也無法真正解決問題。妳的想法就是太幼稚了，幫妳把錯誤的想法導正過來，也是朋友的責任。我要讓綾野回歸正常的道路，這是身為朋友的我，能為綾野做的最後一件事了——

櫻子低聲地說：「綾野，對不起。」然後把臉靠在身旁智久的手臂上。

這時候，校長室的門突然被用力打開，一名氣喘吁吁的女生跑了進來。大概是情況緊急吧，所以沒發現智久和櫻子。

「綾、綾野！大事不好了！」

修一看著那個女孩，說道：

「妳不是直人的——」

「你是……」

那個女孩，就是死在廣島車站的直人的女朋友。

「玲子，妳認識修一嗎？」綾野問道。

「他是被我抓到的男生。不過現在沒時間管這些了，綾野，妳快逃。」

「為什麼要我逃？」

「有人叛變了！……再不逃的話，妳會被殺死的，綾野。」

「叛變？為什麼她們要殺我？」

玲子把校長室的門鎖上，然後朝對外的那扇窗戶跑去。

「……因為幸村和友香的事……妳快從這扇窗戶逃出去吧——我跟妳是同一國的。綾野，妳要相信我。」

「妳對友香做了什麼？」智久急忙打開窗戶，跳進校長室裡。櫻子也跟著跳了進去。為了防止綾野逃跑，兩人鎖上窗戶，瞪著綾野。

「智久？……櫻子……妳醒來了？」幸村鬆了口氣地說道。

此時修一突然大喊：

「智久，你快去音樂教室！」

綾野帶著凶惡的目光，狠狠地瞪著智久。

「智久，你居然敢男扮女裝來騙我！因為你，害我的計畫亂成一團！我絕對饒不了你！」

在陌生的岡山縣笠岡市縣立高中校長室裡，聚集著6名各自抱著不同心情的高中生——智久、修一、幸村、櫻子、綾野，以及玲子。

不知道是誰打破了靠走廊的窗戶，點燃了戰爭的導火線。

幸村往破掉的窗戶看了一眼，隨即又看向綾野。

「綾野，快逃——修一，你快幫助綾野逃走。」

「嗄？你在說什麼夢話！這傢伙想殺你耶。你居然要我幫這個惡毒的女人逃走？」

「綾野繼續待在這裡的話，會有生命危險……」

「快出來，綾野！我們有話要跟妳說！」走廊那邊傳來女生的咆哮。大約有10來人左右。其中一人從玻璃的破口伸手進來，試圖把鎖打開。

幸村喃喃地說道：

「人與人不應該互相殘殺。我一定要阻止這一切！」

「我不是說了嗎！綾野想置你於死地啊！她不但綁架了友香……還命令我……還命令我強暴友香！」

「就算是這樣，還是拜託你帶綾野逃走——同時，這也是為了友香！」

綾野悻悻然地瞪著幸村說道：

「我就是討厭你這點！你是不是腦筋壞掉啦？我又沒要你救我！」

綾野把說完話，便轉身從窗戶跳到外面的陽台。

修一把手上的花瓶砸向地面。

「你就是要我去救綾野對吧！她讓你吃了那麼多苦頭，你卻要救她！」

「謝謝你。下次我會介紹可愛的正妹給你認識的。」

「又來了！這次你要保證，絕不能再食言喔！」

修一說完，也從窗戶跳了出去，然後，轉身對智久大聲喊道：

「還站在那裡發什麼呆！你沒聽到我說的話嗎？快去音樂教室！」

之後，又對玲子說道：

「妳叫玲子對吧？請妳一定要活下去！因為我有很多話要跟妳說——幸村也是，你們都要平安無事知道嗎！」

「你也要保重。在交到女朋友之前，絕不能死喔。」

幸村看了看智久和修一的臉。

——我想把綾野導入正道。不是用強迫的方式，而是要讓她親身體驗「朋友的好」。遇到困難的時候可以互相商量、痛苦的時候會安慰你、有福同享有難同當的那種朋友。我相信綾野一定會清醒過來，因為人是可以被導正的。

櫻子望著綾野的背影，內心不禁百感交集。

——身為綾野朋友的我，最後能為她做什麼事呢？我是綾野的朋友，為了她好，我本來還想殺了她……

修一的聲音，把櫻子的思緒拉回現實的世界。

「綾野那個傢伙，好像往友香所在的音樂教室去了。」

綾野握著手機，往音樂教室跑去。她回頭看著修一，臉上露出詭異的微笑。

修一趕緊拉住智久的手。

「那個死性不改的壞女人！我們去追她！」

智久點點頭，對櫻子道：

「櫻子，妳留在幸村的身邊。」

「為什麼？我要跟你去。」

幸村大喊道：「櫻子，妳跟智久一起走吧！」

智久看著幸村的臉，這麼回答他：

「為什麼要櫻子跟著我？你——」

——為什麼你就是不肯說呢？你不是喜歡櫻子嗎？幸村，現在是你贏得櫻子芳心的大好機會，你們應該一起度過這個難關才對啊！這樣愛才有機會萌芽，電視劇不都是這樣演的嗎？幸村，我真的希望你能得到幸福啊！

修一拉住智久的手，硬把他拖走。

「你在發什麼呆！快走啊！只剩下20分鐘了。」

「櫻子，我現在沒時間跟妳解釋，但是請妳留下來陪著幸村……」

雖然智久拼命地說服櫻子，可是她還是一直搖頭拒絕。

——櫻子為什麼就是不肯答應呢？乾脆直接跟她說「我並不愛櫻子」，是不是比較好？曖昧不明的善意，說不定帶來的傷害更大。因為這樣可能會讓櫻子誤以為自己對她有好感。

——智久為了救我，居然不惜冒那麼大的生命危險。

櫻子的心已經被智久完全佔領了。

——無論如何，我都不能離開智久的身邊。要是他發生什麼危險，我一定會用生命來保護他。萬一我遭受懲罰的話——那個時候，我希望能死在智久的懷裡。

智久放棄說服櫻子，轉身離開校長室，往音樂教室的方向跑去。櫻子和幸村也跟了上去。

智久一行人前腳才離開，那些打破窗戶的女生馬上就從後面追了上來。幸村站在走廊的盡頭，指著右邊說道：

「綾野往右邊跑走了。」

他雖然沒說「跟我來」，但是女生們看到他往右邊跑，也跟著往同樣的方向追了上去。事實上，綾野是往左邊逃走的。

【6月9日（星期三）晚間11點45分】

時間只剩下15分鐘了。

反田高中陷入了激烈的混亂之中。一大群學生衝進校園裡大肆破壞，鬥毆、強姦、背叛——慘絕人寰的殺戮遊戲正在迅速擴散。

智久、修一和櫻子3人跑到音樂教室，智久用力打開教室的門。

就在門打開的瞬間，三個人都楞住了。櫻子反射性地用手摀住嘴，全身顫抖、腳步不停地後退。

「這是妳幹的好事嗎？」

面對修一的質問，比他們先一步衝進音樂教室的綾野，只是呆呆地站著。

「……你以為是我做的嗎？我也只比你們早到幾分鐘而已……」

過了好一會，綾野終於這麼回答。的確沒錯，眼前的景象應該不是綾野做的。

在音樂教室的中央，友香的雙手被反綁在後、眼睛被眼罩蒙住，整個人像是被吸走靈魂一樣地癱坐在地上。

頭髮、白襯衫，還有雪白的肌膚都被鮮血染成了紅色，全身不停地顫抖。嘴巴開開合合，卻沒有發出聲音。看她那樣子，應該沒辦法靠自己的力量站起來。

友香的周遭，還躺了10具左右、全身血淋淋的屍體。有個女生的頭卡在被打破的玻璃窗上面，脖子被銳利的玻璃碎片深深地刺入，死狀極為悽慘。剛才這裡發生過激烈的打鬥嗎？

「友香——！」

回過神來的智久，從修一身旁跑上前去，一把推開擋在前方的綾野，往友香的方向衝過去。

他蹲下身，緊緊地抱著抽搐顫抖的友香。

「是我！我是智久！妳沒事吧？聽到了嗎？回答我啊！」

智久幫友香取下蒙住眼睛的黑眼帶。友香的嘴微微地抽動，卻沒有發出聲音。看得出來，她一定承受了極大的驚嚇。

「好可憐……我不該丟下妳的，對不起。我沒有資格當妳的男朋友——到底是誰做的？是誰這麼殘忍……？」

智久瞪著手撐在遍布血水的地上，正準備站起來的綾野。

「又、又不是我做的。」

突然，教室裡傳出鋼琴的聲音，讓現場的人都楞住了。這旋律是……「聖誕快樂，勞倫斯先生」。

「是誰在這種時候彈鋼琴？」

鋼琴那邊，傳來了說話的聲音。

「就因為是這種時候，所以更要彈。這是我最愛的曲子喔，它可是超越任何名曲的『神曲』呢。幽柔細膩的旋律，觸動了人們的內心深處……不但可以撫慰受傷的靈魂，還能淨化人心。你不覺得嗎？

——目前世界上，還有超過900個地區深陷戰爭和紛亂之中。我希望藉由這首曲子，消弭世界上所有的爭端。這段旋律就是為了這個理想而創作的，所以我現在才會演奏給大家聽，同時也是為了安慰死去的人們。」

智久繞到鋼琴後面，看著鍵盤的方向。鋼琴前面坐了一個和自己年紀相仿、穿著三和高中制服的男生。可是他不記得曾經看過這張臉，是不同學年的學生嗎？

彈鋼琴的少年也回看智久。少年的身材細瘦，有一雙水潤漂亮的眼睛，五官則有如女孩般清秀。

可是不知道為什麼，那張臉卻讓人感到不寒而慄。少年的眼神透露著恨意。智久也很難清楚地說明，不過硬要形容的話，大概就像殺人魔一樣吧。

智久抓住少年的手臂，說道：

「不要再彈啦！」

「請不要阻擋我——這是表現人們被殺死的悲傷和無奈的曲子，可是為什麼曲名之中會有『聖誕快樂』呢？是因為後半嗎？我很喜歡8分音符的那一段斷奏。速度快、力道也強，展現了堅強的意志力。

——人們為了滿足私慾，不惜付出一切代價——人之所以活著，並不是理所當然的事。什麼是活著？死後會變成什麼樣子？活著是為了想留下什麼嗎？」

「這些都不重要！我問你，這間教室裡的學生是誰殺的？是不是你？」

「不是。」

「說謊！我怎麼看，都覺得你的嫌疑很重大！」

「我和嫌犯擦身而過了。不過，遺憾的是，我沒有看到他的臉——如果是我殺的，我早就逃了，怎麼可能還會留在這裡，不是嗎？——那邊那個女的，是你女朋友吧？你問她不就知道了？」

智久回頭看著友香，輕聲問道：

「友香……妳知道這些人是誰殺的嗎？」

友香搖搖頭，身體不停地顫抖。

當時她的眼睛被矇住，根本什麼都看不到，只知道身邊的人一個個被殺。哀嚎的聲音、玻璃碎裂的聲音、有人倒下去的聲音都清晰可聞，空氣中還瀰漫著嗆鼻的腥味。她害怕下一個會輪到自己。

陷入恐懼之中的友香，拼命地求救。

——誰來救救我！智久，你在哪裡？快來救我……我還不想死啊。

那是多麼可怕的體驗啊！熬不住死亡恐懼的友香，為了逃避現實才會把心封閉起來。

少年微笑道：

「好吧，假設這裡的人是我殺的好了，那麼，我這樣做可是救了你女朋友一命喔。」

「……胡說。」智久的氣勢一下子轉弱了。

看到智久懊惱的模樣，少年詭異地微笑道：

「你跑去哪裡啦？居然放著可愛的女朋友不管？你真的是她男朋友嗎？」

修一插嘴進來，替智久辯護道：

「不管你怎麼說，智久的確是友香的男朋友！他可是拼了命救我們大家喔！我這條命就是他救回來的——你這個討人厭的傢伙，看我怎麼修理你！」

「原來你有這麼袒護你的朋友啊。既然想殺我就動手吧——只不過，殺死一個無辜的人，罪孽可是很深重喔。

給你一個忠告吧。內心不堅定，是救不了人的。不堅定的愛，遲早會消失。體貼的心，不能給太多人分享。連自己愛的人都保護不了，還誇口說要救人，不是很可笑嗎？」

「你這傢伙是什麼意思！越看越不順眼，我非教訓你不可——」

櫻子出聲制止道：

「修一，安靜點。你這樣只會把事情弄得更糟！」

少年的手離開鍵盤。他仍然坐在位置上，再次看著智久他們。

「20世紀的時候，人類因為石油而發動戰爭，人口的增加導致糧食和飲水的需求量一下子暴增到2倍。如果全世界的人口繼續以這種速度快速增加的話，地球根本無法提供人類所需要的糧食、飲水和能源。國際間一定會為了爭奪資源而爆發各種紛爭，石油戰爭、糧食戰爭會接踵而來。舉例來說，我們鄰近的中國人口正在快速成長。當中國人的生活水平達到和日本人同樣等級時——魚類、肉類勢必會出現供應不足的現象。這可不是他人瓦上霜的事，不久的將來，大家都要面臨這個課題，也就是發展帶來的毀滅。

我好像說太多了。總之，現在大家可說是拿性命在奮戰，雖然不是為了搶奪糧食或能源，而是為了生存，但最終的結果還是一樣，人類自己毀滅了自己。」

智久瞪著笑容詭異的少年說道：
「你到底想說什麼？」
「你是聰明人，難道不會自己想嗎……因為我是笨蛋，所以至今還想不出個所以然呢。」
少年抱著頭，從椅子上站了起來。
「今天真是開心啊——我的名字叫做日村海平。我父母為我取這個名字，就是希望我能擁有像海一樣寬闊、平靜的心——我覺得，我們兩個好像還挺有緣的呢。」
海平說完便走出教室。現場沒有人留住他，因為沒有人想和那樣的人扯上關係。
就在海平走出去不久之後，教室外面突然傳來幸村的聲音。
「友香要不要緊？情況好像轉而對我們有利了，我們應該……」
當幸村走進教室，看到眼前的慘狀，頓時說不出話來。而綾野則是懊惱地抓著頭，離開音樂教室。
智久他們也決定離開。由於友香無法自行走路，所以智久將她背在背上一起走。
教室裡躺著一堆死狀悽慘的屍體，還有嗆鼻的血腥味，儼然就是一副人間地獄的情景。繼續留在這種地方，很可能會變得精神失常。
海平在這樣的情況下，還能若無其事地彈著鋼琴，簡直就像個腦筋有問題的瘋子。音樂教室裡的那些人究竟是誰殺的——智久幾乎已經可以猜到答案了。
音樂教室裡面有12具屍體——不，還有一具。在窗戶外面的陽台上，還躺著一具頭骨斷裂的男性屍體。他身上的白襯衫和制服都已經被脫掉，在距離屍體數公尺外的地上，還留下幾件沾滿血跡的囚衣。

【6月9日（星期三）晚間11點49分】

幸村匆匆跑下樓梯，看向智久和修一。

「——還剩下10分鐘而已。我決定要奮戰到最後一刻，你們呢？」

「我也下定決心要奮戰到底了。」

修一毫不考慮地這麼回答。他朝智久看了一眼。智久背上的友香就像是一具沒有靈魂的洋娃娃。而智久本人也是一臉茫然，好像行屍走肉一樣。

修一很後悔沒有及早發現智久心境上的轉變。

「我想我還是放棄好了……剩下10分鐘能做什麼呢？我要和智久、友香找個地方躲起來。剩下的就交給你吧，我們已經盡全力了。」

修一望著失魂落魄、走起路來像機器人一樣沒有靈魂的智久的背影。

——你一個人是不是說不出「我想逃走」這句話，智久？你為了我們，已經盡力了。你做的已經夠多了，接下來你要為自己、還有為友香而奮鬥，你要陪在她的身邊。還有……還有……萬一友香受到懲罰的時候——

修一咬著牙，閉上了眼睛。

當他再次睜開眼睛，卻發現智久正在默默地哭泣。

「對不起，幸村——櫻子，要是幸村被捕的話，請妳一定要陪在他身邊好嗎？」

幸村沒有責備智久，反而體諒地對他說道：

「過去這段時間，真的很謝謝你，智久。」

——不要說「過去這段時間」，這又不是最後的道別。

「我們一定還會再聚首的……」智久喃喃地說道。

就這樣，5個人兵分二路地離開了。幸村和櫻子往校園的方向走去。

還留在反田高中的學生們，手機在同一個時間響起。每個人都收到了簡訊。

【6／9星期三23：55　寄件者：國王　主旨：國王遊戲　本文：還有5分鐘。　END】

校園裡躺著幾具女生的屍體，還有散落一地的金屬棒、木棍等武器，以及毀損的桌椅。穿著囚衣的組織也已經不見蹤影。

走出校門之後，發現了更多男生的屍體，而且大部分都殘破不堪。斷掉的頭、四肢和軀體堆成了一座肉山，大量的鮮血流向排水溝。

在那堆肉山之中，還可以看到當初和智久一起男扮女裝、潛進校園裡的C組指揮官雄二郎，他的手裡還握著手機。

手機的通訊錄停留在開啟的狀態，他是不是正要打電話給誰呢？

而楓真，則是躲在校門旁邊一棵高大的樹上。好幾名女生聚集在樹下，不斷地朝他扔石頭。

「快下來！」

「傻瓜才會下去！」

楓真「呼呼呼」地劇烈喘息著。一看到有女生爬到樹上，就馬上拿起木棒驅趕下去。

——只剩5分鐘……我已經沒有力氣了。哈哈哈，連小腿肚都開始抽筋了。

雄二郎一踏出校門就死了，大概是之前就被女生抓到了吧。也就是說，他是在被逮捕的情況下離開學校的。

——我也會被女生逮捕吧……

所以，楓真之前一直不敢離開教室。

——不會有救兵來了。接下來只能聽天由命了，幸村，欠你的人情，我還完了嗎？到天國之後，你願意跟我見面嗎？我們都盡力了！我現在好想再見你一面啊！

楓真還不知道幸村沒死的事。

「如果我運氣不好的話，我一定會去天國找你的。」

楓真在樹上嘀咕的時候，幸村和櫻子也來到了中庭。

櫻子問幸村說道：

「你是不是打算去赴死？」

「……我也很怕死啊。」

「我不能讓你死，因為我們是朋友！——友香已經變成那個樣子了，要是你也死掉的話，智久一定會承受不了的。」

「智久那傢伙，沒有妳想的那麼不堪一擊——這次的事都是我不好，我得收拾殘局才行——櫻子，妳一定要幸福喔。這是我這個朋友的願望。再見！」

幸村就像衝鋒陷陣的聖女貞德一樣，一面大喊一面往校園的正中央衝去。

「大家聽我說——！有心上人的同學，快去陪在那個人的身邊！如果不在，就打手機給他！」

吸了一口氣後，幸村再次睜開眼睛，大聲喊道：

「只剩下5分鐘了。不、也許還不到……大家都已經盡力了。剩下的時間，就留給自己的心上人吧。昨天之前，大家都是朝夕相處的好同學不是嗎？你們應該有自己喜歡的人吧？——我已經想通了。不管怎麼努力，這個命令最終都會以悲劇收場——可是至少在最後這段時間，大家都要重拾自我，把時間留給自己和心上人！戰鬥已經進入尾聲了，大家聽到了嗎？」

「別開玩笑了！現在說這些有什麼用？」

幸村突然被人推倒。站在旁邊的不是別人，正是綾野。

「要是沒有你就好了……沒有你的話……一切都會很順利的。」

綾野跨坐在幸村身上，使盡全身的力量勒住他的脖子。幸村的臉因為痛苦而漲紅，可是他還是勉強擠出聲音說道：

「綾野……妳應該……咳……也有心上人吧。妳……跟他說過話嗎？……也許，再過幾分鐘……我們都會死……」

「只要你死了，我得救的機率就會增加了！」

就在綾野發出如猛獸般怒吼的同時，她的背後突然傳來鈍重的敲擊聲。綾野抱著頭，身體痛苦地扭曲，臉部像夜叉般猙獰。櫻子手裡拿著一根木棍，直挺挺地站在她的身後。

「妳休想殺他。」

「可惡，妳竟敢傷害我美麗的身體——」

綾野手摀著後腦杓，踉蹌地站起，然後撲向櫻子，一把揪住她的頭髮往後扯。櫻子也不甘示弱地抓著綾野的頭髮。兩個女生開始互拉彼此的頭髮，用指甲抓傷對方的脖子和手臂。

「好痛！妳要做什麼！」綾野像惡煞般怒視著櫻子說道。

「是妳自己先抓我的！」

兩個人扭打成一團，同時倒在地上。綾野拉著櫻子白襯衫的袖子，大叫道：

「醜八怪！對自己的長相沒自信，只會靠名牌拉抬身價！有什麼好跩的！」

「妳這個只會張開大腿迎接男人的人肉馬桶，憑什麼說我！」

「我沒有！妳才是用援交的錢去買名牌呢！真是暴殄天物！」

「說錯了吧！不懂商品價值的人使用名牌，那才叫暴殄天物！多讀點書吧！至少我比妳這個蛇蠍女人要好多了！我想到一句送妳的話了！那就是『蟑螂應該待在臭水溝裡』！」

「聽不懂妳在說什麼！難怪智久寧可選友香，也不選妳，果然有眼光！——妳暗戀智久，可是人家不愛妳。妳還真可憐呢。」

「竟敢嘲笑我，我絕不饒妳！」

櫻子側目看著幸村說道：

「幸村，你不是說要堅持到最後嗎？你不是說，還有很多事情沒做嗎？你不是不甘心地大喊『可恨』嗎！再這樣下去，你會抱憾而死的！難道你不後悔嗎？——是男人的話，就應該堅持到底啊！喂、你聽到沒有？」

「櫻子……」

「別管我了！多救一些男生吧！——看到你活著，我真的很高興。不只是我，大家都很期待再看到你，大家都很想你啊！——好、好痛！綾野，不要妨礙我！為朋友犧牲固然是好事，可是你要知道，你的朋友也願意為你犧牲！所以，你一定要堅持到最後！」

幸村的心動搖了。他抬頭仰望繁星閃爍的夜空，此刻，他突然覺得，自己好像找回迷失的那條路了。

幸村用全身的力量站起來，大聲喊道：

「啊啊啊啊啊啊！」

當他再次看著櫻子的瞬間，楞住了。

「咦？」

那個叫海平的少年，就站在櫻子背後約2公尺的地方，臉上露出邪惡的笑容，雙手「啪啪啪」地拍著。

「剛才在樓下，我們好像擦身而過了。你叫幸村是吧？你的朋友真的很熱心、而且充滿正義感，真叫人敬佩呢。

對了，女生很恐怖吧？你看到那兩個女生打架的醜陋模樣了對不對？——她們兩個都不是我的菜。我喜歡乖巧清純的女生，所以最討厭強悍的凶婆子了，那種女生很難調教。還是涉世未深、沒被社會汙染的女孩比較好，我喜歡由我親自調教出來的女孩——那種女孩才能讓我感到興奮、引發我的憐憫之情。」

「嗄？」海平走到皺著眉頭的幸村面前，把手搭在他的肩膀上說道：

「碰到了！幸村剛才不是被女生摸到，被捕了嗎？所以，我現在釋放你啦。——這麼一來，你應該有救了。」

幸村訝異地看著海平。

「我救了你一命這件事，你可不要忘了喔。真是謝天謝地啊——希望櫻子和綾野早點死掉。啊、我還救了友香，今天真是做了很多好事呢。友香真可愛，她是我喜歡的那型，真想把她……哈哈哈，沒事沒事。」

海平又露出邪惡的笑容，表情比剛才更詭異。

——友香的嘴唇柔軟滑嫩，彷彿要融化一樣。不過很可惜，好像不是處女了。

幸村發現海平的表情隱藏著瘋狂的氣息，不禁感到不寒而慄。不過，現在不是和他撕破臉的時候。幸村把手放在胸前，感受心臟噗咚噗咚的劇烈跳動。

海平說道：

「3分鐘之後，這所學校一半的學生就要受到懲罰了。世界將因此大大地改變——只剩3分鐘了，請你繼續加油喔！奮戰到底！」

海平看著校園，表情看起來就像第一次收到禮物的小孩一樣。

——我對女孩的品味才是正常的，反而是你們的眼光背離了世俗吧？難道不是嗎？大家都不把隱藏在內心深處的慾望，誠實地表現出來——

海平這麼想。

——每個男人都有這樣的期待。比方說，男生喜歡二次元的女孩，卻不敢對周圍的人坦白。因為擔心被當成噁心的宅男、怕遭到異樣的眼光。那種被歧視的感覺，就好像上了年紀的男人還在追求少女偶像一樣。於是，這些人只好隱藏自己的癖好，假裝自己跟一般人一樣。事實上，大方承認就好啦。他們不瞭解，只要把自己的認知轉變成社會上的常識，自己就不會再遭受到異樣的眼光了。

常識是人類制訂的。

比方說，出門在外要穿衣服，這是常識。天氣冷的時候，當然要穿衣保暖。可是除此之外，到了外面就要穿衣服的常識，是誰訂的呢？被看到內褲很丟臉嗎？為什麼呢？

換個角度來想，內褲不過就是一片小碎布而已。人們因為怕丟臉，所以想把它隱藏起來。可是，如果大家都穿內褲上街，就不會有人感到羞恥了，不是嗎？

性感低腰內褲、性感內衣，當初這些服飾剛出現的時候，也遭到非常嚴厲的批評。可是現在呢？這類的衣服卻變成時髦的象徵。這種在某些國家很可能會被判死刑的嚴重現象，只要加上「時髦」兩個字，就不會有人感到羞恥了。這叫引領潮流，久而久之，大眾就會習以為常。

海平這麼說道：

「幸村，顛覆既有的常識吧。這麼一來，世界會變得很有趣——也不會再迷失了。還有，你要等朋友來喔，他們一定會來的……」

【6月9日（星期三）晚間11點57分】

幸村沒有聽海平把話說完，就離開了那裡。

校園裡一片黑暗，四周寂靜無聲，月亮是唯一光源。男生大概都逃出了校外，女生們也追出去了吧？遠處傳來女生咆哮，以及男生求饒的哭喊。

幸村故意不去看倒臥在校園裡的無數具屍體，快速地奔跑著。對於自己的無能為力，他感到非常難過。幸村用力地握緊拳頭，不禁讓人為他擔心會不會把手掌的皮膚給掐破了。其實這個動作，是幸村用來警惕那個對地上的屍體視而不見的自己。

——這是人間地獄。人們的理性正在快速消失之中。當務之急，就是先救出那些還活著的人……原諒我。

位於校園角落的籃球場，有一對男女在籃框那裡上吊自殺了。他們應該是自己決定放棄生命的吧。

另外，前面的地上躺著一具身材嬌小的少女遺體。少女綁的馬尾被鬆開、裙子被撩起、眼窩還凹了一個洞，是不是有人用手去挖呢？

幸村一臉恍神地看著，嘴裡喃喃地說道：「為什麼？為什麼……」

自己保護的是什麼人？拼了命援救的男生，現在反過來殺死女生。

拼了命想要保護的人放棄了生命，選擇自我了斷。

海平轉開水龍頭，滋潤乾渴的喉嚨。

——這個時候，孤軍奮戰一定很辛苦吧？正義感越強的人，在現實之中會越痛苦，最後變成廢物。救不了別人，也保護不了自己想保護的人。畢竟，理想和現實的差距太大了。

迷路的時候，就跑到大草原上吧。那裡沒有路，所以不會迷路。在那裡，重新建立新的常識吧。

幸村大聲喊道：

「還有沒有人在——？我來救你們了！不要放棄……堅持到最後啊！」

沒有人回應。幸村的心開始動搖了。「堅持到底」這句話，說起來很輕鬆，但真正去做卻是殘酷而孤獨的。

無聲無息的腳步，慢慢地朝幸村的背後靠近。一名女生正準備偷襲幸村。

這時候，暗處傳來了呼喊聲。

「幸村！快到水池旁的大樹去！楓真打手機來說『救救我』——他好像被好幾名女生包圍了。我一個人無法應付，快來幫我！」

「修一？智久也跟你在一起嗎？友香的情況怎麼樣？」

海平帶著微笑，看著幸村的背影。

——看吧，我就說嘛。被瞬間的正義感沖昏頭的朋友來了。不知道友香現在怎麼樣了？正義感會讓你們吃足苦頭的。一定會的。

悄悄靠近幸村背後的女生張開雙臂，正準備從後面抱住幸村的瞬間——幸村突然往池塘那邊跑去。

那名女生撲了個空。幸村回頭看了一眼，無所謂地繼續往前跑。

女生跟著幸村的背後，拼了命地追趕上去。

幸村很快就趕上拿著水桶，跑在前方的修一。桶子裡的液體啪颯啪颯地濺了出來。

「你拿那個要做什麼？」

「幸村！你來啦？真是太好了——好像還帶了一個幫不上忙的傢伙來呢。楓真說他的腳抽筋跑不動，爬到樹上去了。樹下還圍著好幾名女生。

拿去，這是打火機。已經沒有時間了。雖然這麼做很冒險，但也只有這個辦法了。我上輩子是猴子，所以很會爬樹。我要爬到樹上和楓真接觸。幸村，你去警告聚集在樹下的那些女生！」

「打火機——你怎麼還是那麼衝動啊？」

「沒時間啦，目前我只能想到這個辦法了。」

「智久呢？」

「他和友香在一起，百合香也在。」

幸村看著修一的眼睛，不禁露出微笑。

——太好了，智久。要是你丟下那樣的友香，或許我會永遠瞧不起你吧。

剛才楓真打手機來的時候，因為時間緊迫，智久也不知道該如何是好，後來修一啪啪地拍了智久的肩膀兩下，說道：「交給我吧，保證搞定。」

「好久沒有聽到你說『搞定』這兩個字了。」

「對吧？我們先說好——你保護友香，我去幫助楓真。這樣很簡單吧。」

「謝謝你。我真的太喜歡你了。」

智久把臉別開，因為他不想讓修一看到眼眶裡的淚水。

讓皮膚變得冰涼的冷風，吹過了校園。修一邊跑邊往後面看，幸村就跟在後面。

「你可不要搞錯了。智久為了保護他心愛的人，還在奮戰當中。友香也在和自己奮戰——還有，我們也一樣。」

「嗯！」

距離水池還有5公尺遠。那裡有6名女生圍繞著一棵非常高大的杉木。楓真應該就躲在那棵樹上吧。

修一從後面把桶子裡的液體潑向大樹下的女生們，隨即丟掉桶子大喊道：

「這是燈油。妳們應該知道，要是著火的話會有什麼後果吧？」

「你的腦筋有問題嗎？」女生們不約而同地發出尖叫，往後退開。修一趕緊趁這個空檔爬到樹上去。

站在樹下的幸村伸出右手，發出了喀嚓的聲響。

「靠近的話會有什麼後果……妳們都很清楚吧？我們已經有一死的覺悟，才會來這裡！妳們也有這種覺悟嗎？」

看到幸村的氣勢和他手上的打火機，女生們面面相覷。

「你們是不是腦筋壞啦？要是點火的話，你們都會被燒成焦炭的！」

其中一名女生對旁邊的同夥說了幾句悄悄話。

「妳有沒有帶打火機？我們把那3個男生燒死吧。樹上那個也會掉下來。」

——修一，還沒摸到楓真嗎？雖然女生們暫時遠離大樹，可是無法維持太久。而且我手上拿的不是打火機，而是原子筆。你身上有帶打火機嗎？

幸村再次按了一下原子筆，發出喀嚓的聲音。

這時候，一名女生把鼻子湊向制服，聞一聞上面的味道。

「燈油？這不是燈油的味道——大家不要被騙了！這液體應該是水！」

幸村大叫道：

「被識破了！還剩下幾分鐘？——你摸到楓真沒有？修一！」

「還差一點！你問我剩下幾分鐘？拜託，我忙著爬樹，哪有時間看錶！笨蛋！」

這時候，上方有水滴落在修一頭上，他以為是小蟲或是樹葉，於是伸手撥撥頭髮，然後抬頭往上看。

楓真正跨坐在跟手臂一樣粗的樹枝上，雙手抱著樹幹，不停地哭泣著。

他因為太害怕死亡，所以嚇哭了嗎？

修一說道：

「你等等，我馬上來救你！」

「真的很謝謝你。沒想到幸村他……幸村他還活著，而且還跑來救我，真是太令人感動了。我本來以為自己沒救了，因為都沒有人接我的電話……就算接了，也是……」

楓真沒有繼續說下去。

——就算接了，也是回答：「你不會看情況嗎！我哪有閒工夫去救你。想辦法自救吧！關我什麼事！」

一個小時之前，被楓真救出教室的男生，這樣回答楓真後，就把電話掛了。當初楓真救他出來時，他還說「你的恩情，我一輩子都不會忘記」呢。

是因為後悔而哭嗎？還是因為幸村活著，還跑來救他，所以喜極而泣？楓真的眼淚，代表著他在這段期間所體會到的人情冷暖。

修一把手伸向楓真，說道：

「因為楓真救了我，所以我也來救你了。這可不是客套話喔。」

「我突然想起，智久和修一是在什麼情況下變成好朋友的了——因為炸雞塊和三明治。」

「我還煎蛋咧！都這時候了還說這些。」

啪的一聲，修一終於抓到楓真的腳了。

此時，樹下突然傳來幸村的吶喊。他努力地想爬到樹上，卻被女生抓住衣服和腳，硬生生地往下拉。

修一大叫：

「幸村——！」

躲在樹蔭後面，看著這一幕的海平，喃喃說道：

「好不容易撿回一命……笨蛋，簡直是笨透了——我討厭那些不按照我的計畫進行的人，真是令人生氣。」

留在校園的高中生手機同時響了起來。

【6／9星期四23：58　寄件者：國王　主旨：國王遊戲　本文：還有60秒。　END】

【6月9日（星期三）晚間11點59分】

幸村好像已經認命似地說道：

「別管我了，你們兩個——都留在樹上吧。」

這一刻，他想起櫻子曾經對他說過的話——

『為朋友犧牲固然是好事，可是你要知道，你的朋友也願意為你犧牲！』

那時候，他並不瞭解這句話的意義，不過現在終於懂了。

——櫻子想要說的是，在遇到困難的時候，能夠互相幫助的才叫做朋友。

包括剛才追趕幸村的那個女生在內，一共7個人，把幸村壓制在地，但是幸村卻絲毫不抵抗。

因為絕望而放棄了嗎——不，不是的。

而是他擔心，要是樹上的修一和楓真看到他掙扎的樣子，一定會著急想著「要下去救他才行」，所以幸村決定不抵抗。他不希望他們兩個再冒險了。要是這次被女生抓到的話，時間上是來不及獲救了。

在女生們的壓制下，幸村勉強扭動身體，從口袋裡取出手機，按下通話鍵。

為了不讓女生搶走手機，他的雙手牢牢地護著手機。他想撥電話的對象是櫻子。

『剩下的時間，要陪在自己心愛的人身邊——或是打電話給對方。』

幸村決定實踐自己說過的話。

可是櫻子和綾野正打得不可開交，雖然聽到來電鈴聲，卻無法接聽。
幸村哀傷地望著教室的方向。
——這是最後一眼了……

樹枝劇烈地搖晃著，可是，現場並沒有風。
「住手，楓真！不要亂來啊！」
「修一！不要阻止我！」
修一和楓真跨坐在粗樹幹上，兩人互抓彼此的制服，爭執不下。
楓真說道：
「我會介紹可愛的正妹給你！快放手！」
「楓真，怎麼連你也說同樣的話？你以為我會點頭說好嗎？……咦？」
楓真推了一下修一。瞬間，他的身體以枝幹為中心向下逆轉，但是腳還牢牢地纏在枝幹上，看起來就像是一隻倒掛的蝙蝠。
楓真的視線完全顛倒過來。
——欠你的人情我一定會還的。我現在去救你！我不會對朋友見死不救的！
楓真鬆開雙腳，打算以頭部朝下的姿勢墜落。
「不可以！」
在千鈞一髮之際，修一抓住楓真的兩隻腳踝。兩人現在的重量，完全只靠修一掛在枝幹上的兩隻腳在支撐。

「啊啊——！這樣太重了！笨蛋！」

這時，剩下的時間不到40秒了。

倒吊的楓真撐起頭，看著修一。

「快放手！不然連你也會一起掉下去的。」

「如果你擔心變成這樣的話……就用腳勾住旁邊的樹枝。」

在樹下守候的女生們不停地往上跳，想抓住楓真下垂的兩隻手。雖然只差10公分的距離，可是不管怎麼跳就是搆不到。

楓真無奈地看著修一說道：

「再不想辦法的話，幸村會受到懲罰的。」

「就算你……現在……去救他……也是徒勞無功……」

修一咬緊牙關說道。

「修一，謝謝你冒險救我——我一定會還你這個人情。你的恩惠我一生都不會忘記。我說過的話，一定會記得——那個時候的事，我至今還是很後悔，因為己所不欲，勿施於人。」

幸村大叫。

「絕對不可以放手！修一！」

「好、好！我知道。」

只剩下20秒了。

樹下的女生就像一群飢餓的食人魚，帶著猙獰的表情，迫不及待地等著楓真從上面掉下來。

楓真的雙腳扭動著。修一再也抓不住不停掙扎的楓真——終於鬆開了手。

時間只剩15秒。

楓真從修一手中鬆脫的那一刻，心想：

——我才不會乖乖地被妳們逮捕呢。

楓真在掉下的過程中翻轉一圈，同時用腳往樹幹一蹬。他的身體像貓一樣，以完美的姿勢，降落在稍遠的地方。

俗話說狗急跳牆，人被逼急了，也會在緊要關頭發揮常人所不及的能力。

想要救幸村的迫切心情，喚醒了楓真的潛在能力——也許，那是為了這一瞬間才爆發的能力吧。

楓真的目標是修一丟掉的那個水桶的位置。落地後的楓真，兩手拄著地面，敏捷地翻了一圈，臉上露出痛苦的表情。

——不痛。不痛。不痛。只要相信，就會有奇蹟。

楓真拿起消防水桶，用力甩動。

鏗！

水桶擊中一名女生的太陽穴，發出鈍重的敲擊聲。被打中的女生馬上昏倒在地。

楓真一面甩著水桶，一面大聲吶喊：

——對不起、對不起、對不起，打傷了妳，真的很對不起。妳們也是為了活命，才會變成這樣。妳們只是在自我保護、為了降低自己受到懲罰的機率而拼命。妳們也想保護朋友，就跟我們一樣。等這次的命令結束之後——我們再像以前那樣和睦相處好嗎？

幸村大叫道：「你快逃吧！」

楓真沒有回答，反而像氣球爆炸一樣地吶喊：

「叫妳們閃開聽到沒！我要救人！」

楓真甩動手上的水桶，朝壓在幸村身上的女生們扔了過去。

「呀！」女生們反射性地彎下身體，躲開水桶。壓在幸村身上的女生也往旁邊跳了開來。

讓出一條路來了。

楓真用僅剩的力氣，往幸村的方向滑去。

不料，一名女生在這一瞬間抓住了他的腳。

時間剩下——0秒。

【6月10日（星期四）午夜0點0分】

楓真的臉頰流下冰冷的淚水。現實是殘酷的，楓真的手沒有碰到幸村。他不甘心地用手刨著地面。五根手指頭像是有心跳般地顫抖著。距離幸村的手，只剩下10公分而已──

楓真瞪著地面，喃喃說道：

「男女生之間的紛爭……決鬥……應該結束了吧？是幸村結束這一切的。幸村為了大家，犧牲了自己……」

是幸村結束了這一切。只有這麼想，楓真才能平息內心的痛苦。因為幸村付出那麼多心血，到頭來卻沒有得到報償，所以楓真才會說出那樣的話，自我安慰。

楓真不禁回想這24小時以來發生的事……還有對那些死去的人的諸多不捨……忍不住吶喊著。那是夾雜著搏命、熱忱、悔恨、以及各種情緒的宣洩……

「可恨──！可恨──！」

沙啞的咆哮聲，哀傷地迴盪在深夜的校園裡。

「現在放棄還太早。好痛……都是因為你太亂來了，害我跟著拼命……要是我受傷的話，你要負責。」

楓真朝著修一聲音的方向望去。

「喂、快起來吧，修一。壓得我好難受啊。」

修一的頭，正埋在幸村的肚子上，手和腳像青蛙般彎曲，以這種姿勢支撐著身體。那副模樣看起來就好像在低頭認錯一樣。

修一在楓真滑壘的同時，從樹上跳了下來，頭剛好落在幸村的身上。

「本來想用腳著地的……我真是沒用……」

幸村邊咳嗽邊說道：

「快起來吧，修一……我快不能呼吸了……」

「——等等，手機響了嗎？國王的簡訊傳來了嗎？女生們要不要緊？現在情況到底怎麼樣？不是已經超過時間了嗎？」

女生們紛紛從口袋裡拿出手機，查看收件匣。

「沒有收到……」剛才在樹下大聲吶喊的那幾個女生，喃喃地說道。

之前收到了【還有5分鐘】、【還有60秒】的簡訊，為什麼現在卻沒有收到？

「我的手機也沒有收到——到底是怎麼回事？」

「結束了嗎？」被消防用的水桶打到頭，昏倒在地上的女生，現在則是坐了起來，楞楞地自言自語著。

「就是說嘛，因為這種遊戲而死，未免也太誇張了吧。我們一定作了一場惡夢。」

她一臉苦笑，邊說邊站起來。

「我們真的沒有人會受到懲罰嗎？」

從她的眼睛裡，好像掉下了什麼東西，可是一落地就被吸了下去。是眼淚。地面上那個小小的水漬彷彿在訴說著，醜陋的鬥爭結束了。

那天早上睜開眼睛，周圍的環境看起來和往常一樣。事實上，卻是惡夢般日子的開端——可是現在，「死亡連鎖」的齒輪停止轉動了，就像被一顆小石頭卡住一樣，戛然而止了。

這一切來得如此突然。

真的可以開心地笑嗎？

反田高中校園裡的每位學生、還有全日本的民眾，都陷入了困惑的漩渦之中。

【6月10日（星期四）午夜0點0分】

距離岡山線笠岡市相當遙遠的東京市區某處。

一名年輕人坐在電腦前，暫停了呼吸，不時交互看著電腦螢幕和桌上的電子鐘。敲擊鍵盤的聲音停止了，食指在按下ENTER鍵後，彈了開來。

「趕上了嗎？成功了嗎……？」

年輕人喃喃嘀咕著。這時候，一則簡訊傳來。

【為什麼比預定的時間提早啟動奈米女王？而且跟國王King比起來，女王Queen還只是原型啊！】

【或許是為了想要保護妳吧。】

＊　　＊

大約8個小時前，2個人在網路上聊天。

【亞瑟，妳撒了一個大謊喔。妳說透過家用電腦，可以很容易入侵他人的電腦對吧？妳在留言版上用的是男生的名字，口氣也很男性化，我一直以為妳是男的呢。而且在『命令2』的時候，妳也是站在男生那邊。其他人一定也以為妳是男的。其實，妳是偽裝成男生上網的『網路變性人』……沒錯，妳是女生。因為網路可以匿名，所以才會出現你們這種所謂的『網路變性人』。我已經請網路電信業者對妳進行調查了。妳家裡有父母、沒有兄弟姊妹，是家裡的獨生女，地址在東京都小金井市，今年17歲，名叫國生螢。】

【透過網路留言，就能就查出對方的身家底細，真是可怕的世界呢。】

【只要透過有某些權限的機關，誰都可以辦得到。】

螢神秘地笑了笑，然後開始敲打鍵盤，訴說自己的過去。

——我是個罹患重大心臟疾病的患者，只有進行心臟移植手術，才能夠繼續存活。可是，現在日本國內的心臟移植案例實在太少了，捐贈者也是少得可憐。心臟移植主要是以美國為主，可是去美國動手術的費用，動輒3千萬圓，有些甚至要1億圓以上。當然，我家並沒有那麼多錢。

我痛恨那個沒有生給我一副健康身體的母親，同時，我也痛恨金錢。

就在我幾乎放棄未來的時候，剛好有一名條件跟我相符的捐贈者，所以我終於能夠在國內進行移植手術了。因為有健保，加上重大疾病手冊，所以移植手術並沒有花費太多錢。

捐贈者是一個心跳停止、被宣判死亡的病患。可是沒過多久，那名病患的心臟居然又再度跳動起來。只是，那名捐贈者已經陷入腦死的狀態了。

會發生這種情況，只能用「奇蹟」兩個字來形容。

後來心臟移植手術順利完成，我也得以活了下來。

【心臟移植手術非常成功。只是從那天開始，我的性格發生了很大的變化，變成一個殘酷、冷血的重生者。

我很想知道那個捐贈者是誰。雖然我試過各種方法調查，但是醫院對於捐贈者的身分始終三緘其口。不過最後，我還是透過其他管道，查到了捐贈者的名字。她叫……佐竹舞。經過深

入調查之後，我發現佐竹舞是一年多前【國王遊戲】的體驗者——於是，我決定繼承舞的意志。因為她是我的救命恩人。】

【螢，我有很多事想要問妳……不過，我先說說自己的過去好了。】

——我的個性內向又保守，不習慣與陌生人接觸。因為個頭矮小、長得又不好看，所以始終無法交到女朋友。長相和身材是與生俱來的，我根本無法改變這個事實。可是念書就不一樣了，至少比較公平。

所以，我比別人用功念書。我的學年成績，每次都考進全校前3名。

可是，偏偏有人看我不順眼。就是那些以天生的長相和身材作為武器的人。明明什麼都不會，卻老愛展現自己，好像他們有多了不起。那些人不但喜歡炫耀自己的運動神經，還會憑藉著壯碩的身材，欺負個頭矮小的我，好讓自己沉浸在優越感之中。

上柔道課或是午休的時候，動不動就拿我當作練習的對象。套索、肘擊、蠍式固定……害得我每天都過著傷痕累累的日子。

——我想要逃。可是，不管我怎麼求饒，他們就是不肯放過我。

還有，體育課的籃球比賽時，他們平常根本不會傳球給我。可是每到比賽快輸的時候就會傳給我。妳知道為什麼嗎？因為他們想讓我背上輸球的黑鍋。

霸凌的情況越來越嚴重。

猜拳輸的時候，要被迫玩一種叫做「搥肩」的遊戲。我的手臂常常被他們搥得青一塊紫一塊，痛到手都舉不起來。之後，「搥肩」變成搥臉。每次猜拳輸了，臉就會被海扁一頓。那真的是很折磨人的遊戲。可是，周圍的同學卻看得興致勃勃，還說我很勇敢、是大家的好朋友。

其實那些人心知肚明，我連拍他們的肩膀都不敢，更何況是臉。所以，當我贏的時候，他們也是一臉無所謂地站著。我永遠只有挨揍的分，而且還昏過去好幾次。那些人好像還下注，賭我敢不敢揍他們——

有一次，我輕輕地打了他們一下，結果就被裝進布袋裡痛扁一頓。隔天起，我就再也不去學校了。就這樣，我一頭栽進了網路的世界。總有一天，我一定要找他們報仇。我在心裡對自己這麼發誓。】

【這叫以牙還牙。你一定可以辦到的，我就是欣賞像你這麼努力的人。雖然我不知道你長什麼樣子，可是我喜歡你。我也是天生就沒有才能的人，膽子小、心臟又不好。】

【螢，聽了妳說的那些之後，我心裡突然有了一個靈感——說不定我可以控制『國王遊戲』。不如我們聯手把這個世界搞得天翻地覆吧。例如，隨心所欲地控制國王所下的命令，妳覺得怎麼樣？】

螢看著螢幕上逐一浮現的字，跟著笑了起來。

【一定很爽。】

【就叫奈米女王吧。】

螢的腳邊，還躺著一具幾個小時前，被她親手殺死的母親的屍體。

＊　　　＊

年輕男子「呼」地吐了一口氣，眼睛從螢幕上移開。

——之所以取女王「Queen」這個名字，並不是為了對抗國王的「King」，而是從螢過去的故事所得到的靈感，所以才會想到用「奈米女王」這個名字。螢，我是為了妳才取「Queen」這個名字的。

是的。妳會成為這個世界的「女王」。

雖然不知道妳的長相，可是我對妳一點都不感到陌生。我們兩個心靈相通、而且彼此親近。因為螢接受了我。一般人，不是都不希望他人知道自己那不堪回首的過去嗎？可是，妳卻毫不保留地告訴了我。我真的好高興，過去我從來不曾有這樣的經驗。妳對我有好感吧，螢？妳需要我吧？我好想見妳喔。

這是第一次，我想要告訴別人，關於我的過去。

等「奈米女王」完成之後，我就去見妳。我要把我的心血結晶送給妳當禮物。

只要能讓妳高興，我什麼都願意做。

【6月10日（星期四）午夜0點1分】

反田高中的校園裡，瀰漫著一股不安的氣氛。

修一離開幸村的身體，站了起來。他看看周圍的環境。

「怎麼回事？——沒有收到簡訊，也沒有人受到懲罰。」

櫻子和綾野慢慢地靠近彼此，兩人刻意保持適當的距離，視線一直停在對方身上，互相牽制。

她們身上的制服早已破爛不堪。櫻子的白色襯衫沾滿泥土，第3顆釦子也掉了，臉頰上還有傷痕。

綾野用左手護著右手臂，也許是想摀住傷口吧。她皺著眉，一步步靠近櫻子。

「都已經過了午夜12點了，到底怎麼回事？難道這樣就結束了嗎？」

櫻子暗自嘀咕著。

這時候，背著友香的智久出現了。百合香也跟在他們後面。

友香的眼神還是一樣空洞。智久每走一步路，友香的手便跟著晃動。

「已經結束了嗎？如果就這樣結束真是太好了……我再也不想有這種體驗了。為了保護某人而殺害另一個人，甚至傷害跟自己毫無關係的人。同學之間彼此威脅、互相欺騙，這樣是不對的。這麼做到底對誰有好處呢？友香也是這麼想的吧？——快醒來吧，友香。已經結束了……妳聽到了嗎！」

因為友香快要滑下來的樣子，所以智久輕輕地跳了兩、三下，重新背好。友香的脖子像跟著打節拍一樣擺動著。

百合香緊緊握住友香的手，哽咽地說道：

「如果……遊戲真的結束的話……我們就盡釋前嫌……不要計較彼此犯下的過錯好嗎？讓我們回到從前那樣吧。對不起，綾野。」

綾野依然一臉猙獰地瞪著百合香。

「嗄？妳在說什麼夢話！我不會認錯的，反正我本來就討厭櫻子！如果櫻子肯跪下來向我道歉，保證以後不會跟我作對，說不定我還會考慮……」

「自尊心和……虛榮心……」

櫻子嘴裡好像在嘀咕什麼，然後膝蓋突然跪了下去。

大家都以為「死亡連鎖」的齒輪已經停了。可是卡在齒輪上，那顆暫時讓齒輪停止轉動的小石頭，終究承受不住破壞的力量，啪的一聲彈開了。——就這樣，齒輪再次軋軋軋地轉動起來。

全日本高中生的手機，都在此刻同時響起。

【6／10星期四00：01　寄件者：國王　主旨：國王遊戲　本文：沒有服從國王命令的人必須接受懲罰。另外，犯規的人也要接受懲罰。　END】

【命令2】開始之前，日本國內的高中生人數是437萬2324人。其中，男生是215萬3122人，女生是221萬9202人。

【國王遊戲】結束，再也沒有人會受到懲罰了，大家也可以恢復平常的生活——日本國內的每個人，都抱著這樣的期待。可是這個希望瞬間就破滅了。全國百姓再一次被推落萬劫不復的地獄。

現實是殘酷的。

被抓到的男生——63萬2501人受到懲罰。至於必須受懲罰的女生人數，則相當於逃過一劫的男生人數，也就是152萬又621人。

至於，自殺和被殺的學生人數，還有犯規的男生和女生人數加起來，則是6萬2520人。光是這一天，全日本的高中生就減少了一半左右。

「遊戲還沒有結束……」智久心裡，終於理出這個頭緒。

——短暫的喜悅是多餘的。早知道就不該抱著期待。真是太可惡了。為什麼把懲罰的時間延後了呢？我們到底做錯了什麼？

「日本的未來會變成什麼樣子呢……」修一喃喃低語著。

砰！

櫻子倒在地上一動也不動，鮮血從她身上流到地面。她再也無法用那對眼睛看著智久，也無法用那張嘴巴和智久說話了。

看到櫻子變成那副模樣，綾野卻笑著說：「這就是跟我作對的報應。」

「我也會受到懲罰嗎……」楓真嘀咕著。楓真在日期改變的前一刻，被女生抓到了腳。

——時間截止的瞬間，處於被逮捕狀態的幸村，又會變成什麼樣子呢？

楓真還在想這些事情的同時……脖子突然像一朵盛開的牡丹花在瞬間凋謝了一樣，從身體咚的一聲掉到了地上。

看到這幅恐怖畫面的百合香，睜大了眼睛，不自覺地用手來回摸著自己的脖子。

——我也會……受到懲罰嗎？

她又摸摸脖子後面，結果摸到了溫熱、濕黏的液體。

——難道是……血？

百合香把手拿到眼前一看，是透明的。原來是汗。

「太好——」

突然，百合香噤聲了。

——我真是沒大腦！雖然我僥倖得救……可是，還是有很多人受到懲罰。說什麼太好了！楓真和櫻子都死了啊！

包圍幸村和櫻子的7個女生——其中5人，也都莫名其妙倒地而死了。

「我不想死——我還沒談過戀愛啊。媽……爸。」

一名女生嚎啕大哭了起來。

淒厲的哀嚎聲，不斷從四面八方傳來。

「我不想死！告訴我！為什麼！神究竟站在哪一邊？」

抱憾而終的生命。

過去那麼努力的人生，究竟有什麼意義呢？

生命就這樣一個一個地消逝了。

智久放下背在背上的友香，讓她躺在地上。

——友香也……受到懲罰了嗎？

友香的眼睛是睜開的，可是依然呆滯無神。不過，她的身上並沒有外傷。

智久像是要把她包起來一樣，緊緊地擁在懷裡。

眼眶裡的淚水彷彿隨時會掉下來的幸村，紅著眼睛跪在地上，一句話也沒說，只是不停地用頭敲著地面。

幸村一定有很多話想說吧？只是他找不出任何語句，可以形容此時此刻的哀痛。

智久對幸村吶喊道：

「你沒有話要對櫻子說嗎？楓真他……還有櫻子、櫻子她……你應該知道吧！已經沒有機會了……」

幸村還是沒有回答。他看了智久一眼，再次用額頭撞擊地面，好像要用這種方式結束自己的生命似的。

幸村的額頭滲出了鮮血。

智久看了之後說道：

「你這麼做有什麼意義呢……」

現實太殘酷了，連哀傷嘆氣的時間都不願施捨——

現場所有還存活的高中生，手機都在同一個時刻響了起來。

第6章

命令3

6/10 [THU] AM 00:02

【6月10日（星期四）午夜0點2分】

【6／10星期四00：02　寄件者：國王　主旨：國王遊戲　本文：這是住在日本的所有高中生一起進行的國王遊戲。國王的命令絕對要在24小時內達成。※不允許中途棄權。＊命令3：將全日本20歲以上的人類消滅。　END】

——這道命令根本不可能服從。修一說得沒錯，日本完蛋了……

看到簡訊的瞬間，智久不由自主地顫抖著。

——全日本20歲以上的人類，到底有多少人——那是很龐大的數字啊！

對於這個明顯要摧毀國家的命令，政府方面必須在最短的時間內想出對策。一分一秒都不能浪費。一定要不計一切代價，阻止最惡劣的情況發生。

高中生將開始動手屠殺國內20歲以上的人，這個最惡劣的狀況若是無法避免……在多方考量下，日本政府在凌晨2點緊急召開閣員會議。

回到辦公室的內閣官房長官廣瀨，手裡拿著一疊資料，對站在他面前的秘書官杉山吼道：

「馬上聯絡首相！請他出動海上保安廳、海上自衛隊！——另外還要盡快通知國內外的航空公司，以及擁有大型船舶、貨船、郵輪的企業！還有，也要通知出入境管理局和電視台。馬上召開記者會。

同時，立刻製作申請文件和方案文書，向韓國、中國等鄰近國家提出申請，請求他們接納日本國民入境。這些事情必須趕在臨時閣議之前完成，聽到沒有？」

杉山走到廣瀨的辦公桌前說道：

「長官，您計畫要讓日本的國民搭飛機、船舶，逃到外國去嗎？——可是只有24小時，根本是不可能的事。包括高齡者在內，全日本『20歲以上的人類』，少說也有幾千萬人……我們也都是『20歲以上的人類』。說不定這樣會讓情況變得更糟……」

「我知道這是非常困難的任務。可是，如果我們不採取大動作的話，你知道那些被逼急的高中生會做出什麼事來嗎？……他們會開始屠殺20歲以上的成年人。為了把傷害降到最低，政府必須展示決心才行，甚至，還要透過電視台，進行情報操作。

——還有，網路恐怖攻擊那件事，現在怎麼樣了？」

「我們收到報告，有32個地方同時遭到攻擊。為了不被查出所在地和發訊地，嫌犯還透過美國、韓國申請帳號，甚至盜用他人的ＩＤ。所以要鎖定特定的發訊者非常困難，到目前為止，我們還無法確定犯人是一人還是多人。以現階段的分析來看，有可能是多人犯案。

明明有遭到駭客入侵的跡象，然而奇怪的是，幾分鐘後駭客卻像幽靈一樣消失無蹤。對方在我們的電腦裡植入病毒或是做了什麼……我們完全無從得知。從手法來推測，很可能是使用獨自的介面在進行。」

「這個網路攻擊的行動，和【命令2】的懲罰，以及【命令3】的內容延遲發送，是不是有什麼關聯？或是因果關係？」

秘書官杉山拿出手巾擦拭額頭上冒出的汗珠，努力地尋找合適的字眼。

「……我也不知道。雖然只是猜測，但是因為時間上實在是太巧合了，我想兩者應該是有關才對。可是，他們是怎麼做到的呢……？雖然我不願意承認，可是對方非常聰明，簡直就是天才……而且是足以讓日本四分五裂的天才。」

「擁有這麼聰明的腦筋和技術，為什麼不用在好的方向呢……」

廣瀨盯著天花板，喃喃嘀咕著。

這時候，突然傳來敲門的聲音。「進來。」

是另一位秘書官坂井。他以小跑步的方式進入辦公室。

「打擾二位談話，實在非常抱歉——可是，我們收到一份報告。」

坂井看著廣瀨，手裡緊緊握著一份報告書。

「什麼事，快說！」

「有人提議，要視情況把高中生關起來，甚至……把他們殺害……」

「這方法是誰想出來的！」

在廣瀨的腦海裡，浮現出那些聚集在類似大型體育館裡的高中生，慘遭大人殺害的畫面……同時，還有一群失控的高中生，在街頭上展開任意屠殺成人的畫面……

為什麼有人提議，要視情況把高中生關起來，甚至是殺害呢？理由是什麼……？

——現在，還活著的高中生總人數大約是200萬人。相較之下，20歲以上的國民將近1億。捨棄那些存活的高中生，對國家整體而言，也許是兩害取其輕的做法吧——政府裡面有人是這麼想的。

與其被殺，不如先下手為強——

在四國的某個村子，有一對老夫婦坐在客廳裡看電視，桌上擺著冒著熱氣的茶杯。兩個人看起來好像感情還不錯。老頭子說道：

「我們活著，會不會給孫子奏多添麻煩啊？老太婆。」

「我也不知道。」

「我說老太婆，咱們倆今年幾歲啦？」

「92歲和89歲。結婚第68年啦。」

「那就活夠本啦。老太婆，妳還有沒有什麼想做的事啊？」

「現在只要能看到孫子的臉，我就心滿意足了。能和老頭子你結婚，是我的幸福呢。」

【6月10日（星期四）午夜0點15分】

漆黑的烏雲遮蓋了高掛在夜空中的明月，看起來就像是下弦月似的。

從雲縫中灑下的月光，散發出夢幻的氣息。廣大的夜空，看起來像一幅反覆上過好幾層顏色的油畫。

相較之下，反田高中的校園裡卻瀰漫著絕望的死寂。

智久抓著跪在地上的幸村肩膀說道：

「夠了，你快站起來啊。」

「楓真……櫻子……還有大家……智久，你告訴我，我該怎麼辦才好？」

「不要問我。這樣一點也不像平常的你。」

「不像平常的我……？不像平常的我……？我也有不知道該如何是好的時候啊！」

幸村的額頭和鼻尖的部分，沾了一層薄薄的泥沙。眼眶裡的淚水好像隨時都要掉下來一樣。

智久放開抓著幸村肩膀的手，喃喃說道：

「也許……是我們弄錯了也說不定。」

「為什麼這麼說？」

幸村抬起臉問道。

「【命令2】的懲罰延遲的時候，我就注意到了……要是不把根本的問題解決，【國王遊戲】是不會結束的。我們以為只要服從命令就能脫困……可是結果呢？什麼都沒有改變，因為下一道命令又緊接而來。所以，我們必須斬斷【國王遊戲】的根源才行。

——我媽是電視台的製作人。我從小就很討厭她的工作，因為她很少在家，每天都只有工作、工作，連週末假日也要去公司開會。我們全家人幾乎沒有機會在一起吃飯……她總是說『我不希望因為自己是女人，就被人看不起。要是不能爬到高階的位置，就沒辦法施展自己的抱負了』……

抱歉，岔開話題了。我想說的是，我媽應該也掌握了不少情報來源。雖然我很不喜歡求她，可是我還是去問問好了，說不定可以知道一些情報……如果能問出【國王遊戲】的線索——你願意跟我一起行動嗎，幸村？」

幸村沒有回答，只是用手抓著地面。智久繼續說道：

「我……不會再迷惑了。……只要能讓【國王遊戲】結束，我什麼都願意做。為了死去的朋友……還有友香。悲傷的事就留到以後再說吧。」

幸村抬頭看著智久，用力地點著頭。

智久拿出手機。自從他離開廣島之後，他的母親已經打了好幾十通電話，可是他一次也沒接。智久選了一通母親在0點5分打來的最新來電，按下了回撥鍵。

電話響了幾聲之後，母親接起電話了。

『智久？你要不要緊？媽媽打了好幾通電話給你，你都沒接，害媽媽擔心死了。』

「對不起。」

智久握住手機的手，不自覺地握得更緊了。

「……媽，我有事想問妳。妳知道關於【國王遊戲】的訊息嗎？什麼都好。」

『……媽媽也不是很清楚。不過，有件事倒是很令人擔心——就是警方對媒體提出了有關一名少年的報導協定。所謂報導協定就是……比方說，發生綁架勒贖的事件時，為了確保人質的安全，電視台在進行相關新聞報導的時候，必須逐一向警察單位請示能否播出。這是為了保護人質的安全，同時也是避免刺激犯人的做法。

這次報導協定的內容，是一個名叫金澤伸明的少年。令人不解的是，這個人早就死了。金澤伸明的遺體，在幾天之前已經被人從大海裡撈起來。現在全日本一下子死了那麼多人，警方卻限制媒體不准報導這名少年的新聞，實在是令人匪夷所思。還有……金澤伸明的遺體被發現的地點是在廣島。現在，廣島縣境內已經沒有高中生了……』

「謝謝妳，媽——還有，我想知道關於這次的命令……媽有什麼打算？」

『目前我們電視台內部，正在針對這件事情進行討論。有人建議利用船舶或其他工具，把20歲以上的國民送出日本——不過就算全力動員，最多也只能送出1000萬人。……家裡有高中生的家長，也許還願意協助，可是除此之外的人，會願意配合到什麼程度呢……』

智久緊緊地閉上雙眼。

『現在，日本政府決定的任何對策，一定會大大地改變日本的未來。智久，你有什麼打算嗎？』

「我要和朋友一起去尋找這件事的源頭，然後阻止這一切。」

『不能這麼做，那樣太危險了——我很想這麼說，可是現在已經不是說這種話的時候了。媽媽也會堅持到最後一刻的——爸爸的事，媽媽覺得很抱歉。那時候我說「幸好被殺死的人是爸爸」……你是不是很生氣？』

「我已經不氣了。」

『智久，雖然你的外表長得像媽媽，可是脾氣卻很像爸爸——對了，過幾天我們一起去給爸爸掃墓，再去吃頓飯。在家吃也行，媽媽來煮烏龍麵，或是做一頓豐盛的大餐，到時候，請修一和友香一起來家裡吃飯吧。』

「……嗯。可是媽，你不是討厭修一……不、當我沒說。」

『智久，你一定要平安回來喔。要是你死了的話，媽媽一個人會很孤單的……』

智久掛斷了電話。他怕再說下去，自己會因為懦弱而哭出來。

智久的母親也是同樣的心情。

「嗚……嗚……」

闔上手機後，她終於哭了出來。

智久的母親看著儲存在手機裡那張3人合照。那是4年前的暑假，全家人一起去九州某座主題樂園旅行的時候拍的。當時，母親硬把一對兔耳朵套在智久的頭上，智久還因此漲紅了臉。

『智久，沒什麼好丟臉的！這是很好的紀念啊！』

『我最討厭戴這種東西了。』

『有什麼關係，智久！這樣很可愛啊！你看，媽媽也有戴呢——要拍囉！』

幫忙拍照的一名女性工作人員，微笑地按下了快門。那是智久和家人一起拍的最後一張全家福。

「如果我留在日本的話……智久他們會受到懲罰吧？智久的爸……你說，我該怎麼辦才好呢……」

母親知道自己不可能在時限之前離開。她很清楚，自己有義務要留守在電視台，把真實情況傳達給全日本的國民，直到最後一刻。

「智久，媽媽會留在國內，堅持到最後一刻。不過，你不用擔心……」

母親拭去眼淚後，便挺起胸膛往會議室走去。

掛斷電話的智久，看著幸村和修一說道：

「我現在就要趕回廣島。我希望幸村也能一起來——至於修一，你可以和百合香一起陪在友香身邊嗎？」

「你回廣島要做什麼？」

百合香憂心地問道。

「我想去找出終結【國王遊戲】的線索。雖然希望不大，可是……我還是要去一趟。」

智久看了一下手機的時間。

「還剩下……23小時34分鐘。」

「你不管友香了嗎？」

「嗯。修一，友香就拜託你了——對不起，友香。」

這是非常痛苦的決定。可是智久知道，帶著友香會妨礙往後的行動。

本來，智久是想找修一一起去，而不是幸村。可是，智久最後卻選擇了幸村。因為他想到，要是友香醒來的話，能陪在她身邊安慰她的人最好是修一，而不是幸村。

智久看了一下周圍，並沒有看到綾野。

「……你們應該不會下手殺害20歲以上的人類吧？」

智久低聲問道。

在場的所有人，全都點頭表示同意。

【6月10日（星期四）凌晨1點58分】

自從【命令3】下達至今，已經過了2個小時，差不多該召開臨時閣員會議了。

內閣府的會議室裡，閣員們都在等待會議的開始。

「股價和匯市大幅下跌，投資人紛紛退場……必須先想辦法阻止才行，穩定經濟是目前的首要任務。」

一臉憂心忡忡、等待會議開始的財務大臣，對鄰座的產經大臣這麼說道：

「先討論要不要取消今天的股市交易吧。」

此時，發言人氣喘吁吁地跑進會議室裡說道：

「我們剛剛收到警察廳傳來的消息——在山梨縣有一群高中生，殺了21名20歲以上的國民。」

財務大臣聽到這個消息，馬上從位置上站起來。他看了與會的官員們一眼，慢條斯理地說道：

「大家聽著。為了保護日本，以及日本的經濟，我們必須盡全力阻止高中生殺害20歲以上的國民，還有明天全日本的高中生受到懲罰的最壞情況發生。」

「要是把高中生關起來，或是殺害的話，政府一定會受到嚴厲批判的。」

產經大臣也站起來，一臉慌張地提出反對意見。

「要盡可能地宣導和控制情報。另外，我們需要一個能全權負責的人……」

廣瀨站在會議室的大門前面這麼說道。為了準備，他遲了幾分鐘抵達會場，不過臉上卻帶著做出重大決定的表情。

「廣瀨長官，您是說真的嗎？——可是這樣不但會引起政府內部的分裂，也會賠上您的政治生命啊。」

「現在不是考慮這些事情的時候！官僚打著維護日本經濟的名義，模糊了焦點。日本經濟，說穿了就是錢和日本的未來——可是放棄了現在，還遑論什麼未來！為了凝聚多數人的共識，政府非得要採取大動作才行！大家還不習慣承受打擊吧？因為在場的各位都是循著菁英路線，爬到現在這個位置的。」

「可是……」

廣瀨慢慢地把手伸向門把的位置。

「廣瀨，你想背叛我們嗎？要是媒體知道這件事的話……」

黨幹事長像是嘴裡咬著一條蟲似的，表情嫌惡地說道。

「我不是要背叛大家。我已經和首相取得聯絡，請他出動海上保安廳、海上自衛隊了——另外，也和國內外擁有航空公司、大型船舶、貨輪，以及郵輪的公司取得聯絡。等一下還要召開記者會，向全國人民喊話。再過2小時，大家就要開始準備移動了。這將是日本前所未有的……大逃亡。」

「將近1億人啊！一下子要這麼多人逃離日本，根本是不可能的事。」

「幹事長，難道你要政府對高中生見死不救嗎？你希望全國的高中生都死掉嗎？」

「我又沒有這麼說。」

幹事長每次只要一心急，就會出現用右手食指敲打桌子的習慣動作。

「——就在會議開始之前，一名住北海道的高中一年級女生，在政府的官方網站留下了一則訊息，內容寫著【我不想死。政府會保護我們嗎？】，這類的訊息已經有很多則了。」

說到這裡，廣瀨轉向從剛才就一直閉目聽取簡報的首相說道：

「首相，請您把【國王遊戲】的問題交給我全權處理吧。大小事都要開會解決的話，時間一定會來不及。我會扛起所有責任的。」

首相遲遲沒有回答。廣瀨繼續低著頭等待。

「扛起所有責任？」

「愚蠢的傢伙。他的政治生涯結束啦！在這種情況下，他能做什麼？」

一旁等著看好戲的大臣們，帶著不屑的表情私下竊笑著。

最後，首相終於採納廣瀨的建議，任命他為危機管理情報局的局長，把【國王遊戲】的事件交給他全權處理。幾個小時後，首相宣布下台，因為他害怕承擔社會的批判。

走出會議室的廣瀨一面看著文件，一面對身旁的秘書官杉山怒斥道：

「馬上向各國領袖提出緊急申請！請他們把目前在日本近海航行的大型船舶、輸送船、貨輪停靠在日本的港口。還要請媒體的工作人員，留在國內繼續播報新聞，直到最後。電力不足的問題也是當務之急，必須要求電力公司和通信業維持最基本的服務，並且在國民逃難的時候，全力提供協助。目前我們一定要傾全國的力量，協助國民到海外避難。」

「廣瀨局長，預算的問題……還有今後和鄰近國家的關係都是要考慮的問題。以後，中國很可能會貶低我們，甚至用『那個時候我方有提供協助』的說詞來箝制我們啊。」

「先不要管預算的問題了！現在是人命關天的重要時刻！被貶低又怎麼樣？你知道我為什麼要把責任攬在自己身上嗎？就是為了擺平對外關係和錢的事——只要日本百姓還活著，國家就可以重建。百姓才是國家的支柱！」

廣瀨停下腳步，再次看著杉山說道：

「……我比較在意【命令2】延遲下達2分鐘那件事——你馬上去調查，那些曾經犯下網路恐怖攻擊的駭客、擅長竊取情報的電腦高手，以及在IT相關企業上班的人。說不定可以在這些人身上，查出什麼蛛絲馬跡。」

【6月10日（星期四）凌晨3點49分】

在瀰漫著橘黃色燈光的漫長隧道內，光線持續地往後方流瀉而去。

智久和幸村坐在一輛卡車後面，被堆滿的紙箱所包圍。

智久決定以搭便車的方式，前往廣島。他站在國道公路旁想要攔車，但是來往的車輛變得很稀少，而且根本沒有車子願意停下來。

這也難怪。因為知道【命令3】內容的人都會擔心，高中生會不會殘殺20歲以上的成年人。

智久舉著手已經過了30分鐘，可是一輛車也沒攔到。他決定改變策略，直接跑到公路的中間，大幅度地揮動雙手。他想攔下一輛正朝著這個方向疾駛而來的大卡車。卡車上的司機一發現智久，連忙踩下煞車。

「混蛋！」

智久不顧司機的咒罵，想盡辦法說服他。

「我們絕對不會傷害您的。因為我媽剛才打電話給我，說她『現在就要去死』。我得去阻止她才行！求求您，司機先生！送我們去廣島好嗎？」

看到著急得快要哭出來的智久，司機終於勉為其難地答應道：「你們去坐後面的貨斗。」

卡車停在路旁一家便利商店前面。坐在堆滿紙箱的貨斗內的智久，這麼問幸村：

「為什麼你不對櫻子說出來呢？」

「……我不希望她因為我的告白，而對我另眼看待。」

幸村抬頭仰望廣闊的夜空，喃喃地說道。

「你希望她對你一視同仁，永遠把你當成朋友嗎？——結果呢？你現在只能抱著閉上雙眼的櫻子不是嗎？你應該早點向她告白的，否則等人死了，說什麼都太遲了……」

「我是不是很沒出息？」

「在感情方面的確如此。」

司機上完廁所後，朝卡車的方向走回來。他繞到後面的貨斗，一面抽菸一面和他們兩個聊起天來。

「你們兩個……是不是有看過朋友死在你們面前？」

智久和幸村一時不知道該如何回答。

「你們一定不知道該說什麼吧。沒想到，就連你母親都說出那種話……不過你放心，大叔一定會把你們送到家的。」

「……謝謝你。」

智久低頭致謝。

「大叔我是孤家寡人一個，沒有孩子——不過，如果我的孩子被捲入這種事件之中，我一定會非常煩惱，畢竟孩子們都是父母的心肝寶貝。」

「大叔，你想生幾個小孩？你喜歡男生？還是女生？」

不知道為什麼，卡車司機突然一臉尷尬地說道：

「雖然我自稱是大叔，不過我才26歲而已，看不出來吧？我想要幾個小孩是嗎……？大概

3個吧。而且我喜歡女孩，最好長大後能夠當明星。不過大叔的外表實在是太蒼老了，所以得找個漂亮的老婆才行呢。」

「這位大哥，其實你長得很有個性呢！」

智久露出了難得的笑容。那位司機大概也是為了撫慰他們受傷的心靈，才會跟他們閒話家常吧。

可是智久的不安並沒有因此而消失，他的生理狀況誠實地透露出他目前的心境——汗流浹背、手腳不停地顫抖。

他左思右想，這次的國王命令根本不可能達成。所以他必須在20個小時之內找出源頭才行，如果不能阻止情況繼續惡化……高中生會全數死亡吧？包括自己、友香、修一，還有幸村和百合香。當然也包括了綾野。

智久試著閉上眼睛，集中精神。

——金澤伸明到底是什麼人？他是在哪裡出生的？年紀多大了？長什麼樣子？曾經體驗過什麼事呢？

動用報導協定的意思是，他被人綁架了嗎？可是，金澤伸明的屍體不是從大海裡撈起來了嗎？新聞也播過了不是嗎？為什麼政府現在卻突然要禁播有關他的消息呢？……難道，又發現什麼不可告人的秘密嗎？如果有，會是什麼呢？

智久一面喃喃自語，一面搔動頭髮。

——把先入為主的想法拋開吧！……說不定，金澤伸明還活著？

「故事的開端，總是從偶然開始的……」
智久正在嘀咕的時候，手機鈴聲突然響起。有簡訊，而且一次收到了2則。
大約在同一個時間，廣瀨坐在一輛朝東京都廳方向疾駛的公務車後座。
「那件事……就是金澤伸明那件事，為什麼至今一直瞞著我呢！」
秘書官杉山低著頭，好像有什麼難言之隱。
「……我不是故意要隱瞞您，而是我以為那種事沒有必要報告……」
「開什麼玩笑！等到事情一發不可收拾再來報告，就表示一定有什麼不可告人的隱情！」
廣瀨把視線移回剛拿到手的文件上。
「──2009年6月開始，到2010年6月為止的這段期間，金澤伸明體驗過2次的【國王遊戲】。第一次的生還者只有他一個。班上的其他31名同學全數……死亡。」
「那次和現在不一樣，當時好像只有32名學生參加遊戲而已。可是在第2次的時候……包括金澤伸明在內，所有的學生都死了。」
廣瀨的手蓋著嘴巴，陷入了沉思。
「金澤伸明是【國王遊戲】中，唯一的生還者。換句話說……他是從【國王遊戲】中解脫的人。」
雖然他在第2次的【國王遊戲】中死去，可是在第一次的時候，卻活了下來……他是不是找到了脫離【國王遊戲】的方法？……不，不對。如果他知道的話，應該不會再次被捲入遊戲之中，也不會送命才對……也許是脫逃的方式出現破綻，所以他只逃過第一次……這樣的推論……合理嗎？」

「廣瀨局長，請看報告書的第11頁。」

廣瀨啪啦啪啦地翻到那一頁。

「……【夜鳴村】。那是距今33年前，發生過【國王遊戲】的村子。根據推測，當時村子裡進行的體驗，應該就是第一次的【國王遊戲】。夜鳴村的32名村民，除了本多一成之外，全都死了……和金澤伸明一樣，只有他一個人活下來嗎？」

「之後，夜鳴村便從地圖上消失了。存活下來的本多一成在離開村子之後，和一名女子結婚，生了2個孩子，分別是奈津子和智惠美。奈津子由父親這邊的祖父母收養，姊妹兩人過著完全不同的生活。直到最近，本多一成經常無故不去公司上班。經過確認，他是去四國進行88處靈場的參拜巡禮，可是從此之後，就完全沒有他的消息了。」

「還有一則令人好奇的新聞。請看同一頁的第12行。」

「金澤伸明和本多智惠美本來是一對情侶。嗄？33年前【國王遊戲】中的倖存者本多一成的女兒，和金澤伸明交往？」

「是的。本多智惠美在第一次的【國王遊戲】中去世了。」

「倖存者金澤伸明轉學後，在新學校認識了雙胞胎的姊姊本多奈津子，而且還是同班同學……」

「第2次【國王遊戲】，就是在那間學校發生的。這一次，金澤伸明和本多奈津子都死去了。——本多奈津子也是轉學生。她在轉去那間學校之前……曾經在紫悶高中體驗過【國王遊戲】。和金澤伸明體驗的第一次【國王遊戲】是同一個時期。」

「……究竟是怎麼回事？」廣瀨陷入了苦思。

「一定有關聯——立即派搜查班前往夜鳴村調查，找出失蹤的本多一成！」廣瀨透過車窗，眺望新宿的夜景。櫛比鱗次的高樓大廈不斷地從眼前流過。

眺望窗外的杉山，轉頭看著廣瀨說道：

「有消息傳來了。明天早上的股市決定休市。」

「不管那些了。」

——人類在科學和經濟方面的發展有非常耀眼的成績，而日本正是集大成的國家。可是，漫長的歷史卻在此時此刻開始脫序了。一個故事的開端，通常都是有原因的。一股神秘未知的可怕勢力，恐怕正在一步步地逼近當中。

——一股神秘未知的可怕勢力，恐怕正在一步步地逼近當中。

智久打開手機，查看收到的簡訊。

【6／10星期四04：25　寄件者：修一　主旨：　本文：百合香撿到櫻子的手機，發現一件很巧的事。她在未傳送的寄件匣裡看到一則寫著【ｅｘ】的簡訊，感到非常疑惑，於是又查了楓真的手機，果然又看到類似的英文簡訊。這究竟是什麼意思呢？是暗號嗎？智久有沒有傳簡訊給大家？是什麼指示嗎？　ＥＮＤ】

智久盯著手機畫面，仔細回想了好一會兒，然後手指在按鍵上慢慢地滑動。

【我並沒有發出任何指示的簡訊。我很在意這件事，你去調查一下吧。】

手機很快就響了。是回覆的簡訊。

【6／10星期四04：27　寄件者：修一　主旨：Re　本文：OK，包在我身上！對了，不是有個叫海平的男生嗎？就是出現在音樂教室裡的那個討厭鬼。他好像想要幫我們，不但態度變得很客氣，而且一直面帶微笑。還說，當跑腿也沒有關係，要我們儘管吩咐。我知道這樣很傻，可是我們現在真的很需要人手，所以我就請他幫忙了。在你回來之前，我會好好保護友香的，儘管放心吧。END】

——謝謝你，修一。

智久對著手機螢幕，低頭致謝。之後，他打開另一則也是剛剛傳來的簡訊。

【6／10星期四04：25　寄件者：媽媽　主旨：　本文：你知道黑磨町那家叫寄進會的醫院嗎？大概在20年前左右，那裡是一間專門收容無處可去的重大精神病患，或是傳染病患的醫院——現在已經變成廢墟了。我記得那家醫院的院長被病患殺死，所以醫院才會關閉。在關閉之前，那裡曾經傳出很多可怕的謠言。例如，院方把有暴力傾向的患者強制綁在床上、醫院裡發生有寄生蟲寄宿在人體之中，自行分裂繁殖的事。還有，那家醫院明明已經沒人了，可是最近卻有人通報，這幾天只要到了晚上，就會看到燈光從醫院裡面透出來。對了智久，已經很久沒聽到你叫我「媽」了，媽媽真的好高興。END】

智久沒有回覆，就把手機闔上了。

他站起來，咚咚咚地敲打隔著駕駛座和貨斗之間的那面玻璃。正好在等紅綠燈的卡車司機，回頭看著智久。

「我可以把目的地改成廣島縣的黑磨町嗎？」

「黑磨町？」

「就是從吳那邊，稍微往山裡走的地方。」

「那裡是比較近啦，可是，你母親的事不要緊嗎？」

「我父親的墳墓在黑磨町那裡，我想先去掃墓，再去找我母親。」

「這樣啊，好吧——後面的貨斗很不好坐吧？要不要坐到副駕駛座來？我現在已經很信任你們了。」

「……停在山腳下，那棟建築物的前面就可以了。」

司機的車停在一處沒有半個人經過的十字路口前，正在等紅綠燈時，智久這麼說道。

智久在內心不停地道歉。因為他騙了這麼親切、又充滿人情味的人。

尤其是司機說的那句「我現在已經很信任你們了」，更讓他感到無比的愧疚。

智久這麼問道：

「這位大哥，你為什麼這種時候還在外面工作呢？」

「不把這些物資送達的話，大家的生活會很不方便啊。我可是對自己的工作很自豪呢——

雖然周遭的人總是笑我，說這是誰都可以勝任的工作……隨他們愛怎麼說就怎麼說，反正我不這麼認為就好了。唯一比較不滿意的地方，就是薪水少了點，哈哈哈！」

「自豪是嗎？」

我將來想要從事什麼樣的工作呢？——像媽媽一樣，投身媒體行業嗎？還是保鄉衛國、從事救人的工作？——對了，我記得友香曾經說過她「想要當護士」。

智久問幸村：

「幸村，你將來想從事什麼工作？」

「我希望能從事維護正義的工作……成為一個警察。」

卡車再次動了起來。

智久和幸村在紙箱的縫隙間面對面坐著。東方的天際灰灰亮亮的，就像灑了一層銀粉似的。

過了幾分鐘，一路順暢行進的卡車停了下來。他們下了車，急促地跑到路旁。

終於，早晨的太陽從山頂上冒出頭來。

「好刺眼喔……」

兩個人不約而同地瞇起眼睛，用手遮住光線。空氣中飄散著清晨特有的新鮮空氣和青草的香味。

「拿去喝吧。」司機大哥遞了兩罐咖啡給他們。從他背後望去，是一片連綿高聳的中國山脈。

智久突然有一股想要伸手抓住金色陽光的衝動。

那位司機大哥抓住了智久的手。

「你是不是沒睡醒？咖啡在這裡——你們真的要在這種地方下車嗎？我可以送你們去目的地喔。都是年輕人嘛，不要客氣。」

「非常謝謝你，不過真的沒關係。」

2個人輪流和司機握手道別之後，就與司機分道揚鑣了。

走了大約200公尺，後面傳來了喇叭的聲音。

兩人回頭一看，那位司機大哥從駕駛座上探出半個身體，高舉著手不停地揮動。

「你們放心吧！等我把貨物送到目的地之後，就會離開日本了——我聽到收音機的廣播說政府已經向世界各國要求大型船舶的支援了。就算搭不上那些船，我也會游泳離開！」

智久同樣用不輸給司機的音量，大聲回答他道：

「那樣會溺水啦……我們一定會再見面的！一定！」

智久說完之後，幸村跟著大大地揮起手來。

「那位大哥人真好……都這個時候了，還那麼樂觀。」

幸村喃喃自語著。

「嗯。」智久點頭，然後像是下定決心似的，雙手拍拍自己的臉頰。

他沒有問那位司機大哥的名字，因為他有預感，將來他們還會再見面。

就算不能再見面——那位大哥，一定也會討一個漂亮的老婆、生兒育女，過著幸福的生活，而且女兒還會當大明星。他相信，將來一定會再見面——

「即使我們全都死了，也請你們要創造光明的未來，生養很多孩子喔。」

智久邁開堅定的腳步，然後，朝著前方不遠處的一棟廢墟——寄進會醫院前進。

【6月10日（星期四）清晨5點30分】

召開記者會的時間到了。

「這樣真的不要緊嗎？廣瀨長官——你這麼做，等於是不把公聽會的意見放在眼裡啊。」

「沒關係，把聲明書發給大家！」

廣瀨的語氣很明顯地讓人感受到拒絕一切質問和忠告的意志。

他調整了一下領帶之後，走進記者會的現場。

一踏進會場，閃光燈便開始劈里啪啦地閃個不停。雖然時間還是清晨，可是現場已經擠滿了300名以上的媒體記者，會場後面也站著滿滿的人群。

看到記者們的強硬態度，廣瀨知道這次不能再像上次那樣，隨便說兩句就敷衍了事。不過對於這個情況，廣瀨早就有所準備了。

他站在麥克風前面，說出了第一句話。

「目前所發生的事情，都是事實……只有接受事實，才能著手調查原因。恐懼會因為人們的想像而無止境地膨脹，造成社會的動亂和不安。我希望能夠盡量避免發生這種情況，所以懇請大家保持冷靜，而且迅速地行動。現在當務之急，就是阻止這次空前的災難繼續擴大。

日本政府會盡一切努力查明原因，同時也決定正式展開史無前例的逃難行動。政府會在亞洲各國——韓國、中國、寮國、菲律賓，以及美國、EU各國等許多國家的協助下，迅速展開行動。尤其是韓國和美國，未來我們將會十分仰賴他們的協助。」

現場陷入騷動，記者們同時發出了驚呼。

「根本不可能！」

「你以為那樣可行嗎？」

「難道想不出更實際的方法嗎？」

廣瀨朝記者們瞥了一眼，兩手用力往桌面拍下。

「不要打斷我的話！不可能又怎麼樣？難道要咬著手指頭，什麼都不做嗎？再這樣下去，國家會蒙受非常嚴重的損害！只會說『不可能』、批評這個、批評那個，這種事情誰都會做！——你們難道不知道，要保護全日本的高中生這個任務，不但需要全體國民的協助，還要有絕不放棄的勇氣嗎！在這個節骨眼，如果大家還是七嘴八舌、不肯團結一致的話，問題要怎麼解決？」

從這一刻開始，廣瀨就已經展開情報控制了。為了安定民心，他故意放出假情報。那是在非常情況之下，所做的不得已的賭注。

聚集在會場的媒體記者，手上都拿到政府即將採取的各項措施的資料。最下面還有這樣的記載——

『〇秘1級警戒措施——務必注意不得洩漏情資，並遵照日本政府的指示。

姓名（簽章）：

不同意者，在取得許可之前，禁止離開會場。』

之前讓智久他們搭便車的那位卡車司機，也透過衛星導航電視，觀看記者會的轉播。看完記者會後，他叼著一根沒有點燃的香菸，打電話給同業的司機。

「真是偉大的計畫呢。用這種方式，說不定真的能把全部的人撤出日本……現在的情況是，40歲以下的成年人，必須和2名以上40歲的人同行嗎？我之前還想不通，為什麼不趁晚上行動。原來是因為『天黑的時候進行，民眾容易陷入恐慌。所以儘管已經做好準備，還是等到天亮才宣布』，真是讓人佩服。

喂，那個叫廣瀨的傢伙，真不是個簡單的人物呢——船隻停泊的港口半徑一公里以內，要是發現高中生的話，不論原因為何，一律立即逮捕——這點我並不是很贊成。不過，這也是沒辦法的事。現在港口那邊已經聚集了大批20歲以上的成年人，要是發生暴動，後果可就不堪設想了。」

一口氣說了這麼多之後，司機才點燃香菸，吸了一口。

「廣瀨那傢伙設想得滿周到的——剛才我載的那兩個高中生，不知道現在怎麼樣了？說是要去掃墓，也不知道掃完了沒？」

突然間，駕駛座的門被打開了。

「啊、好像有人來了。那麼，就先說到這裡吧。」

司機掛斷電話，往門外的人影看去。

「是誰啊？害我嚇一跳——是高中生嗎？你們放心……」

司機用手把身體撐起來，下一瞬間，副駕駛座旁的車窗和前方的擋風玻璃濺滿了鮮血。

「你們……做什麼……」

司機的脖子被切斷，頭顱咚的一聲掉到地上，身體從座位上滑落。接著，只聽見數人匆匆跑遠的腳步聲。

在見到智久他們之前，司機先生對高中生還抱著警戒的心態。可是，自從和智久、幸村聊過天之後，便解除了戒心。

還在燃燒的菸頭掉在司機的襯衫上，衣服纖維「滋滋滋」地燒了起來。可是，司機卻沒有喊一聲「好燙」，也沒有把身上的菸渣拍掉。

高中生展開任意屠殺的事情，早在廣瀨的預料之中。應該說，他內心真正的想法是，要是這些高中生不殺人的話，情況反而更棘手。因為，不管他再怎麼向國民喊話，或是費心解釋政府的行動方針，想要讓全國百姓團結一致，根本就難如登天。就連20歲以上的國民，也分成逃難和不逃難兩派意見，更別說那些身體不方便移動的族群——老人和病人了。

雖然廣瀨在記者會上宣布「要保護高中生」，不過事實上他另有企圖。

「如果不杜絕根源的話，【國王遊戲】永遠都不會結束。」廣瀨這麼想。

——第一次的【國王遊戲】，是發生在33年前——一個叫做夜鳴村的小村落，命令的對象是全村的村民。之後的第2次、第3次、第4次，都是以高中生為命令的對象。而第5次，更是擴大到全日本的高中生……

廣瀨想起他在記者會上說的話，臉上浮現一抹神秘的微笑。

——「當務之急，就是阻止這次空前的災難繼續擴大」……這句話的真正意思，其實是要阻止「命令對象擴散到全國的國民」。「保護全日本的高中生這個任務，需要全體國民的協助」……意思是，要是高中生全都死了的話問題會更嚴重，因為下一次——有高達99%的機率，全國的國民都會被捲入遊戲之中。

所以無論如何，都要阻止這樣的情況發生。在命令的對象還停留在高中生層級的時候，就迅速找出源頭、永遠地杜絕【國王遊戲】。而高中生存在的意義，就是在此之前，盡量爭取時間。

在這麼短的時間之內，送一億個日本人到國外避難，根本是不可能的事。那麼——該怎麼辦呢？

「廣瀨局長，網路留言板上已經出現殺死成年人的競賽了……另一方面，20歲以上的國民，也不斷傳出自殺案件……」

「人類真是愚蠢的生物。我們現在也只能且戰且走，視情況來臨機應變了。有多少人順利逃到國外去，要隨時向我報告。」

「剛才，第一班次已經出發了。——同時，搜查班也抵達了夜鳴村。」

「總之，任何消息都不能遺漏。我們一定要終結這個愚蠢的遊戲才行。期限是晚上9點整，那是命運的交叉點——到時就能知道，人類能不能撐過這次的考驗了。」

【6月10日（星期四）清晨6點30分】

智久和幸村來到位於黑磨町的寄進會醫院中庭。

跟外面的感覺完全不同，這裡瀰漫著一股沉重、冰冷的氣息。大概是因為周圍被蒼鬱的樹林包圍的緣故，所以院內既潮濕又昏暗，感覺就好像隆冬季節的廁所那樣。

「這裡以前是醫院嗎？別開玩笑了……看這樣子，不是鬼屋就是監獄吧。」

智久轉頭看著幸村，臉部的肌肉微微地抽動著。

「這裡很像以前我們全家去過的網走監獄。我想，應該不會有妖怪突然冒出來吧。」

「好冷的笑話，你還是別說了吧，哈哈哈。」

這家醫院是一棟3層樓、貼著紅色磁磚的長方形建築，遠處可以看到另一棟房舍建築。

正面的窗戶有1扇、2扇、3扇……6扇。有些房間的窗戶是打開的，有些則是緊關著，其中有幾間的窗簾，就像被人撕裂了一樣破爛不堪。

那是收容重度精神病患和傳染病患的醫院——後來院長遭人殺害——把有暴力傾向的患者，半強制性地綁在床上——

那些無法靠自身力量站起來的患者，抓著窗簾想要站起來。所以窗簾是因為承受不住重量，而被扯破的嗎——？還是有人遭到襲擊，想從窗戶跳下來時被拉破的呢？

智久的身體，不由自主地打了一個冷顫。

——不要再胡思亂想了。

入口處是雙開的大門，窗戶的玻璃幾乎都破了。智久和幸村一面保持警戒，一面慢慢靠近。

智久小心翼翼地推開大門。「嘰嘰嘰！」門板摩擦到地面，發出像是哀嚎一般的聲音。

刺耳的摩擦聲在室內迴響，更增添幾許陰森詭異的氣氛。

醫院裡面，並沒有聞到慣有的消毒水味。沒有味道的醫院，更讓人感到不尋常。

天花板比想像中要高。左手邊是櫃台，上面放著寫有【請把診察單放進去】的箱子，以及用顯微鏡檢查血液時，所使用的載玻片。

載玻片中央看起來紅紅的，上面貼了一張泛黃的紙條，寫著【患者T】。紅色的部分是血吧？那是從一名叫T的患者身上，採集下來的檢體嗎？

掛在櫃台後面牆壁上的時鐘，已經停止走動，不知道是不是有人惡作劇，長針和短針同樣都指著12的地方。

幸村拍拍智久的肩膀，朝樓梯的方向看去。意思是，我們到2樓去看看吧。

智久鼓起勇氣，跟在幸村後面。

上了2樓，先是看到一道長長的走廊。走廊盡頭放著故障的擔架和一堆沾滿灰塵的白衣。

嚴重掉漆的牆上，好像寫了什麼，看得出來是一排漢字，很像是經文之類的。

由於字跡相當模糊，智久只好用手指著牆上的字，逐一辨識。

「相不生不……滅不殺……」

他抬起臉往上看。上方的木質天花板因為腐朽而鬆脫，好像隨時都有可能會掉下來。

智久和幸村決定兵分二路。幸村調查3樓，智久負責2樓。

2樓的走廊上，一共有1間、2間、3間……6間房間，把廁所也算進去的話，就是7間。

——該進去哪一間呢？……隨便啦！

智久挺起胸膛，決定進去第一眼看到的那個房間。

他看著地面。

「……這是什麼？」

腳邊散落著滿地的病歷表。為什麼之前都沒有注意到呢？

病歷表上，寫著大大的黑字。【死亡】、【結束】、【感染】、【自殺】、【解剖】，還有【洗淨】。

——洗淨，這是什麼意思……？

智久拿起寫有【洗淨】的那張病歷表。在那下面，還有另外一張病歷表。

【送往停屍間】

病歷表上面寫了這幾個字。

智久抬起頭，發現就在前方大約5公尺處，好像有什麼東西。他瞇起眼睛仔細看著。

「那些是……」

那裡的地上，有無數個腳印。

——而且是新的腳印。最近有誰來過這裡嗎？而且是一大群人。必須趕快通知幸村才行。

就在這時候，3樓那邊傳出啪啦的聲音，好像有東西被打破了。

「哇啊！」

接著傳出了幸村的叫喊聲。

「你沒事吧？幸村——！」

智久像是脫兔一樣，快速地穿過走廊，往樓上直奔。

「你在哪裡？幸村！」

沒有人回答。

智久從樓梯開始一間一間搜尋。

「可惡，怎麼都沒有人！」

找到最後一間時，總算發現了幸村。他坐在地上，身體不斷地往後退縮。

幸村看了智久一眼，然後用顫抖的手，指著自己的前方。

「那隻手在動！就像有生命一樣……」

幸村指的那個地方，玻璃碎片散落一地，地面上還積了一灘水。不知道是不是有什麼液體濺了出來。在那灘積水中，有一個毫無血色、全身泛白、還沒有長出毛髮的胎兒躺在那邊。

胎兒突然把頭轉向智久，睜開雙眼，臉上露出淺淺的微笑。嬌小的手和腳在積滿水的地上移動，啪噠啪噠地往這邊爬了過來。

——來玩嘛，哥哥。把妹妹還給我，哥哥。

智久說不出話來。

——這是幻覺！

他用手揉揉眼睛，不停地搖頭，然後再定睛一看，發現那個胎兒並沒有在動。
「幸村，不要嚇我——只是浸泡福馬林的標本瓶子掉下來而已啦。」
「我知道，可是真的在動啊！就是瓶子裡的那個胎兒……」
幸村張大了眼睛和嘴巴楞在那裡，像是看到什麼恐怖至極的東西一樣。他舉起顫抖的手，指著智久的背後——
智久硬擠出僵硬的笑容說道：
「別、別開玩笑了。」
幸村死命地搖頭。
——你的意思是，要我回頭看，確認一下到底有什麼嗎？
「那是一對雙胞胎的哥哥的福馬林標本——從資料上看來，雙胞胎的妹妹好像在一次意外中死亡。也難怪那個孩子會對人揮手，因為他實在是太寂寞了。據說，那些浸泡在福馬林之中的標本，可以永遠保持活著時候的模樣，可是他們的靈魂也會被禁錮在身體裡面。他們一定是對這個世界的某種東西，還抱有強烈的眷戀吧。當然，這只是我個人的看法。」
智久感到背脊發涼，慢慢地把頭轉了過去。一個臉上蓄著短鬍的中年男子就站在那裡。
那名男子繼續說道：「你們來這個地方要做什麼？」
「大、大叔，你是誰？」智久一面後退，一面問道。
「敝姓宮澤，是個研究人員。以前念大學的時候，專門研究生物學。」

「你為什麼會來這個地方？」

「為了讓【國王遊戲】劃下休止符。」

「讓【國王遊戲】劃下休止符？」

「是的。我想終結長久以來所發生的一連串可怕事件。」

智久也向男子說明自己和幸村來到此地的原因，還把從他母親那裡聽來的情報，一併說了出來。

「難怪今天早上有警察來這裡……我要你們老實回答我一件事。」

「什麼事？」

「你們想要結束【國王遊戲】嗎？」

智久和幸村互看彼此，異口同聲地回答：「是的！」

「如果你們有捨棄當人……捨棄性命的覺悟，那就跟我來吧……已經沒有多少時間了。」

「捨棄當人的覺悟？」

「沒錯。如果你們有這樣的覺悟，我就帶你們去見一個人。」

「去見一個人……？」

宮澤好像也在猶豫。可是過了一會兒，他看著智久的眼睛繼續說道：

「一個叫金澤伸明的少年。」

「嗄？就是那個屍體被人從海裡撈起來的金澤伸明嗎？他還活著？」

「他背負著不堪的痛苦回憶，活下來了。」

【6月10日（星期四）上午7點13分】

智久和幸村跟著宮澤一起走下階梯。到了1樓，宮澤走進院長室裡，打開右手邊一個老舊的櫃子，裡面有一扇足以讓一個成人通過的密門。

「我和這裡的院長是舊識。他後來被人當成精神異常的瘋子，在這裡遭人殺害。當初，如果他能選擇對的道路，早就可以改變這個世界。可是，他卻誤入了歧途……」

宮澤一面跟他們解釋，一面走下密門後面那道陰暗狹窄的階梯，空氣中瀰漫著一股奇怪的濕氣。智久和幸村緊緊跟在宮澤後面，突然感到有股冰涼的冷風朝他們吹了過來。不一會兒，他們看到前面不遠處，有一絲微弱的光線在閃爍著。

階梯的終點是一處地下室，天花板的高度大約是180公分，室內約有兩坪多一點那麼大。

室內的4盞燭光輕輕地搖晃著，3個人的影子也倒映在牆上。

房間的中央，擺著一張看起來像是大桌子的設備，上面覆蓋著一條白色的布。

智久來回看了一下房間。

「金澤伸明呢？」

「就在你們面前——我不是說過了嗎？那些浸泡在福馬林液體裡的標本，雖然可以永遠保持活著時候的模樣，可是他們的靈魂還寄宿在身體裡面。他們一定是對這個世界的某樣東西，抱有強烈的眷戀。」

「難道……」

「沒錯，就是你想的那樣。——不過我可不希望你誤會了，這一切都是為了終結【國王遊戲】。為了這個目的，需要借用他的肉體，所以他不能死。金澤伸明還活著，他把強烈的情感藏在身體裡面。對這個世界的眷戀越深，情感就越強烈。」

宮澤掀開了白布，那張智久原本以為是大桌子的設備，其實是一座大水槽。水槽裡躺了一個人。那個浮腫變形的標本應該就是金澤伸明吧？

水槽裡的屍體，肌膚白得像是用漂白劑褪過顏色一樣，不過手和腳遭到嚴重的腐蝕。右邊的眼睛不見了，左邊的眼睛雖然是睜開的，卻呈現一片白濁。脖子的部位纏著好幾層紗布，嘴巴也張得開開的。

智久和幸村當場吐了出來。這一幕光景強烈地烙印在他們眼中，就算閉上眼睛，腦海還是會出現那幅景象。

宮澤哀傷地看著他們兩個說道：

「雖然我沒有見過金澤伸明本人，可是我曾經和他通過一次電話。——他是一個勇敢、充滿正義感的少年。金澤體驗過2次【國王遊戲】，失去了所有的朋友。我這麼說，也許不足以表達他所經歷過的事……但是我想，他一定非常痛苦。

這個世界上，還有誰像他這樣，背負如此殘酷的命運呢？我很想見他一面，但不是他現在這個樣子……我想見的是活潑開朗的金澤伸明。」

智久一面聽宮澤說話，一面端詳著金澤伸明的遺體。他覺得自己有必要仔細地看著這個人。

金澤伸明應該和自己的年紀一樣大吧？可是，他已經不是人了，儘管還保持著人的外型。他的臉長什麼樣子呢？他現在的臉已經變形了——所以無法想像他的表情。

宮澤帶著柔和的眼神，凝視著伸明的遺體說道：

「國王的真面目是病毒，我把它取名為【凱爾德病毒】。照理說，病毒是不能單獨繁殖的，必須讓其他生物的細胞受到感染才能繁殖。因為不具有生命最小單位的細胞，所以在生物學上被視為非生物。可是凱爾德病毒不一樣，它有獨自的結構體，也有細胞。甚至還有『意志』，也就是『自我意識』——」

「有自我意識的病毒……」

「我有個請求。你們誰願意當金澤伸明的宿主，讓身體對病毒產生抗體嗎？雖然這個計畫要花好幾天的時間，可是——你們的身體……一定會產生抗體。這是終結【國王遊戲】唯一的方法，除此之外別無他法了！只是，一旦體內出現了抗體……宿主很可能會死。對不起，用了『可能』這麼不確定的字眼。」

宮澤說完後，便不再繼續說了。智久把右手，伸進浸泡著金澤伸明的那個水槽，觸摸他的身體，像是要感覺他的心跳一樣。

當智久握住金澤伸明的手時，有股非常清晰的感覺，就好像金澤伸明的心，傳導到他的身體裡面一樣。

宮澤悄悄地伸出手，放在智久的肩膀上，低聲說道：

「『沒有後悔、沒有悲傷……好想回到過去那段什麼事都沒有發生、風平浪靜的時光。好想結束【國王遊戲】。』你聽見金澤伸明這樣的心聲了嗎？」

智久不發一語地看著金澤伸明的遺體。

「你聽見他的朋友、戀人，還有家人的低語了嗎？金澤同學背負著眾人對他的期待，所以才會變成現在這副模樣……結束這一切吧，結束他的遺憾。你們兩個其中之一……和金澤一起結束【國王遊戲】吧。這樣他才能安息，【國王遊戲】也才能劃下休止符。」

從水槽裡面把手伸出來的智久，轉頭看著幸村說道：

「我來當抗體吧。」

「友香和修一在等著你回去，不是嗎？還是我來吧。」

「你還不是一樣，有那麼多朋友在等著你回去。」

「我答應過櫻子，要讓智久你得到幸福，所以我一定要守信用。」

「讓我來解救日本吧！這樣不是很帥嗎？我想要當英雄。」

嘴上雖然這麼說，但是智久的雙腳卻在發抖。

「你沒聽到嗎？雖然解救了日本，可是當抗體的宿主是會死啊！到時候，什麼英雄狗熊的都當不成了！再說，友香要怎麼辦？」

宮澤看了起爭執的兩個人一眼，不發一語地往地下室的出口走去。

「真的很抱歉，把你們捲進這樣的情況之中。我在這裡只會妨礙你們，所以先到外面去了。其實，並不是只有你們兩個能當抗體，只要是高中生都可以……如果你們不願意的話，不必有所顧忌，直接跟我說，我不會怪你們的。」

智久和幸村兩人一直爭執不下。大約過了30分鐘，終於討論出彼此都能接受的結果。

他們用力地握住彼此的手，立下一個約定。那是對未來的約定，就像是要埋進地底、相約10年之後再挖出來的時空膠囊般的約定……

每流下一滴淚，就好像會忘記什麼重要的事。但是同時，每流下一滴淚，又好像學到了什麼寶貴的經驗。

這30分鐘的談話，他們一輩子也不會忘記。

智久和幸村把宮澤請了過來。為了拯救人類……他們決定做出惡魔般的行為。

宮澤面無表情地站在他們的面前。

——早知道會變成這樣，就不該把本多一成的遺體火化。要是有他的遺體，也許，你們就不必承受這樣的痛苦了。

【6月10日（星期四）中午12點3分】

太陽升到天空正中的時刻，設立在首相官邸內的作戰本部裡，只見廣瀨正抱頭苦思。

計畫並不如想像中順利。國會議員和官員們因為擔心遭受批評，紛紛辭職逃到國外。他們認為這時候留在日本，不管提出什麼建議，都會遭到強烈批判，而且還會有生命危險。

到了上午11點左右，順利逃到國外的人數還不到500萬人，遠不及原先預定的人數。再這樣下去，要把全部的人遷移出國是不可能的了。主要的原因還是出在高齡者。

廣瀨和留在東京的電視台幹部取得聯繫，把構思多時的計畫告訴他們。

就在中午12點23分，播放中的節目突然全部中斷，畫面上出現了【緊急通知】的字幕。

接著，一些當紅的偶像藝人出場向國民喊話：「把60歲以上的老人帶到政府指定港口的人，每人可獲得10萬圓。請大家互相幫忙。」

這個呼籲，果然引起強烈的抗議聲浪。

確認節目播出之後的廣瀨，重新回到辦公室。此時，秘書官杉山也匆匆跑來。

「發現本多一成了！」

「在哪裡？」

杉山動也不敢動地站在廣瀨面前，欲言又止地說道：

「在夜鳴村……找到他的……遺體……而且已經……火化了。比對過齒模之後……確定是本人。」

「可惡！怎麼會這樣！本多智惠美的母親呢？」

「我們去她娘家找過了，可是沒有她的消息。金澤伸明的遺體，到現在也還沒有下落。」

「網路恐怖攻擊的犯人呢？」

「對不起。」

「不用一直道歉！現在有比道歉更重要的事！已經沒時間了！」

「……廣瀨局長，要是觸怒百姓的話，會有生命危險的！──老實說，已經有幾個政治人物遭到殺害了。」

「不必替我擔心，快回去工作吧！」

廣瀨把放在桌上的資料全部掃到地上，用手肘頂著桌子，懊惱地抱著頭。

──非得找到線索才行。不然再這樣下去，日本一定會亡國的。

這時候，他看到掉落在地上的一份報告。

【辭職的國會議員，因為害怕遭到殺害而逃亡海外，人數似乎已經超過4分之1。】

廣瀨撿起那份文件，把它撕個粉碎。

【6月10日（星期四）晚間6點6分】

廣瀨所設定的截止最後期限是晚上9點——距離命運的交叉點，只剩下不到3個小時。

說來諷刺，自從「把60歲以上的老人帶到政府指定港口的人，每人可獲得10萬圓」的訊息播出之後，情況有了極大的轉變。

港口擠滿了許多抱著高齡者的成年人。20歲以上的人把大型船、輸送船、貨輪都塞爆了，既有的接駁船根本不敷使用。

飛機和直升機也在國內的各主要機場和停機坪待命，隨時準備起飛。這些交通工具是為了載運那些在期限快到之前，還留在國內的人所準備的。

看到電視直播港口的擁擠情況，廣瀨忍不住嘆了一口氣。此時，秘書官杉山跑進辦公室。

「廣瀨長官！發現新的情報了！」

「什麼情報？」

「在【國王遊戲】中死去的高中生手機的未傳送寄件匣裡，發現了英文字母簡訊，而且每個人都有。」

「英文字母？」

「這是某個高中生所提供的情報。不過，到目前為止，還不確定是什麼意思——現在那個人正在線上，您要跟他說話嗎？」

廣瀨決定親自聽聽那位高中生是怎麼說的。

「我是官房長官廣瀨。」
『您是重要官員嗎？我叫渡邊修一。』電話那頭傳來顫抖的聲音。
「我是全權處理【國王遊戲】相關事件的負責人。」
『死去的學生手機的未傳送寄件匣裡，有不同字母的簡訊。希望你們能調查一下，看看那是什麼意思。』
「到目前為止，你們查到幾個字了？」
『大概有1000個字。』
——這孩子接觸了約1000人的遺體，從他們的上衣或口袋裡面，取出死者的手機逐一確認嗎？那些遺體跟他同樣都是高中生……其中一定也有自己的同班同學吧。
這個過程一定很痛苦吧？真是難以想像。你哭了多少次？掙扎過多少次？還有，跟遺體道歉過幾次呢？你們一定吃了很多苦頭吧。
廣瀨在手邊的小冊子上，寫下「渡邊修一」這個名字。
「修一同學，真的很感謝你。我代表全國同胞向你表達謝意。」
『不只是我而已。百合香、友香——還有智久和幸村也都很努力。對了，還有那個叫……海平的傢伙。』
「你的朋友還真不少。多虧有你們這樣的高中生，讓我終於看到一絲曙光了——我把作戰本部的信箱和我的聯絡電話告訴你，你先把那些文字傳給我好嗎？如果之後你們還有什麼新發現，不要猶豫，立刻打電話給我。」

掛斷電話後，廣瀨大叫道：

「那個孩子會把未傳送寄件匣的文字傳送過來！收到之後馬上進行分析！絕對不能辜負這群孩子的苦心！」

幾分鐘之後，作戰本部的電腦開始接收郵件。

【ex・on・A・ge・neoe・TACCTCCTATT・C・x・a・gene・t・tr・T・G・AUGGAG……】

各種不同領域的高手，全部聚集在首相官邸，進行解析作業。

BASIC和C語言專家的國立大學準教授，率先站起來發言：

「是不是某種程式的排列，只是被拆開而已？——可是，不對啊，完全沒看到數學式和符號。說不定把這些重新排列之後，會出現什麼程式。總之，先試試看再說吧。」

生物學專家的國立研究所教授，突然瞇起眼睛，驚訝地說道：

「這是序列？」

「那是什麼？」

「就是基因排列，人類的遺傳基因。說得明白一點……就是生命的設計圖……」

教授拿著寫滿英文字母排列的紙張，把自己關在另一個房間。30分鐘後，他帶著匪夷所思的表情，出現在廣瀨面前。

「這是人類遺傳基因的結構。基因的序號有A、T、G、C。A是Adenine腺嘌呤、T是Thymine胸腺嘧啶、G是Guanine鳥嘌呤、C是Cytosine胞嘧啶。

生物分為有性生殖和無性生殖。利用細胞分裂來繁殖生命的方式，叫無性生殖。以這種方式產生的生命，和原來的個體擁有相同的遺傳基因，是完全相同的個體。也就是自我拷貝、複製，說得更簡單一點，就像是鏡子裡的自己。

另一種方式是有性生殖。如果是動物的話，就是精子和卵子的細胞核結合在一起，製造出新的生命。如果是植物的話，就是靠精子細胞和卵子細胞。這種生殖方式製造出來的新生命，由於繼承了父親和母親雙方的遺傳基因，所以雖然是同種，但是卻又同時具有和雙親不同的特質。例如髮質、膚色，或是性格等各方面，都會和父母有所不同。」

「可不可以說得更簡單明瞭一點！」

「……根據我的推測，這些文字所顯示的，應該是一種擁有人的形貌，卻不屬於男性或女性的『第3性』遺傳因子構造，可以說是『新型態生命的設計圖』。基因構造雖然和人類極為類似，卻是……無性生殖。」

「等等！你的意思是說，這些未傳送簡訊裡的英文字，代表的是一種雖然有人類的形體，但是卻沒有性別的新人類基因設計圖嗎？不分男女，還可以自行分裂，製造下一代？而且製造出來的孩子，不但長相一樣，連性格也一樣……？」

教授也不知道該如何回答。因為，如果推論屬實的話，那將是非常可怕的夢魘。

——只有全部的高中生都死去，才能夠收集到所有未傳送簡訊裡的英文字。

不安的心情，寫在現場所有人臉上。大家都陷入一種末日即將來臨、新的世界即將展開的錯覺之中。

【6月10日（星期四）晚間8點7分】

走廊上，從房間裡面延伸出至少10條以上的ＬＡＮ電纜線。因為這個緣故，房間的門才無法關上。所有的ＬＡＮ電纜線都透過集線器，連到電腦上面。

房間裡擺了液晶螢幕４台、筆記型電腦２台、１ＴＢ容量的硬碟15顆、光碟機３台——整個空間都被電腦的周邊設備佔滿了。

房間裡的年輕人看起來似乎很緊張。畢竟小學之後，就沒有女生來過他的房間了，而且這次還是兩人獨處。年輕人花了好幾個小時用心打掃，還動用了吸塵器，好不容易才把房間整理乾淨。另外，他還準備女生應該都會愛吃的零食和果汁。

年輕人站在房間裡，緊張得不知如何是好。站在房門口的螢，輕聲地問他說：

「我可以進去房間裡面嗎？」

「嗯、嗯。」年輕人好不容易才擠出這個回答。

站在門口的螢，對年輕人拋出一個魅力十足的微笑。

一身白晰透紅的肌膚、一對擁有雙眼皮的靈活大眼睛、還有白色窄裙下那雙線條纖細柔美的腿，整體曲線十分細緻勻稱。

螢穿著一件刺繡蕾絲的透明雪紡紗罩衫，裡面的黑色內搭背心若隱若現。

年輕人反觀鏡子裡的自己，一身鬆垮的襯衫加上一條牛仔褲。

——忘記換衣服了，早知道應該打扮得時髦一點才對。時髦？可是，我有那樣的衣服嗎？

螢的手放在電腦桌前椅子的椅背上，問道：

「我可以坐下來嗎？」

「嗯、嗯。」

她坐在椅子上，雙腳優雅地交叉。年輕人就像是被蛇盯住的青蛙一樣，動也不敢動地站著，連一句話都不敢說。

看到他這個樣子，螢微笑地說道：

「你住的這個地方真高級耶。沒想到你住在六本木新城住宅大廈呢。這裡的房租多少啊？」

「我沒告訴過妳嗎？每個月要180萬……」

「喔……」

年輕人感覺螢的表情瞬間變得冷淡，於是趕緊改變話題。

「讓妳特地到我的房間來，真是抱歉。不過，這是有原因的……現在不是已經在實施分區計畫停電嗎？可是新城住宅大廈本身就有發電機設備。而且，機器這麼多，我一個人實在是搬不動。」

「沒關係、沒關係！奈米女王完成了吧？」

「嗯。」

「你有寫使用說明書，教我怎麼使用嗎？」

「有啊，我還設計了一個小精靈。一旦發生狀況的時候，畫面就會出現一個女孩子，教妳怎麼排除疑難雜症。不過，有時候她會不聽指令就是了。對了，小精靈是我按照想像中的妳所製作的。不過……妳本人比我想像中漂亮多了。」

「謝謝你的誇獎。你可以隨心所欲地控制【國王遊戲】的指令了嗎？」

「嗯、嗯。」

「對了，奈米女王究竟是怎麼寫出來的？」

話題一轉到程式設計上，年輕人突然滔滔不絕地說了起來。

「就是以毒攻毒啊！那是我從妳身上得到的靈感喔。之前妳不是提到過腦死、移植，還有意識這些事情嗎？——說穿了，奈米女王就是新型電腦病毒！因為結構很麻煩，就算我說了，妳可能也無法理解。」

「原來如此。」

螢突然從椅子上站起來，然後走向年輕人，緊緊地抱住他。

「謝謝！我真是太喜歡你了！」

說著，她把年輕人壓倒在床上，順勢趴到他身上。然後像蛇一樣用腳纏著對方的腳。

床板發出了軋軋的聲音。

「等、等一下，小螢。」

年輕人的聲音顫抖著，臉上還不斷地冒汗。

「你本來在電話中叫我『螢』，現在叫我『小螢』，這表示我們的關係更親密了不是嗎？你討厭這樣？還是……你討厭我？」

螢像是在索求什麼似的，凝視著年輕人的眼睛，然後輕輕地碰觸他的下嘴唇。

「不、不是的……只是，我們都還沒開始交往……」

「沒交往又怎麼樣？擔心個性不合嗎？沒有體驗過的話，怎麼知道合不合？」

「可是……我們見面才幾分鐘而已，這樣有點……」

「那要聊幾分鐘呢？還是幾個小時？幾天？只要約會過幾次，就可以嗎？——誰說相處的時間久了，感情才會變得深厚呢？」

年輕人絞盡腦汁，拼命想岔開話題。

「對、對了。小螢，妳沒殺死20歲以上的成年人吧？」

「沒有，你不是叫我別那麼做嗎？問這個做什麼？」

「因為這次的命令，讓人感到很不安。聽說有高中生逃到海外去了，可是我還是覺得有危險。遊戲中不是說【不允許中途棄權】嗎？這點實在很令人擔心。」

「你好聰明喔。」螢一面說，一面把左手伸進年輕人的T恤裡面。

「等一下！我還沒做好心理準備……」

「才不等呢，人家已經等了很久，忍不住了啦！因為這是命中註定啊。」

年輕人的脖子浮現一道紅色的線。鮮紅色的血從線的地方流了下來。

「真是對不起——這是我送你的禮物喔。」

螢輕輕吻著年輕人的嘴唇。然後看著他的鼠蹊部，嗤嗤地發笑。

「嘴巴說不要，身體倒是很老實呢。謝謝你的奈米女王啊——喔、忘了告訴你兩件事。我最痛恨你這種拿父母的錢，住在高級公寓的富家子弟了。租金就要180萬……？我要是有這麼多錢的話，早就可以飛到美國進行移植手術了。——另外一件事就是，我已經有伙伴了，她現在就在我的身體裡喔。」

螢的鼻子和嘴巴醜陋地歪斜著。年輕人的房間裡，充滿了她身上所散發出的充滿挑逗性、同時又柔情萬千的玫瑰香水味。

【6月10日（星期四）晚間9點2分】

已經過了最後期限。可是，撤離的作業還在持續進行當中。

剩下的3個小時，其實都是經過計算的。那是要用來撤離電視台相關人員、電力公司、通訊公司、自衛隊、警察，還有政府相關人員所需要的時間。

這時候，有電話打進了作戰本部。是關東近郊的發電所所長打來的。

『現在怎麼辦？要是我們撤離的話，日本就會全面停止供電了。』

「現在停止供電的話，就只能靠自家的發電機了。你們可以再多撐一下嗎？」

『要是一下子變暗的話，高中生們也會很困擾。我們還是再多撐一下吧。』

「太好了。那麼，停電時間就訂在晚間10點30分吧。」

掛斷電話後，廣瀨呼叫杉山進來。

「停電的時間改到晚間10點30分。你馬上通知各家電視台——請他們宣布晚上10點30分進行大規模停電的消息。宣布之後立即趕到附近的機場，或是直升機起降場。」

廣瀨壓低了音量，說道：

「首相官邸在10點30分鐘之後，改成自行發電——你有告訴高中生們，哪裡有家用發電機，可以收看電視新聞嗎？」

「是的。在民間企業的協助下，各市町村至少都保有一處可自行發電的地方。六本木新城住宅大廈本身就有供給整棟大樓用電的大型發電設備，所以可以提供附近地區電力。」

「幾個小時之後，國內20歲以上的國民就會全數撤出日本。都到這個地步了，希望一切順利。」

【6月10日（星期四）晚間10點30分】

都廳、摩天大樓、飯店、鬧區、商店街、街燈、紅綠燈、公寓——除了那些有自行發電能力的地方之外，各地的建築物燈光都陸續熄滅，日本全境陷入了一片黑暗之中。

路上一個人影也沒有。那是一個前所未見、詭異至極的世界。

星星比往常亮了許多。平常東京都內幾乎看不見的星星，現在都可以看見了。

大家說不定早就忘記，夜空原本是這麼美麗吧？人們因為害怕黑暗，所以開始點燈，可是燈光卻扼殺了星光。

高中生們聚集在有自家發電機可以發電的地方，在那裡收看電視新聞。

每個人都期待著，能夠平安度過這次難關。

因為害怕而顫抖的情侶、手牽著手緊緊依偎的女孩們、跑到高處想要見證燈海熄滅瞬間的人們、在港口邊看著大船駛離的百姓、以及向月亮祈求平安的男男女女……

港口的狗兒們，也不停地吠著。

水族館裡，水族缸的氧氣供應中止了。飼育員對著水族缸說完「我們馬上就會回來」之後，就和魚群們道別了。

大家的心願只有一個，那就是希望所有人都能獲救。

杉山對著坐在作戰本部自己椅子上，沉默不語、緊閉雙眼的廣瀨說道：

「之前錄好的影片已經播送出去了——『20歲以上的國民，已經全數撤離日本』，這樣可以嗎？」

「嗯。」

【6月10日（星期四）晚間10點43分】

智久的母親趕往電視台大樓頂樓的直升機停機坪。強勁的風勢把她的頭髮往後吹，她撥撥頭髮，喃喃地說：「我去去就回來，智久。」可是，聲音都被強風掩蓋了過去。

國內各地的機場、停機坪，開始陸陸續續有飛機、直升機起飛，那光景令人十分震撼。就好像大船沉沒之前，船上的老鼠們急著棄船逃生一樣。

廣瀨站在大樓的頂樓抽菸，自衛隊隊員對著他大聲喊道：

「直升機已經準備好了……」

「我不走了。」

「是不是太過震驚了？」

「是啊。沒想到我最後的任務，居然是安排高中生們安息的時間。將近23個小時以來……不、將近3天的時間……全國的高中生們都過著惶惶不安、不知何去何從的日子。所以，我必須讓他們感到放心、讓他們以為自己得救了。即使時間只剩下1個小時。

要是他們知道自己無法獲救的話，一定會失控暴動吧。如果變成這樣，那麼之前的努力就白費了。」

「局長，您已經盡最大的努力了。」

「我要求的不是努力的過程，而是結果。」

「……您不是已經戒菸了嗎？」

「是啊，早就戒了。可是不知道為什麼，這一刻突然很想來一根。要是高中生們受到懲罰的話，我該怎麼向全國百姓交代呢？——日本的未來又會變成什麼樣子呢？」

【6月10日（星期四）晚間11點10分】

智久在醫院的病床上睜開眼睛，周圍一片黑暗，一個人影也沒有。

他試著把自己撐起來，卻感覺身體變得無比笨重。他摸摸自己的肚子，上面還纏著繃帶。

——對了，宮澤先生幫他打了麻醉針、做了簡單的處置。現在，他的體內已經蘊藏了另外一個人，也就是金澤伸明的人格。

他想起宮澤先生最後跟他說的話。

『金澤伸明會在你的身體裡面繼續活下去。他會和你一起終結【國王遊戲】。』

——抗體完成的時候，我就會死。金澤伸明也是。

智久離開手術室，想去找幸村和宮澤。

他拖著虛弱的腳步，想要爬上頂樓。醫院內部一片漆黑，讓人以為身處在地下室。他們兩個應該是待在可以看見月亮和星星的地方吧。

頂樓的地上，散落著幾根生鏽的晒衣桿。仔細望去，幸村就靠在圍欄那邊。

「你果然在這裡。」

「智久……你醒了嗎？」

「剛剛才醒來。宮澤先生呢？」

「他不在這裡。你忘記【命令3】的內容了嗎？」幸村一臉凝重地說道。

「是嗎……」

「你的身體有沒有什麼變化？」
「目前還沒有。」
兩個人一面吹著夜風，一面眺望美麗的星空。天上的星星，彷彿要從天而降似的。
就這樣過了大概10分鐘，幸村臉上突然流下淚水。
「那位叫宮澤的大叔真是了不起。我終於瞭解他對【國王遊戲】的執著了。宮澤大叔很擔心你，還一再地說對不起呢。」
「他不需要道歉，這是我心甘情願的。下次見到他，我還得向他道謝呢。」
「宮澤大叔說，他想觀察你術後恢復的狀況，所以直到剛才他都還留在這裡。他說『要是情況惡化的話，只有我能替他治療』、『我一定要保護這孩子』。」
幸村把一張紙條，塞進智久的褲袋裡。
「他要我轉告你，要是身體出現什麼變化的話，就看那張紙條吧。」
智久看著自己的褲袋。
「晚上10點30分的新聞宣布，20歲以上的國民已經全部撤離日本了。」
就這樣，兩個人陷入了沉默。現在的他們，也只能靜靜地等待時間過去了。
突然，兩人的手機同時響起。
【還有5分鐘。】
——這個地方照理說應該收不到訊號的，可是國王的簡訊還是收到了。
【還有60秒。】

智久和幸村不發一語地看著倒數計時的簡訊。

已經到了6月10日晚上11點59分，但是卻沒有收到懲罰簡訊。

午夜0點1分。收到簡訊的鈴聲，在寂靜的黑夜中響起。

【6／11星期五00：01　寄件者：國王　主旨：國王遊戲　本文：殺了20歲以上人類的高中生，必須接受懲罰。　END】

智久頓時啞口無言。不、看到簡訊的所有日本人，應該都啞口無言吧。

——這是怎麼回事？

廣瀨看著倒映在作戰本部那面大玻璃中的自己，朝水泥牆用力踢了一腳。

「這是怎麼回事？」

「不是說要將全日本20歲以上的人類消滅嗎……為什麼現在受懲罰的卻是那些——殺了20歲以上人類的高中生？」杉山滿臉驚恐地說道。

「簡直是惡魔！玩弄人心的惡魔——什麼事都沒做的高中生，不需要受到懲罰。為了保護自身安全，而殺死成年人的高中生，卻要受到懲罰……也就是說，一開始什麼都不做的話，就不會有人死了，不是嗎……」

杉山一邊偷瞄廣瀨，一邊說道：

「雖然現在說這些已經無濟於事了，可是6月9日那天，警方在岡山縣笠岡市的古城山公園，收容了一個名叫兒玉葉月的少女。好像是因為有人報案，說那裡發生了事情。大家原本以為不是什麼嚴重的事，可是之後，情況好像有了變化……聽說昨天6月10日晚上11點過後，那名少女留下血書說【我要把訊息傳達給金澤伸明】之後，就從醫院逃走了。那個女孩因為自殺未遂，目前正在接受治療。也許這個女孩知道金澤伸明的下落，或者，知道他的遺體所在之處也說不定。」

坐在電腦桌前的螢，不經意地往年輕人的屍體瞥了一眼，突然想起年輕人還沒死之前跟她說過的話。

『對、對了，小螢，妳沒殺死20歲以上的成年人吧？……因為這次的命令，讓人感到很不安。』

「你好像真的是天才呢。腦筋轉得很快嘛……」

綾野帶著幾名自願跟隨她的女生來到了岡山港，看來有點心浮氣躁。

「綾野，我們會怎麼樣……」

站在一旁的玲子臉色慘白，膝蓋喀噠喀噠地抖個不停。

「……這麼說來，新聞說『20歲以上的國民，已經全數撤離日本』，可是，我們卻沒有收到【服從確認】的簡訊。」

綾野虛脫無力地坐在地上，楞楞地看著遠方，嘴裡喃喃嘀咕著。

中午過後，綾野曾經打電話給她的父母、祖父母和親戚。

『你們要救救我啊……幫助孩子，不是父母的義務嗎？我殺了幾個20歲以上的成年人，因為我想活下去啊！』

綾野的父母聽到她這麼說，感到既震驚又難過。

──自己的女兒殺了好幾個人。我們的教育方法，到底是哪裡出了問題啊……

他們決定扛起當父母的責任，不搭船撤離，而是選擇自我了斷。

綾野摸著自己的脖子，好像喘不過氣來的樣子。

「一想到櫻子……那個臭女人……笑我活該，我就很不甘心……」

綾野和玲子兩個人，好像即將窒息似地痛苦掙扎著。

看著眼前的幸村突然面色慘白地揪著胸口，智久感到震驚不已。

──為什麼幸村會受到懲罰？我們不是一直都在一起嗎？他並沒有殺人啊！

「難道宮澤先生……？」智久不敢置信地喃喃自語著。

「對不起，智久。我沒有遵守約定，無法陪你到最後了。」

幸村弓著身體，連站都站不穩，就這麼倒了下去。

「幸村──！」

「宮澤大叔……他是從頂樓跳下去的。可是他的生命力很強，掉下去之後沒有當場死亡……當時的他還有一絲氣息，可是我又沒辦法送他去醫院，所以大叔抓著我的手，哀求我說『殺了我』。」

幸村的左手臂砰的一聲掉落地面，他忍不住痛苦地「唔」了一聲。

「別再說了！」

「……是我不好。雖然是情非得已，可是我還是殺了人……我做錯了，理當要接受懲罰……畢竟人在做，天在看啊！」

「不是的、不是的，你也是逼不得已的啊！」

「……是我的錯。之前……我答應說至少要生3個孩子……這個承諾恐怕無法兌現了……那個卡車司機，不知道現在怎麼樣了……他真的是個好人呢。我相信他一定可以生出健康的寶寶……咳咳、咳咳。」

「夠啦！不要再說了！」

「我好想參加……智久和友香的婚禮啊。」

「別說了……什麼都別說了。」

「只有你可以實現我們的約定，不要忘記了。」幸村用僅剩的右手，搥打著智久的胸膛。下一瞬間，幸村的頭掉到地上，滾了3圈之後才停下來。

「幸村——！」

無限寬廣的夜空，無邊無際地延伸著，像淚珠般閃閃發光的星星，彷彿隨時會從天際滑落一般。偶爾有幾顆流星劃過天際，但是很快就消失了，就像一顆顆豆大的淚珠，從夜空流了下來。

——幸村，你放心，我一定會遵守我們之間的承諾！

百合香在公園裡，用自來水清洗殘留在臉上的淚痕。修一輕輕地拍打她的背，看看四周後說道：

「妳沒事吧？百合香——奇怪？怎麼沒看到友香？」

修一的臉色越來越蒼白。「……海平呢？」

他趕緊跑到安置友香的那張長椅上。就在椅子正下方的地面上，寫了幾個字，旁邊還擺了一根樹枝。

【謝啦，我把友香帶走了。這個女孩是我的了。】

「……海平把友香——？別鬧了，海平！我答應過智久要保護友香的啊！」

螢坐在年輕人房間裡的電腦桌前。

——看過說明書之後，終於搞懂了。我現在就要來啟動奈米女王了，這可是你的遺作呢。你在說明書上寫著「要相信奇蹟」是嗎？說得也是，要完成這麼偉大的工程，也許真的需要奇蹟吧。

螢露出妖魅的笑容，按下了ENTER鍵。

「神啊，我要活下去，請您讓奇蹟再次顯現吧。我要支配【國王遊戲】——讓這個世界重來一次。」螢喃喃地說道。

——嗳，你知道嗎？這個世界沒有比屍體更美的東西了。你知道為什麼嗎？因為屍體不會抱怨。

6月11日星期五，午夜0點2分。倖存的高中生們的手機，同時響了起來。

回顧人類的歷史，每當時代面臨重大轉變時，必定會有重大的事件發生。

逆思流

國王遊戲〈滅亡6・08〉

（原名：王様ゲーム 滅亡6・08）

作者／金澤伸明
譯者／許嘉祥
發行人／黃鎮隆
總編輯／洪琇菁
責任編輯／路克
企劃宣傳／邱小祐・劉宜蓉
副總經理／陳君平
國際版權／黃令歡
美術編輯／李政儀
文字校對／許煒彤

出版／城邦文化事業股份有限公司 尖端出版
台北市中山區民生東路二段一四一號十樓
電話：（〇二）二五〇〇－七六〇〇
傳真：（〇二）二五〇〇－二六八三
E-mail：7novels@mail2.spp.com.tw

發行／英屬蓋曼群島商家庭傳媒股份有限公司城邦分公司
尖端出版 行銷業務部
台北市中山區民生東路二段一四一號十樓
電話：（〇二）二五〇〇－七六〇〇（代表號）
傳真：（〇二）二五〇〇－一九七九
讀者服務信箱：sandy@spp.com.tw

中彰投以北經銷（含宜花東）／楨彥有限公司
電話：（〇二）八九一九－三三六九
傳真：（〇二）八九一四－五五二四

雲嘉經銷／威信圖書有限公司 嘉義公司
電話：（〇五）二三三－三八五二
傳真：（〇五）二三三－三八六三
客服專線：〇八〇〇－〇二八－〇二八

南部經銷／威信圖書有限公司 高雄公司
電話：（〇七）三七三－〇〇七九
傳真：（〇七）三七三－〇〇八七

香港總經銷／城邦（香港）出版集團有限公司
香港灣仔駱克道一九三號東超商業中心一樓
電話：（八五二）二五〇八－六二三一
傳真：（八五二）二五七八－九三三七
E-mail：hkcite@biznetvigator.com

法律顧問／王子文律師 元禾法律事務所
台北市羅斯福路三段三十七號十五樓

二〇一二年八月一版一刷
二〇一八年六月一版十七刷

■中文版■

郵購注意事項：
1. 填妥劃撥單資料：帳號：50003021戶名：英屬蓋曼群島商家庭傳媒(股)公司城邦分公司。2. 通信欄內註明訂購書名與冊數。3. 劃撥金額低於500元，請加附掛號郵資50元。如劃撥日起 10～14日，仍未收到書時，請洽劃撥組。劃撥專線TEL：(03) 312-4212 ・ FAX：(03) 322-4621。E-mail：marketing@spp.com.tw

國家圖書館出版品預行編目資料

國王遊戲 滅亡6.08 / 金澤伸明著；許嘉祥譯.
— 1版. — 臺北市：尖端出版，2012.08
面；公分. —（逆思流）
譯自：王様ゲーム 滅亡6.08
ISBN 978-957-10-4935-9（平裝）

861.57　　101010309